魅丽文化 花火工作室

冬至 白昼最短

阿Q 著

百花洲文艺出版社
BAIHUAZHOU LITERATURE AND ART PUBLISHING HOUSE

图书在版编目（CIP）数据

冬至白昼最短 / 阿Q著. -- 南昌 : 百花洲文艺出版社, 2018.9
ISBN 978-7-5500-2993-4

Ⅰ. ①冬… Ⅱ. ①阿… Ⅲ. ①长篇小说一中国一当代
Ⅳ. ① I247.5

中国版本图书馆 CIP 数据核字（2018）第 202569 号

冬至白昼最短

阿Q著

出 版 人	姚雪雪
责任编辑	郝玮刚　蔡央扬
特约编辑	喻　戎
封面设计	苏　荼
出版发行	百花洲文艺出版社
社　　址	南昌市红谷滩新区世贸路 898 号博能中心 A 座 20 楼
邮　　编	330038
经　　销	全国新华书店
印　　刷	湖南新华精品印务有限公司
开　　本	880mm×1230mm 1/32 印张 9
版　　次	2018 年 9 月第 1 版第 1 次印刷
字　　数	193 千字
书　　号	ISBN 978-7-5500-2993-4
定　　价	38.00 元

赣版权登字　05-2018-366

Contents

目录

001

楔子

岁月山河远

007

第一章

千禧年不期而遇

烟火真美，夜空很璀璨，有欢声也有笑语，但那些小美好，都不属于他。

041

第二章

少年心绪未可解

如果人永远能像小时候那么天真就好了。

Contents

目录

082

第三章

他和她的初告白

“陆尔白，我喜欢你！”

118

第四章

她的眼里有星光

那是他人生中唯一一次过生日，也是唯一一次许愿。

152

第五章

你看起来有点甜

郑冬至就像一朵盛放的玫瑰，有刺，却娇艳美好。

Contents

目录

182

第六章

只是刚好喜欢你

我们不顾一切地去爱，
才显得格外动人。

215

第七章

悲伤是不能去爱

她的爱情就跟她这个人一样，看似天真浪漫，却又十分伤人。

247

第八章

我想找朵刺玫瑰

“陆尔白，你想找谁？”
“我想找朵刺玫瑰。”

Contents
目录

273
番外
她从深处来

275
后记
后会有期

楔子

岁月山河远

• • •

深夜两点三十五分，整座城市都在沉睡。奶白色的雾气氤氲在城市上空，街道寂静森冷，马路边的路灯散发出昏黄的光，光源处看不到围着转的飞虫，天太冷了。

一间简装公寓里，灯光很暗，只有书桌上的台灯还发出微弱的光。桌上堆着一堆整理好的文件袋，还有几本刑侦书籍。书旁是一个茶杯，里面的茶水已经冷了。旁边一米远的地方有张小床，床上睡着个人，看不清模样，只能听到浅浅的呼吸声。

刺耳的振动声突然响起，是手机定的闹钟到点了。从被窝里伸出一只苍白的手，手指很好看，纤细修长，骨节分明，指腹处有几个茧，是常用钢笔写字留下的痕迹。

按掉闹钟，那人起床，未开灯，窗外清冷的月光映照在他的身上。是个男人，身形很瘦削，双眸很清明。

似乎早已习惯黑暗，他轻车熟路地走进了洗手间。没多久后他出来了，从衣柜里拿了一套烫好的衣服从容地换上，再走向书桌，把桌上那堆档案放进一旁的行李箱，就推着箱子出了门。临走的时候，他没有忘记关掉书桌上的台灯。

看得出来，这是个一丝不苟的男人，只是有些寡淡。

公寓楼下停着辆黑色轿车，他对了下车牌号，然后朝车走了过去，将行李放进后备厢。

开车的是个二十出头的小伙子，一见他上车，恭敬地叫了声："陆检。"

他点点头，算是应答，拿起后座上的报纸安静地看了起来。

没一会儿，大衣口袋里的手机响了，他拿起来接听，是上司打来的，询问他出发了没有。

“顺利的话上午九点能到。”他简短地回答，声音里带着些许沙哑，但很好听。

“那边在给林动做尸检，报告大概七点前能出来。这事比我们想象的要棘手，我们已经损失了一个同事，你可不能再出事，凡事小心为妙。陪你去的小董虽然年纪轻，却是武警出身，身手不错，人也机灵，应该能帮上你。那边的检察院我也给你联系好了，你去那儿以后直接接手林动的工作，他们会全力配合你，有什么发现及时跟这边汇报。”

“嗯。”

“最后一句话，你别嫌我唠叨，干我们这行的，人民利益在前，个人生死在后。但就算是这样，陆尔白，你也得给我活着回来。”

“是，陈检。”

“记得就好。”

挂了电话，陆尔白觉得有些口渴，明明他都没说几句话。

“有茶吗？”他问开车的小董。

小董被他问得有点蒙，被派来之前，他也跟别人打听过陆尔白，毕竟换了头头都想给新上司留点好印象，以便之后的日子能好过些。

听说他要去跟陆尔白，所有人都觉得他运气好。因为陆检是他们检察院办案能力最强的，人大毕业后就直接进了检察院工作，不到七年就升到了地方副检，可谓是年轻有为。

大家都在说，以他的能力，不出几年，他还得升，就连他们院的大检察长自己都说过两年要把位子让给他。那些刚过来的新人都想跟他，一个是学习经验，一个是好跟着立功早点升职。

接到派遣令的时候，小董觉得他家祖坟冒青烟了，赶紧把陆尔白的性格、喜好研究了个遍。研究了之后他才发现，这个陆检没什么好研究的，为人寡淡得像张白纸，不是工作就是回家，从不参加应酬，就连工作时话也很少。他年纪也不大，才三十出头，但给人的感觉就像七八十岁的老人。

正常人对生活哪能没一点欲望，但陆尔白就是。他对任何事物的反应都淡淡的，不见他特别喜欢什么。硬要说的话，估计也就只有这一点了——陆尔白喜欢喝茶。

他喝的茶也不是那种名品，是很便宜的竹叶青，但每天都会见他喝上几杯。

陆检喜欢喝茶，所有人都知道，但小董偏偏忘了给他带。毕竟一个爷们儿哪会细心到出门还给上司沏壶茶带在路上喝的？

陆尔白问他要茶水喝，小董给不出，别说茶了，他车上就连饮料都没准备。他紧张之余想起口袋里还有包烟，都没多想，就随口问道："陆检，茶没有，烟要吗？"

刚问完他就后悔了，谁都知道陆尔白不抽烟。

小董恨不得停下车抽自己一个耳刮子，本以为陆尔白会拒绝，没想到他顿了顿，道了声："好，给我来一支吧。"

小董很是惊讶，但他没有多问，而是把车停在路边，拿打火机给陆尔白点了支烟，然后继续开车，并透过车后镜偷看着陆尔白的神情。

陆尔白开了车窗，坐在窗边抽着烟。

看他的样子，不像是不会抽的。

小董暗自松了口气，开始主动跟陆尔白搭起话来。

男人嘛，有了一支烟的交情就是朋友了。

小董还是个毛头小子，静不下性子来，话也多，从头到尾都是他在说，陆尔白没出过声。小董本来还怕自己话多吵着人家，每每要停下时，陆尔白总会鼓励性地对他抬抬手，示意他继续，顺便再问他要支烟。

能陪上司聊天也是职责所在，所以小董更加卖力，说起话来都眉飞色舞的。

突然，他想起了什么，随口对陆尔白问道："陆检，我们这次去D城，我听人说，你老家也是D城的，你工作这么忙，一定很少回去吧？"

小董没指望陆尔白回答他，他却听到身后那人低低地"嗯"了一声。他很是惊讶，忍不住又多嘴问了句："多久没回去啦？"

陆尔白再度沉默，目光宁静地望着窗外渐渐亮起的天。良久，他掐灭了手中的烟，扔出了窗外，望着空中划过的红色火星回道："十三年。"

十三年，一个挺漫长的数字。

小董隐约意识到自己好像触到了不该触碰的点，他不敢再说话。

车内的气氛冷了下来，车平缓地朝前开着，陆尔白没再问小董要过烟。

九点不到，他们的车到了D城收费站。

陆尔白才再度开口，突兀地问了小董一声："今天是冬至吗？"

"是的，陆检。"小董惊讶地回道，他之所以记得这个日子，是因为他早上出门前他妈刚给他煮了饺子，说今天是冬至，要吃饺子。

陆尔白又不说话了，到市中心的时候，他突然让小董停车，自己下了车。

小董以为他是因为冬至去买饺子吃的，可不是。陆尔白绕过早餐店，去了隔壁的珠宝店逗留了好一会儿才出来。出来的时候，小董远远地看到他将一个包装精美的首饰盒藏到了大衣口袋里。

待陆尔白上了车，小董又忍不住多嘴跟陆尔白调笑道：“陆检，给谁买的礼物？今天是什么好日子吗？”

陆尔白应了声，目光又望向窗外，像是回想到什么好事，他嘴角竟然上扬了些：“有人生日。”

“女朋友吗？”小董兴奋地八卦道。

陆尔白的目光又暗淡下来。

良久，他答：“是妹妹。”

第一章
千禧年不期而遇

• • •

烟火真美，夜空很璀璨，有欢声也有笑语，但那些小美好，都不属于他。

【1】

郑冬至之所以会叫郑冬至，是因为她出生那天是冬至。

以往每一年的生日，她都过得很开心。因为她有个极其宠爱她的父亲郑林，还有个比她大一岁的疼爱她的哥哥郑昼景。

这里之所以没有提及她的母亲，是因为郑夫人福薄，在生下小女儿不久就得了产后抑郁症，精神出了问题。有一天她趁家里保姆没注意跑了出去，不慎掉入了河里。等有人发现，将她从水里捞出来时，她已经断了气。

孩子还小就没了母亲，所有人都劝郑林再娶一个。郑林念及与亡妻过去的情义一直没有续弦，直到有一年他在街上碰到了学生时代的初恋情人苏慧，然后才开始了新的婚姻。

苏慧是郑林的初中同学，那时候两人互相爱慕，但因家境悬殊没有在一起。

初中一毕业，苏慧就去了窑厂工作。郑林家里有钱，就继续往上读，一直读到大学毕业。

两人彻底分道扬镳之后，苏慧嫁给了同在窑厂工作的陆琪，而郑林娶了镇里书记的女儿，各自都找到了归属。

婚后没多久，两人都有了儿女。

苏慧给陆琪生了个儿子起名陆尔白，那孩子自幼就很聪明，夫妇俩很是欣慰。但好日子不长，陆尔白九岁的时候，陆琪突然被查出得了早期肺癌，家里大半收入都用来给他治病了，一直没存下什么钱。

前年，夫妻俩又双双下了岗，家里突然没了经济来源，连吃饭都成问题。陆尔白正要升高中，一开学就要大笔学费，陆父一个没想开，偷偷买了包老鼠药寻了死。

在苏慧走投无路的时候，又遇到了郑林。两颗曾经相爱的心重新到了一起，没多久，郑林就将苏慧带回了家，一起带去的还有苏慧的儿子陆尔白。

那一年，陆尔白十七岁。

这段重组的婚姻并没有得到所有人的祝福，最起码郑林的一双儿女是强烈反对的。

郑林是当地富豪，名下有一个发展很好的润滑厂，光分厂就有好几家。在苏慧为吃饭发愁的时候，他正住在市内最贵的别墅里。两人之间经济差距太大，也难免别人会觉得苏慧嫁给郑林是图他的钱。而郑林娶了苏慧，大家都说是图她相貌好。苏慧是个很有气质的女人，即使将近四十，没怎么浓妆打扮，看起来还是清秀又好看，不说人家还以为她才三十岁。

旁人都不是很理解郑林与苏慧的爱情，何况是没长大的孩子。

郑冬至最不开心的就是她过十六岁的生日时，生日宴上多了两个她非常不喜欢的人——她的继母以及继母带过来的拖油瓶。

此后的每一天，她的生活都过得很不称心。家里天天在吵架，她哥郑昼景是个耐不住性子的人，看不惯苏慧母子就会直接表现出来。他当着郑林的面骂苏慧狐狸精、不要脸，这么老还来傍大款，连带着还要骂苏慧的儿子，问陆尔白有没有自尊心，不是自己的家还跑来住，气得郑林扇了他好几次耳光。要不是有苏慧拦着，郑昼景早就被他爸打个半死了。

比起郑昼景的暴躁，苏慧的儿子陆尔白倒显得格外平静，自始至终不见他有任何反应。郑昼景哪怕用再难听的话来羞辱他，甚至是打他，他也是打不还手，骂不还口。郑林说他沉得住气，心胸宽阔，是个做大事的人。郑昼景听着特别不屑，跟妹妹冬至吐槽，说他敢还手吗？也不看看这是谁的家。

郑冬至跟她哥是一个鼻孔出气的，郑昼景说什么她就觉得是什么，自然也对苏慧母子没什么好感。

苏慧婚后就跟郑林去他的厂里上班了，家里就剩下她儿子。郑冬至欺负不到苏慧，整天对陆尔白翻翻白眼也是好的。但无奈，人家连个正眼也不给她。

寒假一过，陆尔白就搬出了郑家。他平时太安静，餐桌上突然少了他也没人发觉，最后还是郑林先发现了，便问苏慧。

苏慧温婉地笑笑，说尔白喜欢寄宿，新学期开始就住学校宿舍去了。他之前也一直住学校，都住习惯了。

明眼人都知道，这是个退而求其次的做法。

惹不起，我还躲不起吗？

郑林把陆尔白搬出去归咎于一双儿女，故意在苏慧面前训了兄妹俩一通，用意是想让别人看看他对继子也是很维护的。

他让苏慧叫儿子搬回来，苏慧笑着拒绝了，说就这样挺好的。郑林也就没再强求，只说了句“那节假日让他回来，不然别人会说笑话的”，苏慧应了。

苏慧在郑家的日子稍微好过点，还是大半年后的事。她被查出有了身孕。她算是高龄产妇了，生这个孩子风险很大，外加家里孩子也不少了，她其实不是很想生。但郑林很希望这个孩子出生，毕竟这是两人的孩子。于是思虑再三，这个孩子终究被留了下来。

有了孩子，郑氏兄妹也不敢太为难苏慧，虽然对苏慧的讨厌只增不减，但都怕弄伤她肚里的孩子。毕竟郑林对这个孩子爱得紧，甚至要超过他们兄妹俩。

欺负不了苏慧，他们只能把怒气发泄在同校上学的陆尔白身上。即使在学校寄宿，陆尔白也没少挨郑昼景的打，只是从不见他跟别人提起。

日子一天天过着，转眼就到了郑冬至十七岁的生日。

那年正好是千禧年，那天对陆尔白来说，本来跟以往的每一天没什么不同。

周四一大早，他从食堂吃完饭出来，习惯性地去开水房打了点开水，泡了壶竹叶青，然后拎着水杯慢悠悠地前往教室。

在同学眼里，陆尔白算得上是个很无趣的人，典型的书呆子，每天就跟个老学究似的，一手抱着个茶杯，一手抱着一本书。他唯一的消遣就是那部不怎么离手的二手MP3（一种音乐播放器），里面放的都是英语单词，还有仅有的一首英文歌，是爱尔兰男子组合“西城男孩”新出的冠军单曲*I Have A Dream*（《我有一个梦想》）。

那首歌是陆尔白有一次无意间在常去的旧书店听到的，当时他去那里买MP3，就让老板把那首歌给下载进去了。

他不是个会享受生活的人，他的喜好与乐趣都很单一。他喜欢看的书都来源于一家书店；他喜欢的歌都是一个组合唱的；他喜欢的事物可以持之以恒，数十年不变，不是他懒，而是他觉得坚持是对待任何一份感情的尊重。

越是重情的人，就越是吝啬感情。

所以像陆尔白这样的人，他很难会喜欢上一件事、一个人，可一旦喜欢上，又很难改变。

当陆尔白一路听着MP3到达教室的时候，班上的人已经来得差不多了。

班长刘成抱着个包装精美的大纸盒在给同学们发放着什么，看到陆尔白过来，刘成拦住了他，从盒子里掏出个三角切层蛋糕，递给了他。

陆尔白愣了一下，习惯性地蹙起眉头，望着手中有股凉意的蛋糕。

刘成看他这样，一把拍在陆尔白的肩上，笑着解释道："这是上头九班送过来的，今天是郑冬至生日，千禧年大生日，郑昼景把整个元祖都包了下来，学校里的同学都有份，这还是冰激凌蛋糕，卖十多块一个呢。全校这么多人，这得花多少钱啊！'土豪'的世界真让人羡慕，对了，蛋糕吃了，回头你要碰到郑冬至，记得跟她说声'生日快乐'，郑昼景要求的，咱也不能白吃人家蛋糕呀。"

说完，刘成继续给其他同学发蛋糕，陆尔白拿着蛋糕回到自己的座位上，周围的同学都在吃着蛋糕聊郑冬至跟郑昼景，说的无外乎都是人家怎么有钱，怎么高调，怎么浮夸……言语间多半是羡慕的酸味。

陆尔白没有参与那话题，也没有吃那蛋糕。

同桌季明建看他把蛋糕扔一旁不吃还以为他是舍不得吃，多嘴地提醒道："陆尔白，你倒是快吃呀，不吃上面的冰激凌就化掉了，多浪费。这种冰激凌蛋糕老贵了，可不是你随便就能吃到的。"

陆尔白家穷在他们班是出了名的，他是他们班为数不多拿助学金的学生。大家都知道陆尔白的爸患癌症去世了，却还不知道他妈已经改嫁了。他们不问，陆尔白也不是那种会主动说的人。

学校里几乎没人知道陆尔白跟郑氏兄妹之间尴尬的关系。郑氏兄妹自然也不会说，对他们来说，跟陆尔白成为兄弟兄妹是很丢人的事。

所以每次看到郑昼景带人揍陆尔白，同学也只会觉得陆尔白是被霸凌了，谁会想到那么深？毕竟郑昼景是他们学校的霸王，他欺负人是很平常的事。

陆尔白听季明建这么说，也没生气，而是把自己那份推给了季明建，淡淡地说了句："给你。"

季明建还以为他是开玩笑的，求证道："你真给我？你不吃了？"

"嗯。"

"你为啥不吃啊？这蛋糕老好吃了，你不会是不爱吃甜的吧？我看你都不怎么吃零食。"怕陆尔白反悔，季明建急忙把蛋糕拿了过去，边吃边喋喋不休。

陆尔白没有跟他多说，拿起MP3，重新戴上耳机，开始背起了单词。

另一边的季明建忙着吃他的第二个蛋糕，后桌的同学看到，还笑着调侃他说："季明建你吃了两个蛋糕，回头见着了郑冬至，你得跟她说两声'生日快乐'才行。"

季明建"呵呵"笑，摇头晃脑地回道："得了吧，谁真见到郑冬至去说那话啊，我看还不都是见了她就跑。就郑冬至那坏脾气，要说错话了，还不得被她整死。"

"被她整算好的了，就怕她跟她哥告状，郑昼景那个护短的，干起架来捡到什么抡什么。我听说上个月他还把隔壁职校的一男的给打骨折了，就因为那男的在郑冬至放学的路上朝她吹了几声口哨。"

"真的假的呀，对方家长都不闹吗？"

"闹啥？现在还有钱不能解决的事吗？"

"也是，啧啧，有钱真好呀！"

"所以都说投胎要投好，回头让你妈给你回炉重造一下，找个郑林那样的爹。"

“去去去……”

前后桌的同学聊了一早读课的郑氏兄妹，陆尔白背了一早上的英语单词，好像他们说的人他都不认识似的。

【2】

第四节课下课铃一响，陆尔白从教室里出来，准备去食堂吃饭。

今天楼道里的人感觉特别多，陆尔白低着头往前走了没几步，突然听到有人喊了声“尔白哥哥”。他惊愕地抬头，然后就看到郑冬至站在他们那层的楼梯口正笑着朝他挥手，周围所有人都停下脚步看着他们俩。

陆尔白皱了皱眉头，郑冬至从来不会在学校跟他打招呼，更别提叫他哥哥了。他瞬间有种不好的预感，当即想也没想，掉头就走。

郑冬至追了上来，一路喊着“尔白哥哥”，顿时整个楼道的人都炸了，像发现了什么大新闻。有认识陆尔白的人朝他凑了过来，八卦地问——

“什么情况，什么情况？陆尔白你跟郑冬至是怎么回事？你们俩认识？”

“她为什么叫你哥啊？”

“现在流行认哥哥妹妹，陆尔白没想到你平时话不多，也这么闷骚啊！”

“快说说是怎么认识的？”

……

陆尔白被吵得头疼，身后那一声声“尔白哥哥”像是魔咒般一直跟着他，最后他想跑都跑不了了。那些看热闹不嫌事大的同学直接把楼梯给堵了，他被围得动弹不得。

他抬头，郑冬至就站在比他高两级的台阶上气喘吁吁地看着她，因追得太急，她的小脸此刻红彤彤的。

陆尔白眼神森森地盯着郑冬至，一口气憋在喉咙口。没等她继续喊出那肉麻的称呼，他几步上前，一把拽住她的衣领，几乎是拖地拉着她从另一个人少的楼梯跑了。

到了人少的角落，他才松开了她，没好气地道："找我什么事？"

"喏，给你的午饭。"郑冬至从身后拿出个保温桶递给陆尔白。

陆尔白木然地看着，有点蒙，一旁的郑冬至解释道："鸡汤，你妈熬的，让我带给你，说食堂的饭没营养。"

陆尔白没接，只是定定地看着郑冬至。对面这女孩没那么好心，没事会跑来给他送鸡汤。

他的眼睛很清澈，看得郑冬至心底有些发麻，但她还是鼓起勇气正视他，朝他靠近一步，拉着他的手撒娇道："尔白哥哥。"

这一声叫谁谁都酥，何况郑冬至还拿她那双漂亮的大眼睛深情款款地盯着你。

换其他人这会儿骨头都软了，但陆尔白不是其他人，他的理智总是大于情感，所以他当即毫不犹豫地推开了郑冬至，双手插在衣兜里，不耐地道："说吧，到底什么事？"

"我爸知道我哥打你了，昨天我哥跟人打电话，我爸突然回来，全被他听到了。我爸又把我哥揍了，我哥气得一晚没回家，我爸让他以后都别回去了，你跟我爸说说，让我哥今晚回家。"

哪有人打了人还要被打的人去说情的？陆尔白真心觉得郑冬至是

他见过的最厚脸皮的人了。

他没回答，伸手扯过郑冬至手里的保温桶就走。

郑冬至急得跺了一下脚，追了上去，拽着他的手臂继续撒娇。

“尔白哥哥，尔白哥哥……”

陆尔白依旧无动于衷地往前走。

郑冬至生气了，像个要糖的孩子一般愤恨地道：“今天是我生日，我最大。”

陆尔白突然停下脚步，低头看她，冷冷地道：“别指望我会给你礼物，一我没钱，二我不是你哥。”

“你妈是我爸法律上的妻子，你怎么就不是我哥了？你不想当我哥可以啊，你让你妈跟我爸离婚啊。”郑冬至一副很有道理的样子说道。

陆尔白不想跟个小孩子吵架，转身要走。郑冬至突然伸手拂了一下他的脸，他本能地躲开，以为她要打他。结果她却只是摸了摸他昨天被郑昼景打得开裂的嘴角。

她的手很凉，触碰到他的嘴角时，有股冰凉的感觉。

陆尔白瑟缩了一下，拂开了她的手。

郑冬至傲娇地“嘁”了一声，从大衣口袋里拿了个创可贴出来，低着头认真地撕包装，嘴里跟陆尔白商量道：“喏，你帮我去跟我爸说情，我给你贴药膏，怎么样？让寿星动手给你贴，你会得福的。”

没人回她，郑冬至有些恼怒地抬头，眼前哪儿还有陆尔白的影子。

陆尔白拎着保温桶回到了自己的教室，班里的人不少了，一看见他就围着他追问他与郑冬至的事。他是个话不多的人，更是个不懂情趣的人，要么不开口，开口就不会说废话。

对于同学们的追问，他就只回了三个字：“不认识。”

“什么嘛！什么不认识，明明见你拉着她跑了。”

“就是，她一口一个‘尔白哥哥’的，你当我们都是聋的啊。”

“不想说就不说呗，有什么了不起的。”

“就是……”

……

众人见实在撬不开陆尔白的嘴，最后也只能没趣地回了座位。

他们是高三毕业班，也没那么多时间闲聊。

人散了之后，陆尔白专心吃他的饭。郑冬至没有撒谎，保温桶里的饭菜的确是苏慧的手艺。陆尔白是个不挑食的人，一口气把饭吃完，又习惯性地去食堂打了点开水泡了壶茶。茶叶还是昨天遗留的，他还没来得及去宿舍换，口感不是很好，却也能消食。

下午，大家对陆尔白的议论变少了，陆尔白才稍微松了口气。

凡事都有个过程，他有这个耐心。

【3】

许是喝了隔夜茶的缘故，下午陆尔白的肚子一直隐隐作痛。

他跑了几趟厕所，最后还是虚脱地被刘成跟其他同学一起扶着送进了医务室。

刘成他们还要上课，陆尔白便一人待在医务室里挂水。校医对他说，他是食物中毒了才会腹泻不止。

陆尔白第一反应就想到了郑冬至给他送的那个保温桶，头疼地蹙眉，心烦。

他怎么就那么轻易地相信郑冬至会好心给他送饭，果真不下药毒死他就算她的仁慈了。

本来陆尔白还只是猜想，当看到郑冬至一脸奸计得逞的小人模样跑来医务室“看望”他时，他就更加确定了。

所谓最毒妇人心。

“尔白哥哥，听说你拉肚子被送这儿挂水了，我来瞧瞧你。”

她的演技真不是盖的，声音甜，神情到位，就连校医都忍不住被她感动，对陆尔白说：“这是你妹妹啊，她可真心疼你。”

郑冬至哪里是真心来看他的，她是来看他死了没吧？

陆尔白心里一片清明，但在校医面前，他没有将情绪表露出来。

他不是很喜欢被外人看笑话，何况校医误会郑冬至是他的亲妹妹也好，不然他还不知道怎么解释他们俩的关系。

郑冬至的确是来看陆尔白的笑话的，一直等陆尔白挂完水，她才舍得跟他一起离开医务室。

陆尔白觉得她真心闲，都不用上课的吗？直到路上遇到郑冬至班上的同学，他才知道他们最后一节课是体育。

从医务室出来时，已经到了放学的点。外面的天也黑了，东大门那边挤满了人，都是赶着回家吃饭的。大部分是附近走读的学生，还有小部分是去东边的小吃铺买饭的。

陆尔白没什么食欲，但他还是准备去吃个饭，医生说要他补充体力，所以他径直去了食堂。

郑冬至一路跟着他，陆尔白知道她想干什么，却没有点破她。

市一中的食堂很少有学生愿意去吃，都觉得饭菜做得不好吃。陆尔白倒是那儿的常客，主要是因为那里的东西便宜，而且很干净健康。

他到食堂的时候，除了一些负责校园园艺的员工在吃饭外，没见到几个学生。陆尔白给自己打了份三素一荤，拿着饭卡就准备刷。身旁突然多了个脑袋，郑冬至蹿到他面前，手里拿着跟他一样的饭菜要食堂阿姨给她结在陆尔白的卡上。

陆尔白嘴角抽了抽，没说话，他表示从未见过如此厚颜无耻的人。给他下泻药，现在又让他请吃饭。即使有点恼，可陆尔白还是帮郑冬至付了钱。

郑冬至才不管陆尔白想什么，今天不逼着陆尔白就范她是不会放他走的。

陆尔白找了个座位坐下来，安静地吃饭。

郑冬至也跟了过去，毫不避讳地坐在他对面。对着那些菜挑挑拣拣尝了几口，一个劲地说不好吃，唯独那块大鸡排她咬了一口后又咬了第二口。

她把不喜欢的菜都往桌上挑，食堂几个打菜的阿姨盯着她看了有一会儿了，终于忍不住跑来训了她几句，说的无外乎就是“你这小孩怎么这么不懂事”“不知道农民伯伯种菜辛苦吗”。

一个人说也就算了，几个阿姨一起说，任郑冬至再怎么刁蛮任性也被说得满脸通红。

周围的人都在看她，郑冬至有点委屈。脾气一上来，她不想吃了，想走，结果被一个阿姨抓着肩膀按回了座位上，让她吃完才能走。

她眼睛红红的，差点没哭出来，可怜巴巴地偷瞄埋头吃饭的陆尔白，趁阿姨不注意，就把不爱吃的菜往他盘子里送一点。

陆尔白停顿了一下，没有点破她，默默地把她夹过来的菜都吃了，然后把碗里没动过的鸡排给了她，她的那块早被她吃掉了。

郑冬至呆愣地望着多出来的那块鸡排，停了筷子。她觉得脸有点发烫，不知该说点啥好。

陆尔白抬头乜了她一眼，沉声道："浪费不好。"

郑冬至"哦"了一声，乖乖地低着头啃鸡排。

吃完饭出来，陆尔白要回教室，郑冬至依旧跟着他。

一路上，陆续有同学看向他们俩。

陆尔白觉得头疼，慢慢停下脚步。

郑冬至没注意他停了，一头撞在了他的背上，脑袋被撞得晕乎乎时，她听到陆尔白问她要手机。

郑冬至蒙了一会儿，意识到他要干什么，赶紧从口袋里掏出手机，翻到她爸的电话后递给了他。

郑冬至在旁边教着陆尔白一会儿怎么跟她爸讲话，陆尔白默不作声，直到电话被接通，他才简明扼要地说："叔叔，我是尔白，今天我跟昼景他们一起回家。"

郑林还愣着，陆尔白已经挂了电话，把手机还给了郑冬至。

达到目的，郑冬至立刻换了一副面孔，又对着陆尔白趾高气扬起来："说好了，晚自习放学你在西校门等我们。"

陆尔白没直接应她，而是叫了她的名字。

"郑冬至。"

他的声音很好听，"冬至"两个字从他嘴里叫出来多了几分不知名的味道。

郑冬至惊讶地抬头看他，细看之下，发现陆尔白真的像极了苏慧。

母子俩几乎一个样，都是瓜子脸、白皮肤，一双眼睛干净得看不到一丝瑕疵，他盯着人的样子好像要把人看穿。

"不要再在我的饭里下药，不然，我不会回去。"

这应该算是陆尔白说过的比较长的话了。

郑冬至在原地愣了很久才反应过来，这人是在威胁她！

【4】

陆尔白他们是实验班，每次放学都比普通班放得晚。

晚自习结束后，化学老师又拖了十分钟的堂，其他人都急着回家，陆尔白倒是悠闲得很。

等他慢腾腾地走到学校西校门的时候，校门口都没几个人了。他一眼就望见了穿得跟大红包似的郑冬至，她正焦躁地在马路边的花坛上跳来跳去，抻长脖子朝校门内张望着。

看到陆尔白，她的眼睛亮了一下，从花坛上蹦下来，朝他跑了过去，伸手就在他身上捶了一拳。

"你怎么这么慢？不是说好让你等我们的吗？"郑冬至黑着脸瞪着陆尔白，没好气地说道。

她下手不轻，陆尔白胸口突然被她打了一下有点疼。他揉了揉被打的地方，目光沉静地望着她，淡淡地说："等不及，你们可以先走。"

什么叫一句话能噎死人，这就是。

郑冬至被气得要死，却又只能忍着，谁叫是她有求于人呢。

她攥着拳头，对陆尔白挥了挥："走了，我哥还在等我们。"

说完，她气呼呼地朝校门外走，陆尔白不紧不慢地跟在后头。

马路边停着一辆黑色的奥迪，副驾驶位子上坐着一个穿米色连帽卫衣的少年。郑冬至他们过去的时候，他正在低着头玩游戏，黑色的大衣被他随意地扔在一旁。

郑冬至敲了敲车窗，急着喊了几声：“哥，哥，开门。”

一连敲了好几下，郑昼景才抬起头朝窗外看了一眼，目光在陆尔白身上停留了一会儿，最终还是让司机开了车锁。

郑冬至拉开门坐了进去，见陆尔白还戳在马路边，生怕他反悔不愿跟他们一起回去，连忙伸手抓住他的手臂，将他一并拽进了车里。

开车司机是新来的，并不认识陆尔白，看到他上车，对他微笑了一下。

陆尔白不是个爱笑的人，对于这突然的善意，他礼貌性地点了点头。

这一点在郑昼景眼里看起来很是刺眼，他出声讽刺陆尔白：“一副穷酸样，派头倒不小。”

陆尔白对他的刻薄已经习以为常，没兴趣跟他吵，手伸向门把就要下车。郑冬至见状，一把抱住他的手，朝郑昼景劝阻道：“哥，你如果还想回家就少说两句。”

郑昼景被说到痛处，没再说话，只是憋屈地用胳膊撞了一下车门，车都被撞得震了一下，也没见他喊疼。

他不心疼自己的手，郑冬至倒是心疼他，扑过去给她哥揉手，扯开话题道：“哥，你刚才在玩什么游戏？带我也玩玩。”

郑昼景是出了名地宠妹妹，只要郑冬至开心，让他做什么都行，更别说只是带她打游戏了，所以郑冬至一开口，他就把新买的PSP（一款多功能掌机）递给了她。

郑冬至哪是真心要打游戏，她就是个捣糨糊的，郑昼景把游戏规则跟她讲了好几遍，她都没记住。最后还是郑昼景在玩，她跪在车座上扒着郑昼景的椅子看，看到郑昼景玩得漂亮的地方，她在后头毫不吝啬地鼓掌叫好。郑昼景被她夸得脸上的笑容止也止不住。

明眼人都看得出来这两兄妹的感情很好。

陆尔白坐在后头看了他们一会儿后把目光移向了窗外，安静地望着车外凄迷的夜色。

耳边全是欢声笑语，却与他毫无干系。

郑家的别墅就坐落在离市一中不远的紫园，那是D城有名的富人区，动辄造价千万。

陆尔白算是第二次来紫园，他在郑家住过几天，但对这里的一切都没怎么上心，坐在车内，他眺望着窗外一栋栋外观一模一样的别墅，完全分辨不出哪栋是郑宅。

司机倒是轻车熟路地一直往里开着，郑氏兄妹还在玩游戏，都没注意快到家了。

往前行驶了一段，司机将车停在了倒数第二排第三栋别墅的门口。

郑冬至正指着她哥手里的PSP机屏幕激动地叫着让郑昼景杀boss（游戏中的反派头目），她本来就没好好坐在车上，又高兴得手舞足蹈的，所以突然停车，她手没抓住车椅，身体因为惯性直接朝后撞去。车后座的茶座先前被她掀了下来，她泡了两杯奶茶在上面，准备一杯给她哥，一杯留着自己喝。为什么没有陆尔白的份？那是她小心眼。

她往后倒的时候，头正对着刚泡开的两杯热奶茶。郑昼景回头见状，连忙伸手抓她，但因为被安全带牵制着，没抓住。

郑冬至吓得“哇哇”大叫，手本能地往后一抓，碰到放在外边的那杯奶茶，杯子被她抓倒，滚烫的茶水溅了几滴在她的手上，她当时就被烫哭了。

千钧一发之际，还是陆尔白伸出手，一手搂住郑冬至的腰将她抱进怀里，一手帮她接住了倒下来的那杯热奶茶。

陆尔白的手很好看，很白，一眼就能看到手背上青色的血管，但那血管很快就被洒出来的奶茶给覆盖掉了。

感觉到烫，他蹙起了眉头，将手背上的液体甩掉，白皙的手背上露出被烫红的印记，斑驳一片，像蜈蚣遍布整只手，很难看。

郑冬至被吓得蜷在陆尔白的怀里，一时间忘了推开他。

最后还是郑昼景先反应过来，从副驾驶座走下来，拉开后座的车门，将郑冬至给抱了下来，急着朝陆尔白吼道："还愣着干什么，快进去用冷水冲一下啊！"

别墅内，郑林跟苏慧两夫妇都还没睡，今天是郑冬至的生日，他们俩都守在客厅，让保姆王婶买了个蛋糕，等着孩子们回家再一起庆祝。听到院内有响动，两人都冲了出来，正看到郑昼景抱着郑冬至朝陆尔白吼。

郑林以为自己儿子又在欺负陆尔白，气得当场冲上前去，伸手就要抽郑昼景。还好苏慧及时追过来拉住了他。

看到陆尔白手上的烫伤，苏慧心疼得红了眼，拉着他就往家里走。还没进屋，她就喊王婶去打盆冷水过来。

苏慧坐在客厅里帮陆尔白清洗手背，王婶又拿了药箱过来，郑林在一旁训斥自己的那双儿女是怎么一回事。

两兄妹一开始谁也不说话，郑林看了一眼苏慧，见她红着眼，心里叹了口气，把矛头指向儿子道："是不是又是你干的？你一天不给我惹事就浑身不舒服是吧？"

一听到爸爸又在训哥哥，郑冬至赶紧出来护兄，站在郑昼景面前举起自己也被烫了一点红印的手，急着对郑林道："跟我哥没关系，是我不好，尔白哥哥是因为救我才被烫伤的，不信你问尔白哥哥。"

听到郑冬至嘴里喊"尔白哥哥"，陆尔白就知道不会有什么好事。果然，郑林朝陆尔白看了过来，语气放软了问："尔白，冬至说的是不是真的？"

郑林问话的时候，郑冬至站在他的身后眼巴巴地瞅着陆尔白，模样十分可怜。

陆尔白被瞅得心里很不是滋味，他说不出那是一种怎样的感觉，就是很烦。

郑冬至就是个惹事精，每次见她都没什么好事。

陆尔白避开眼不再看她。

郑林见他不吭声，以为女儿撒谎，又要开骂，身后忽然响起一道清冷的声音。

"她说得没错。"陆尔白低着头，望着浸泡在冷水里通红的手背淡淡地说道。

郑林这才作罢，但还是象征性地说了郑冬至一通，没事在车上泡什么奶茶。

郑冬至委屈兮兮地说："那我渴啊，渴都不让我喝了。"

郑林说不过她，正好王婶端了蛋糕上来，他便招呼大家一起吃蛋糕。另一边，苏慧也给陆尔白的手上好了药。

郑昼景帮郑冬至在蛋糕上插满了蜡烛，郑林用打火机给她点燃蜡烛。所有人，除了陆尔白，都围着郑冬至给她唱生日歌。

陆尔白待在那里觉得很不自在，想走。苏慧拉住了他，对着他摇了摇头，他只好留在那儿看着郑冬至吹完蜡烛许愿。

等她许完愿，郑林像往年一样笑着问她："冬至，今年许的什么愿望，爸爸看看能不能给你实现。"

郑冬至直起身，对着众人微笑道："我许的愿望是，我们一家人能永远幸福地生活下去。"

说完，她那双明亮的大眼睛看向了苏慧母子。

陆尔白望着郑冬至看似天真无害的笑容，心里明白，郑冬至说的"一家人"并不包括他与苏慧。

郑林听罢，高兴地为女儿鼓掌叫好，说："还是冬至懂事。"

郑冬至开始切蛋糕，郑林让她把最大的那块给陆尔白。郑冬至看了她哥一眼，然后不情愿地端着蛋糕朝着陆尔白走来。

陆尔白没有接，他的手不好动，而且他也并不想吃那块蛋糕。别人不是自愿给的东西，他不稀罕要。

见他不接，郑林很是尴尬，郑冬至倒很高兴，反正她是给了陆尔白面子，是他自己不要的。

最后还是苏慧接了过来，帮忙解释说："尔白的手伤了，他待会儿再吃。"

郑昼景给妹妹买了烟花藏在车库里要给郑冬至惊喜，他们一家人跑去院里放烟火。陆尔白没有跟去，先上了楼，回了自己房间。

苏慧陪着他一起上楼，进了房间后，她将蛋糕放在一旁的书桌上，抬头问道："尔白，你是不是不开心？"

陆尔白没有回答，苏慧又红了眼眶，背过身擦了把眼泪，然后朝儿子走了过来，心疼地摸了摸他开裂的嘴角，说："是妈对不起你。"

陆尔白疲惫地闭上眼睛，许久才开口说了一声："只要你幸福就好。”

郑林上楼喊苏慧一起看烟火，苏慧跟着他走了。

外面烟花声起，美丽的烟火绽放在夜空，又像流星般陨落。

“郑冬至，千禧年生日快乐。”郑昼景在楼下大声地喊道，随之响起的是郑冬至银铃般的笑声。

“哥，你真好！我最喜欢哥了！”

“哥，快放这个，这个好看，像雪花！”

“等着，哥这就给你放！”

陆尔白站在窗前，目光沉静地望着楼下欢闹的两人，神情落寞。

烟火真美，夜空很璀璨，有欢声也有笑语，但那些小美好，都不属于他。

突然，他有点羡慕。

【5】

陆尔白在郑家住了一晚，第二天又回了学校。

虽然只是短暂的一晚，但足以让郑林相信他与郑氏兄妹的关系没那么糟糕。

自从陆尔白因郑冬至伤了手后，郑昼景在学校好几天没再来找过他的麻烦，就连郑冬至也没有再在他的眼前出现过，这倒让陆尔白松了一口气。

期末快到了，他既要忙着复习，又要备战全国高中生化学竞赛，没时间陪他们折腾。

学校里陆续有人知道了他是郑林继子的事，虽有人说起并找他询问过，但他是那种不想说话谁也撬不开他的嘴的人，所以人家说什么对他并没有多大影响。

陆尔白再度回紫园，是因为元旦到了。

学校难得放了三天假，就连食堂都关了，苏慧怕他没饭吃，硬是让他回家。

郑林那几天有事要去广州出差，他把苏慧一同带上了，家里就只剩下三个孩子，还有保姆王婶。

临走前，郑林千叮咛万嘱咐郑氏兄妹不要闯祸，又拜托陆尔白帮他好好看着那双儿女。他这拜托也是瞎拜托，郑氏兄妹从来没把陆尔白放在眼里过，又怎么会听他的话？

郑林他们一走，家里就成了郑氏兄妹的天下。

郑昼景叫了一帮朋友到家里开了两天两夜的Party（聚会），把家搞得一团糟。陆尔白一直关在房间里没出去，郑氏兄妹也当没他这个人，只有王婶每次做好饭不忘给他端上来一份。

假期的最后一天，别墅终于恢复了宁静。郑林打电话回来说他们晚上回家，郑冬至跟郑昼景一早就起来了，让王婶给他们煮了一壶咖啡提神，喝了几杯后火急火燎地赶作业。

市一中的高中假期作业量一直是全市出了名的，毕业班更是夸张。这次放三天，郑冬至数了数，他们班有二十四张卷子，郑昼景还好点，他找同学抄了八张，还有十七张。

两人都有点后悔前两天玩疯了，搞得今天都有点来不及做题。老师还好糊弄，但郑林那儿就不好忽悠了。

郑林对两兄妹算是很纵容的，他对他们的成绩没啥要求，只要求他们学习态度端正，再怎样，老师布置的作业得认真地完成。他虽然不是每次都查，但一有空就会查。郑林是名校毕业的高才生，还会给他们进行批改。作业质量直接决定了他们当月的生活费是多少，刚才郑林在电话里也说了，让他们赶紧做，晚上他回来要看，所以两人想侥幸都侥幸不了。

郑冬至做了几题就看她哥的，依样画葫芦地抄几题。

郑昼景实在忍不住提醒她："你说我这是化学卷子，你那是英语卷子，别说正确率是多少了，冬至你抄我能抄个啥啊？"

"不都是选择题吗？ABCD。"郑冬至很有道理地说道。

郑昼景像看外星人一样看着她，要不是这人是他妹妹，他真的会骂上一句"这傻子是谁"。

两人哼哧哼哧做了一上午卷子，中间郑昼景打了十多个电话，都是问同学做完没有。

有个成语叫"同流合污"，能跟郑昼景混在一起的，肯定也都是些不学好的，能给他抄什么？

不过倒有人开玩笑地提醒了他一句，让他去找他们班的班长张冉，据说张冉暗恋他。

郑昼景一想到张冉脸上的小雀斑，就忍不住起鸡皮疙瘩。还是算了，他可不是那种爱出卖色相的人。

看两人那么辛苦，王婶特意做了他们最爱吃的桂花鸡。做完饭，她就上楼去喊陆尔白下楼吃饭。前两天家里人多，陆尔白不爱露面，她都是端上去给他吃的。但今天家里没外人，王婶觉得毕竟是一家人，还是在一张桌子上吃比较好。

没等王婶上楼，陆尔白就从他的房间里走了出来，手里拿着一本书，匆匆下了楼。

王婶喊他吃饭，他摇摇头拒绝了，说同学约了他打球。

陆尔白没有撒谎，刘成是喊他出去打球来着，但在去之前，他要先去旧书店还一本书。那老板下午家里有事店要关门，他早就约好了这会儿送过去。

“打球也要体力的，吃个饭再走啊！”王婶喊他，他摆摆手出了门。

怕他饿着，王婶急忙从厨房拿了两个奶黄包出来，追出门给陆尔白送了过去。

坐在餐桌旁等着开饭的郑氏兄妹看着陆尔白轻松离去的背影，一脸的羡慕嫉妒恨。

他竟然还有时间打球，爽的咧！

郑冬至突然想到了什么，眨巴着乌溜溜的大眼睛，对着郑昼景奸笑道：“哥，你说陆尔白他们班的卷子总归有几张是跟我们重叠的吧，他的正确率应该很高吧。”

别说陆尔白不会给他抄，就算陆尔白把卷子送到他面前让他抄，他郑昼景也是不会抄的。

自己本就挺被郑林嫌弃的，难道还要送过去给他打脸？

郑昼景傲气地拒绝，匆匆扒了几口饭，然后收拾了一下铺了一沙发的卷子也出门了。

三个臭皮匠顶个诸葛亮，他约了他几个同学分工合作，总比跟郑冬至两个人赖在家里死磕强。

郑昼景让郑冬至学自己也找几个同学帮忙一下就好了。

郑冬至不以为意，她还是觉得去陆尔白房里偷他的卷子更靠谱点。

送走她哥，郑冬至也只仓促地吃了几口饭就上楼了。

一路闯进陆尔白的房间，她都没耽搁，先把他的书包翻开看看有没有卷子，然后又去书桌上翻了一遍。

简直轻松得像是知道会有人要去偷似的，她在书桌上放着的文件夹里一下子就找到了十张与她们班作业一模一样的卷子。

郑冬至高兴坏了，赶紧下楼把自己的作业拿了上来，对着陆尔白的卷子就是一顿抄。就算是抄，十张卷子抄起来也挺费劲的，抄到一半郑冬至困了，就趴在陆尔白的书桌上睡了一会儿，睡完起来擦了擦口水又继续抄。

陆尔白回来的时候，就看到郑冬至整个人蹲在椅子上在抄他的作业。他安静地站在门口看了一会儿，才伸手敲了敲门板。

都说做贼的容易心虚，被他这么一敲，郑冬至还以为是她爸回来了，吓得赶紧把桌上的卷子拢拢就要往怀里藏。

陆尔白的茶杯就放在他的书桌上，郑冬至来的时候好奇，打开他的茶杯看了一下他喝的是什么，却忘记把杯盖盖回去了，杯子里还有半杯茶水。

郑冬至拢卷子的时候没注意看手边，胳膊正好碰到那个茶杯，陆尔白还没来得及喊她，那茶杯就倒了下去，里面的茶水全洒了出来，弄湿了旁边的卷子。

郑冬至有些懊恼，回头看到是陆尔白，当即气不打一处来，发脾气地朝他骂道："你是鬼吗？回来都没声音的。"

陆尔白顾不得跟她吵，一脸紧张地扑到书桌前，推开了挡在一旁的郑冬至，从被她浸湿的试卷下找到了自己那个被茶水浇到的MP3。旁边的耳机上黏着几片茶叶，黄绿色的茶水浇得黑色的皮线表皮一片莹亮。

陆尔白黑着脸，按下MP3的开关，拿耳机听了一下，里面传来"刺刺”声。

“坏了？”郑冬至凑过头来说道。

陆尔白转过头看她，脸上的表情冷冷的。

【6】

“不就是个破 MP3 吗？坏了就坏了，让你妈再给你买一个不就得了。”郑冬至不以为意地噘着嘴说道。

陆尔白真的很想发火，但还是忍了下来，只是伸手将在他眼前乱晃的郑冬至再度拉开，从书桌上拿了块桌布下来，小心翼翼地擦着 MP3 上的水渍。

郑冬至被他一推，没站稳，摔在他的床上，脚还崴了一下。

她本就是大小姐脾气，骄纵惯了，头一次被这么欺负，当即气就上来了，发狠似的朝陆尔白扑了过去，从他手里抢过那个旧 MP3，对着开着的窗户直接扔了出去。

“我让你推我！”她还不忘叫嚣一句。

陆尔白望着被扔出去的 MP3，脑袋里顿时一片空白。没等他意识到自己都干了些什么，清脆的巴掌声响起，将他整个人都震醒了。

手麻麻的，他愣愣地望着自己举在半空中的手，还有眼前半边脸红起来的郑冬至，瞬间哑然。

郑冬至被打蒙了，一脸呆滞地站在原地，眼眶通红地望着陆尔白，撇了撇嘴，眼泪掉了下来。

在她哭出声来之前，陆尔白想都没想，本能地伸手把她带进了怀里，将她的脑袋按在自己的胸口，不让她出声。

"别哭，别哭。"他笨拙地哄着，但毫无用处，郑冬至在他的怀里哭得更厉害了。

那哭声像直接传进他心里似的，他除了感到抱歉外，还莫名地感到有些憋闷。

那种很烦的感觉又来了。

郑冬至哭了一会儿才发现自己正被陆尔白抱着，她当即又羞又恼地从他怀里挣了出来，气红了一张脸，向陆尔白威胁道："我要告诉我爸。"

陆尔白本来还在懊恼自己不该一时冲动打了郑冬至，这会儿听她这么一说，他心里反而松了一口气。

郑冬至告诉她爸也好，郑林那么宠她，就算面上可能会看苏慧的面子不朝自己发火，但心里肯定难以介怀。

快寒假了，下午他出门的时候顺便找了份兼职，又跟书店老板商议好，寒假借住在他的书店。他本来还没想好怎么跟苏慧他们说这件事，这会儿正好可以拿这件事当借口搬出去。

这么一想，陆尔白也懒得再开口哄郑冬至了。

郑冬至小脸通红地跑出了陆尔白的房间，没一会儿去而复返，脸比之前更红了，像熟透的番茄。

她气势汹汹地走到书桌前，三下五除二地把桌上自己的试卷席卷一通，然后朝着敞开的房门冲了出去。

离开时，她仍不忘彰显气势，对着陆尔白恶狠狠地说了一句："你给我等着！"

陆尔白一动不动地站在原地，没吭声。等她走后，他才动手收拾起那张被弄乱的书桌来。

晚上，王婶做了几个菜，又煲了鸡汤，上楼来喊两个孩子吃饭。她先经过陆尔白的房间，于是走过去敲了几下门。

陆尔白正在看美国的畅销书《教父》，这本书共有三册，下午他刚从旧书店借回了第一册，其他两册被人借走了，要等他们还了他才能看。

他看得津津有味，都没听到敲门声，等王婶敲到第三次，他才后知后觉地起来开门，抱歉地对着王婶说了声："王阿姨。"

王婶瞥了一眼他手里抱着的书，脸上露出欣慰的笑，伸手拍了拍他的肩膀，说了声："吃饭了，赶紧下楼来。"

陆尔白应了声，王婶继续往里走，去喊郑冬至。

郑冬至正在手忙脚乱地做题，郑林就快回来了，但她还有五张试卷没做，前面做好的有些是抄陆尔白的，有些她只胡乱做了选择题，大题都是瞎涂涂，填满就算完成了。

如果说陆尔白是个学霸，那郑冬至就是实打实的学渣，班里千年不变的吊车尾。也不是说她脑子笨，在其他事上她都挺机灵的，就学习这事，她怎么也学不进去。每天上课看她听得都挺认真的，也坐得端端正正，其实思绪不知道飞到哪里去了。她整天都在发呆，学得好才怪了。不过还好她是艺术生，日后准备考美院的，所以成绩也并没那么重要。

听到王婶敲门，她急躁地回了一声："我不吃了，卷子还没有做完。"

知道郑冬至怕郑林，王婶笑了笑，也没再多说，就喊着陆尔白一起下楼吃饭了。

郑昼景还没回来，王婶也没打算等他。她在郑家当保姆快十年了，郑林他们都把她当自己人，她也熟知每一个人的脾性。郑昼景出门，不玩到天黑是不会回来的。就算他想回来，他那帮狐朋狗友也会缠着他让他请吃完晚饭才会放他走。

晚饭就王婶跟陆尔白两个人吃，吃完饭，陆尔白继续回房看书，王婶在厨房忙活。晚上八点左右，别墅外的院子里有车灯照进来，是郑林他们回来了。

郑冬至一听到她爸的声音，就像鸟儿般欢腾地跑下楼，一头撞进郑林怀里，撒娇道："爸，你给我带的礼物呢？"

郑林伸手推着她的脑门，将她从怀里推了出去，弯着眉眼，故作严肃地道："你作业做完了？拿过来我看看，看完再说礼物。"

郑冬至嘶着嘴，不情不愿地上楼去拿试卷。

陆尔白听到声音也从房间里走了出来，下了楼，安静地站在一旁。他可不是像郑冬至一样下来要礼物的，只是他觉得长辈回来了，他如果还躲在房间里不是很礼貌，所以便出来了。

看到陆尔白，郑林脸上堆满了笑，让苏慧从他的公文包里拿了个精美的长盒子出来，硬塞给了陆尔白。

陆尔白不想收，郑林硬要他拿着，佯装怒道："拿着，不拿就是不给叔叔面子。"

陆尔白看了一眼苏慧，苏慧点点头，示意他收下，他这才收了。

见他不是特别欢喜，郑林脸上的表情变得有些尴尬，但还好郑冬至拿着试卷从楼上飞奔而下，缓和了气氛。

郑冬至的卷子有几张洒上过茶水，烘干后皱巴巴的，郑林皱着眉头问她是怎么弄湿的。

郑冬至斜眼扫了陆尔白一眼。

陆尔白感觉到她的目光，抬起双眸与她对视，等着她跟郑林告状。郑冬至却在触及他的目光的那一刻，突然闪躲地别过头去，别扭地望着天花板上的吊灯，顾左右而言他道：“我不小心把水杯弄洒了。”

她又不傻，如果告诉郑林她是因为抄陆尔白的卷子弄湿的，那她不得被骂死。

至于陆尔白打她的事，她日后从其他方面报复回来就是了。

“都这么大人了，做事还毛毛躁躁的。”郑林黑着脸数落道，随手翻了几张卷子。只见他的脸色越来越阴沉，最后他实在看不下去，把那堆写得乱七八糟的试卷全塞回了郑冬至怀里，问道，“你哥呢？”

刚说到郑昼景，外面就响起了铁门被推开的声音。

【7】

郑昼景边往里走，边在跟同学打电话，还没等他走到门口，大门就被人从里面打开了。

王婶站在门口对他挥了挥手，示意他快进来。

郑昼景有种不好的预感，放下手机进了别墅，一进屋就看到郑林黑着脸站在大厅里。旁边站着尴尬的苏慧，还有沉默的陆尔白，郑冬至抱着一堆卷子在瞅他，模样很是委屈，看样子已经被训过了。

“去哪儿了？”郑林问儿子。

郑昼景本能地将书包往身后藏了藏，回道：“去同学家做作业。”

“作业呢？拿出来我看看。”

郑昼景正纠结要不要把书包交上去，郑林突然伸过手来，一把抢过了他肩上的黑色帆布包，麻利地打开，从里面翻出一堆黄色杂志还有色情 DVD，最后才是试卷。

郑昼景虽然有点浑，却也不是好色的人。男孩到了他这个年纪，都血气方刚。他们班很多同学私下都看这种书，他也跟着他们一起看过，但从没往家里带过。这堆东西是他从同学那儿特意要回来的，打算偷偷放陆尔白包里整他的，可没想到他还没来得及实施自己的计划，就被郑林逮了个正着。

郑林本来只是恼火儿子不懂事，玩到这么晚才回家，这会儿看到他书包里掉出来的东西，真的是气不打一处来，眼睛瞪大，伸手就朝郑昼景打去。

苏慧见状，赶紧上前拉住他，王婶也连忙把郑昼景拉远点。

被苏慧抱着，郑林打不到郑昼景，只能气得骂他："混账，我平时是怎么教你的，不好好学习就算了，还看这种下流东西，你要不要脸！你是要把我气死才高兴啊！你……"

郑昼景本来也有些理亏地低着头，并不打算解释什么，但听到郑林这么骂自己，又看到苏慧"好意"地劝说，还有陆尔白在一旁淡漠看戏的样子，他那倔强脾气就上来了，当即对着郑林顶了一句："我不要脸，你跟这女人混一起才不要脸呢！她儿子都这么大了，你还下得去手！"

这么久的平静都是假象，问题一直存在着，那些潜伏在这个家中的矛盾因子一旦被点燃，就将所有人都炸得体无完肤。

"你妈不在了，我跟苏慧是光明正大，合法婚姻，哪里都说得过去！"郑林气得吼道。

一句话彻底刺痛了郑氏兄妹，郑冬至当场就哭了起来。郑昼景红着眼，对着郑林嘶吼："对，怪我妈死得早，所以我没人教，你再娶是天经地义！你对我妈没感情，那你跟她生什么孩子啊！你有苏慧肚子里的种就够了，还要我们兄妹俩干什么！”

苏慧知道郑林是在气头上，说的话都没经过大脑就这么说了出来，其实本意不是这样的。她试图上前安抚激动的郑昼景：“小景，你爸不是这个意思，他对你妈……”

没等她说完，郑昼景突然伸手用力推了她一把，愤恨地道：“不用你管！”

苏慧本就长得瘦小，被他这么一推，直接摔在了地上。

站在一旁的陆尔白见状，赶紧冲过去扶母亲，眼神冷冷地看向郑昼景。

不知道是谁先喊了一声“流血了”，所有人的目光都转向了苏慧，只见她裤子上沾了大片血，血从她的下体不断地流出。苏慧捂着肚子，脸一片惨白，痛叫一声便晕了过去。

陆尔白抱着母亲，望着手心沾满的鲜血，连他这么冷静的人，此刻双手都颤抖着，更别说郑冬至他们了。

郑冬至吓得停止了哭泣，而郑昼景的脸上也是血色全无。

郑林就别说了，当场气得要拿凳子砸郑昼景。还好王婶及时拦住他，劝他说：“先送医院吧。”

郑林这才停下手，紧张地冲到苏慧面前，推开呆住的陆尔白，将苏慧从地上抱起，急切地往外走，去车库拿车。王婶急忙从浴室拿了几条毛巾跟了出去。

院内传来汽车发动的声音，汽车昏黄的尾灯渐渐消失在黑夜中。

别墅内，瞬间就只剩了三个孩子。

郑昼景蹲下身，双手抱着自己的头，望着地上的血迹，青涩俊秀的脸上尽是懊恼的神情。

郑冬至在一旁紧紧地抱着他，哭着说：“哥，这不是你的错，不是你的错。”

陆尔白一身寒气地站在大厅中央，手上还沾着苏慧的血。

他闭上眼，再睁开，如此重复几次，最后还是平息不了内心的愤怒。他朝郑昼景冲了过去，拽着他的衣领将他从地上拎起来，挥拳就打，边打边嘶吼：“她有什么错？”

家里穷是她的错吗？嫁了个懦弱的男人是她的错吗？前夫早亡是她的错吗？

自从进了这个家，她一直都很小心翼翼，一直都在忍，带着她的亲生儿子一起忍。

她受了委屈不说，挨了骂不说，挨了打更不说，她有什么错啊？

“她有什么错？她有什么错……”

陆尔白一拳一拳狠狠地揍在郑昼景的身上，破天荒地，郑昼景没有还手也没还嘴，任由他发泄着。

郑冬至拼命抱着陆尔白的手，哭着哀求：“不要打了，不要打了，尔白哥哥。”

这声“尔白哥哥”她是真心的。

打累了，陆尔白才停了手。

郑昼景满脸是伤地摔坐在地上，什么也没说，只是冷笑了几声，倔强地从地上挣扎着爬了起来，对着陆尔白吐了几口血水，然后摇摇晃晃地走出了别墅大门。

郑冬至要上前追他，陆尔白拽住了她的手。

她愤恨地回头，红着眼瞪他：“你拉我干什么，你都把我哥打走了，你还想怎样？”

“你能护他一辈子吗？”陆尔白望着她，冷酷地问。

郑冬至惊愕地看着他，良久，她重重地点头，说：“我能！不管他是错的还是对的，他都是我哥，他是全天下最爱我的人。”

陆尔白松开了她的手，郑冬至跑出了别墅，再也没有回头。

凄冷的月光照在陆尔白的身上，郑冬至决然离去的背影一直停留在他的眼里，不管多少年过去，陆尔白一直记得那声干脆的“我能”。

她，没有食言。

第二章
少年心绪未可解

· · ·

如果人永远能像小时候那么天真就好了。

【1】

郑冬至回来的时候，陆尔白正跪在地上擦地板。

膝盖下的大理石表面冷得像寒冰，寒气穿过单薄的牛仔裤，刺入人的骨头。陆尔白却无动于衷，目光专注地擦拭着地板上苏慧留下的血迹。

那血一开始还是热的，后来冷了，抹布被扔进热水里，如红莲般盛开。

将地板擦干净后，陆尔白安静地望着手边被染红的水盆，脸上看不出悲喜，只是那双黑亮的眸子更加清冷了，让人不禁联想到冬夜的寒雾。

听到脚步声，他警觉地回头，看到独自回来、呆呆地站在门口的郑冬至。他微微松了口气，抱着水盆起身，转身走向拐角的卫生间。

身后传来郑冬至疲惫又无助的声音，她说："我追不上，他跑太快了，我拼命喊他等等我，他就是不等我。我都摔倒了，他也不过来扶我。我哥走了，他不会再回来了，他不要我了……"说着说着，就只剩下孩子般的哭声。

陆尔白顿了顿脚步，又迈开步子大步走进了卫生间。几分钟后，他推门走了出来，手里端着一盆新接的热水，盆里是一条干净的毛巾。

郑冬至坐在门口哭，他抱着水盆朝她走过去，到她身边后把东西放在地上，蹲下身，淡淡地问："摔哪儿了？"

郑冬至惊讶地回头，两眼通红，眼神冷怔地望着他，不说话。

陆尔白也在看她，那柔弱的身影映在他清澈的眸子里，那么清晰。

两人对视了几十秒后，郑冬至摊开了一直紧握的双手，露出被石子磨破皮的手心。

陆尔白习惯性皱了下眉，转身拿热毛巾给郑冬至擦伤口上的淤泥。生怕弄疼她，他的动作已经放到了最轻，郑冬至却还是哇哇大叫，哭着让他停下。

清理完手，陆尔白突然站起身，弯腰把郑冬至从地上抱了起来。郑冬至吓了一跳，不知道他要干什么。她手疼，打他怕弄到伤口，骂他她已经没了力气，咬他吧，她怕他直接把自己给丢下去。

最后，她只能可怜兮兮地叫了他一声："尔白哥哥。"

陆尔白看了她一眼，没说话，跑上了楼，推开了郑冬至的房门，将她放在了她的公主床上。

没等郑冬至发问，他已经转身出了门。再次出现时，他的手里拎着个破旧的医药箱，从那箱子的古老程度可以判断出，这是陆尔白的私人财产。

陆尔白拎着箱子坐到郑冬至身边，给她的手敷了药膏，又用纱布包好，然后抬头看着她，声音微哑道："把裤子脱了。"

郑冬至震惊地睁大眼睛，许久才反应过来他在说什么，顿时小脸涨得通红，不顾手上的疼痛，恼羞成怒地挥拳就往陆尔白身上打，哭着吼："你流氓，趁我哥他们不在你就欺负我！"

陆尔白任由她打着，直到她打累了，他才抓着郑冬至的手腕，面无表情地说："你膝盖不疼吗？"

听他这么问，郑冬至才后知后觉地感到膝盖疼。之前摔倒，她膝盖磕到了石头，那会儿光顾着追郑昼景，也没仔细看，这会儿低头才发现膝盖处的牛仔裤都被血浸透了。

陆尔白观察过，她穿的裤子裤脚太小，根本没法直接卷起来露出膝盖上药，所以只能让她脱了裤子。

明白了陆尔白的用意，郑冬至忍着疼躲进被窝里要脱裤子。即使身上盖着被子，她也还是不放心地对陆尔白说：“你能不能先出去？”

陆尔白没再看她，转身出了房间，随手帮她关上了门。

等到郑冬至喊他，陆尔白才再度进了房间。

郑冬至躺在床上，用被子将自己裹得严严实实的，就露出一条光洁细长的大腿。

看到陆尔白进来，她对着他摇了摇头，红着脸催促道：“你快点呀，冷死了。”

陆尔白怔了一下，耳朵有些发红，但很快就回过神来，拿着药箱走上前去。

待他在床沿坐下，郑冬至便将受伤的腿直接跷在了他的身上。陆尔白的身体绷紧了些，脸色有些难看，但没推开她。

郑冬至摔得不轻，膝盖表皮被磨破了一大片，怪不得血会渗透牛仔裤的布料，也不知道她之前是怎么忍的。这会儿，陆尔白刚拿着镊子夹了块棉花放在消毒水里浸泡了一下往她膝盖上一放，她就尖叫起来，抓着陆尔白的胳膊，用力地掐着他的肉。

陆尔白被掐得眉头紧锁，心里那种烦躁的感觉越来越深。但他还是忍着没发作，耐着性子哄郑冬至，说：“忍一忍，就快好了。”

疼是因为伤口没弄干净，等消毒水浇过一遍消过毒后，那疼痛感就没那么强烈了。郑冬至慢慢地松开了掐在陆尔白手臂上的手，抿着嘴由着陆尔白给她清理伤口。

上完药膏，陆尔白从药箱里拿纱布准备给郑冬至包扎，她突然瑟缩了一下，嘴里吸了一口冷气。

陆尔白以为是自己不小心碰到了她的伤口，紧张地回头问道：“我弄疼你了？”

郑冬至缩在被子里看他，脸涨得通红，半晌才别扭又羞涩地回了句：“你的手太冷了。”

被她这么一说，陆尔白下意识地低头发现自己的手正不小心放在她膝盖上面的大腿上。她的皮肤很白，很光滑，摸着像牛奶般丝滑，掌心处有温热的感觉袭来。陆尔白的心乱了，像触电般，他猛地移开了手，站起身，将纱布扔给了郑冬至，红着耳根道：“你自己包吧。”

说罢，他匆匆跑出了房间。

郑冬至迷惘地望着陆尔白落荒而逃的背影，愣了片刻后，才明白到他为什么突然离去。她傲娇地“嘁”了一声，原本羞红的脸蛋变得越发红润了。

王婶回来的时候已经是半夜，她是一个人回来的，郑林还陪着苏慧留在医院。苏慧的孩子没保住，她本就是高龄产妇，这次小产对她的身体伤害极大，需要住院好好调养。想到郑冬至他们还在家里，明天还得上学，郑林让王婶先回家照顾孩子。王婶一回到紫园别墅，就发现郑昼景离家出走了，立刻给郑林打了电话。

郑林还在气头上，听罢，默不作声了一会儿后愤恨地道：“随他去吧，不用管他。”

王婶深知这两父子的脾气，犟起来谁也劝不住，她一个外人又不好说什么，索性没再多说就挂了电话，上楼去看陆尔白他们。

陆尔白本来就没睡，他一直在担心苏慧。本来他是想追去医院看看的，但郑冬至突然回来，他忙着照顾她，然后又不放心留她一个人在家，也就没去。有郑林在那儿陪着，他就算去了也帮不了什么忙，只会让彼此尴尬罢了。

王婶上楼跟陆尔白聊了一会儿苏慧的事。

得知苏慧的孩子没保住，陆尔白脸上的神情很是平静，似乎早就料到了。毕竟苏慧年纪已经不轻了，胎位本来就不稳，摔下时流了那么多血，孩子保不住是正常的。

王婶不知该怎么安慰他，简单地说了几句客套话后，又去敲郑冬至的门。郑冬至也因为担心郑昼景外加伤口疼没睡着，听到王婶敲门，连忙下床去开门。

王婶把跟陆尔白说的话又向她复述了一遍，郑冬至听完，急红了眼睛，说了声："我哥完了，我爸这次肯定不会原谅他的。"

"虎毒不食子，冬至啊，你别太担心，你哥毕竟是你爸的儿子，你爸就算现在气他不懂事，也不会记他一辈子仇的，何况你苏阿姨也会一起劝他的。"王婶拍着郑冬至的肩膀安慰道。

郑冬至难过地关上门，回到了床上。

那一晚，睡不着的不是只有他们。

D 市第一人民医院住院部，郑林握着苏慧的手，一脸疲惫地坐在她的病床前。苏慧闭着眼，郑林知道她并没有睡着。

他俯下头，把脸埋在苏慧的后脖处，满是愧疚地嗫嚅道："苏慧，以后我会好好补偿你的。"

他没法对她说出"我们还年轻，日后还会有孩子"这种骗人的话，苏慧这个年纪受此重创，以后肯定没法再有孩子了。

苏慧闭着眼，默默地流泪。

郑林紧紧地抱着她，想要将爱连同温暖一起传递给她。他一再对苏慧承诺、保证，日后定会加倍对她好。

苏慧安静地听着，没有说话。她深知郑林为难，也知道出了这种事是她的命。从陆琪服药自杀的那一刻起，她就认命了。日子过得好不好，她都无所谓，她就是舍不得自己的儿子。她的尔白那么好，不该跟她一起过苦日子。

郑林的出现就像死灰中燃起的一把火，又点燃了她的希望。像她这样孤苦的女人，面对温柔的郑林，说没有情是不可能的。可她就算是对郑林有情，也是个懂人情世故的女人。若不是为了给儿子好一点的生活，她也不会给人去当后妈。

郑昼景骂得没错，她是图郑林的钱。因为有钱才能生活，有钱她才能供儿子上大学，才能让陆尔白不被人看不起。

可是进了郑家以后，她才发现自己错了。她只想到了自己要给尔白什么，却没有想过陆尔白要不要。她想让儿子过好日子，结果儿子却为了她过好日子受尽了委屈。

之前有了孩子，她心里还高兴着在郑家的日子终于好过了，可现在觉得这孩子没了也好。不然孩子生下来，尔白在这个家的地位就更低了。女人都是自私的，苏慧也不例外，在流掉的孩子与陆尔白之间，她的心是更偏向陆尔白的。

毕竟那是她一手带大，且相依为命的儿子啊。

看开了，苏慧也就释然了，她没有问郑林要任何补偿，也没有让郑林去责罚郑昼景，她唯一的请求只是让郑林以后把陆尔白当成是他的亲生儿子。

郑林含泪抱着她，拼命点头，说“苏慧啊苏慧，我定不辜负你”。

【2】

郑昼景从别墅出来后，一直漫无目的地往前走着，手机跟钱包都被他放在书包里没带出来。

他一个人在马路上晃荡着，不知道走了多少路，最后，他来到了一个旧小区门口，走到一幢楼的楼下，望着三楼灯火通明的住户中唯一黑暗的那户出神。

这个小区是郑林发家以前住的，那会儿郑林工作忙，都没工夫照顾他们，平素郑昼景他们都是由奶奶带着。

郑昼景还记得小的时候，有一次郑奶奶去街上买菜，他跟冬至两个人在小区的游乐场玩。看到其他孩子在玩“老鹰抓小鸡”，冬至也想玩，他就牵着她的小手去找他们，要求一起玩。

那些孩子非但不愿意他们加入，还骂他们。有人嚷嚷他们是没妈的孩子，是坏孩子；有人说他们的妈妈有精神病，他们也有精神病，会咬人，大家小心别被他们咬到，是会传染的。

冬至被吓得大哭，他气不过，挥拳冲了上去，逮着喊得最响的那个孩子就是一顿暴打。其他孩子都拥了上来，一个个压在他的身上，逼着他求饶。

他犟，不愿意低头，结果被打得头破血流。最后还是冬至机灵，回家牵了他们家的妞妞出来，让妞妞咬他们。

妞妞是他们家养的法国斗牛犬，是条老母狗，还是郑母没嫁人之前就养的。结婚后，她把狗当嫁妆，也带了过来。

郑昼景虽然对母亲的印象不深，但一直坚信母亲是个温柔善良的女人。看她对一条狗都能如此有情，那必定是个好人，只是好人都不长命。

妞妞已经十多岁了，很老了，牙齿都掉没了，根本不会咬人，但那些孩子一见它还是吓得屁滚尿流，全跑了。

郑冬至牵着妞妞去看趴在地上遍体鳞伤的哥哥，那会儿她不过五六岁大，小小的身子都没妞妞的个头大。

郑昼景睁开眼，就看到一人一狗蹲在自己的身旁。

郑冬至伸着小手一边给自己擦眼泪，一边给郑昼景擦，嘟着嘴说："哥哥不哭，冬至也不哭。"

郑昼景心疼地抱着妹妹，似下了很大的决心说："冬至，哥去给咱们买个妈。"

说完，他拉着冬至，冬至牵着妞妞，三个身影歪歪扭扭地走回家。

他砸烂了自己的小猪储蓄罐，把里面存的压岁钱全拿了出来。

郑冬至见状，也要砸自己的储蓄罐，却被他给拦住了。

郑冬至很难过，觉得她哥不让她出力。郑昼景安慰她，说先用哥的钱买一个妈，要是不好的话，再用她的钱换一个，郑冬至似懂非懂地点点头。

郑昼景把妞妞留在家里，带着郑冬至出门，径直敲开了对面的门。

一个和蔼的女人开了门，看到他们俩，脸上堆满了笑容，疼爱地抱起冬至，拉着郑昼景的手让他进屋。

郑昼景摊开手，将手心里的钱全给了那个女人，认真地说："徐阿姨，我要买你做我们的妈妈。"

徐帆哭笑不得，她女儿陈昭言正好在旁边，听到这话，二话不说把手里的冰激凌砸到郑昼景的头上，气呼呼地说："我妈妈不卖，我妈妈有我的爸爸。"

事后，徐帆把这事告诉给了郑林，郑林气得把郑昼景打了一顿，拎着他到妻子的遗像前，让他跪下，对郑昼景说："这是你妈，你妈只有一个，再多钱都买不到。"

"这是你妈，你妈只有一个。"

郑昼景一直记得那句话，是郑林告诉他的，他妈妈只有一个，就是遗像上那个已故的女人。

可也是郑林让他知道，他妈妈还可以是其他人。

他不止会有新的妈妈，还有新的哥哥，甚至是……新的弟弟妹妹……

郑昼景静静地站在楼下望着灯光出神，精致的脸上伤痕累累，漂亮的双眸里闪烁着晶莹的泪光。

如果人永远能像小时候那么天真就好了。

【3】

苏慧流产的第二天，郑昼景没有去学校。

郑冬至问遍了郑昼景在学校的所有狐朋狗友，没一个人知道他去了哪儿。听说郑昼景离家出走了，大家都很震惊。

有人好奇地问郑冬至昨晚他们家怎么了，说郑昼景回家时还好好的，搜刮了他们一堆"珍藏"回去的。也有人说"是不是你们家那后妈又在你爸耳边吹枕头风了，这女的可真厚脸皮，她儿子就在我们学校，要不要把他喊出来揍一顿给昼景出出气"。

郑冬至没有回他们的话，她又不傻，家丑不可外扬的意思她还是懂的。

郑冬至是最后去找的陈昭言，若非必要，她实在不想去找她。

陈昭言跟郑家兄妹俩是青梅竹马，早年，他们没搬进紫园别墅之前就住在一栋楼里，还是门对门的邻居。陈昭言的母亲是个很不错的人，看郑冬至他们从小没妈便很心疼，时常把两个孩子叫去自己家玩，做了什么好吃的都会喊上他们俩。

郑冬至他们在陈家的日子其实要比在自己家多，不知道的人还以为陈家养了三个孩子。

按理说陈妈妈这么好的人，郑冬至不该对陈昭言有什么意见，若不是郑昼景喜欢上陈昭言的话。

郑昼景从小就对陈昭言有意思，在他的眼里，陈昭言跟其他女孩都不一样。其他女生都为了漂亮爱留长发，但陈昭言总是留着一头干净利落的短发；其他女生喜欢聊八卦，陈昭言喜欢抱着一本书躲着看老半天；其他女生老爱叽叽喳喳的，但陈昭言不爱多言，要么不说话，说起话来老练得像个大人。

郑昼景算男孩中长得好看的，女生缘一向很好。他在小学的时候，就收到过女生给他写的情书，初中就更别提了，一个班几乎大部分女生暗恋他。因为他有钱又会玩，还长得帅，简直就是言情小说中的男主标配人设。所有女孩都爱黏着他，只有陈昭言对他爱搭不理的，老说他幼稚，不够成熟。

何为成熟？对于郑昼景这个年纪的男生来说，成熟本就是个很苛刻的要求。男生素来比女生成熟得晚，像郑昼景这种好出身，又从未受过什么磨难挫折的男生更是成熟得晚，所以郑昼景根本不会理解陈昭言老说的成熟是什么样的。他单纯地以为，只要打扮得像个大人，出门威风凛凛有人跟随，出去玩出手阔绰就是成熟。殊不知他这些行为在陈昭言眼里就像小孩子在玩过家家，极其幼稚可笑。

成熟的陈昭言自然看不上幼稚的郑昼景，所以不管郑昼景明追暗示多少次，陈昭言都没有接受他。而她越不接受，郑昼景就越不放弃。他这样的人，从小到大，要什么有什么，从来都没有体会过求之不得的感觉。忽然有一天，他遇到一个很特别的人，却怎么也追求不到，这种感觉既让他感到新鲜，又难受，又兴奋，好像无聊的人生有了新的冲锋点。

陈昭言就像一座高塔，攻下她成了他人生中的一大目标。

郑冬至不喜欢陈昭言，一是陈昭言抢走了她哥对她的关注，二是她实在不喜欢陈昭言那副清高的嘴脸。仿佛在陈昭言眼里，郑冬至这种傲娇任性的大小姐就跟个脑残没什么两样。

她最讨厌的就是陈昭言的那句“你们能不能不要这么幼稚”。

郑冬至觉得她哥什么都好，唯一不好的就是喜欢陈昭言。人家都不喜欢他，他还缠着不放干什么，都没自尊心的吗？他不觉得丢人，她却替他觉得丢脸。

所以，若不是走投无路，郑冬至根本就不会去找陈昭言。若陈昭言知道昨晚的事，指不定又要怎么嫌弃郑昼景。但是她也知道，如果这个世界上只剩下一个人知道郑昼景所在，那么这个人就是陈昭言。因为郑昼景最喜欢陈昭言了，这个“最”，包括了她郑冬至。

晚自习前，郑冬至去了陈昭言的教室。陈昭言不在，她班上的同学说她在六楼的空教室。学校里所有参加全国化学竞赛的同学今晚的自习都在那儿上，由他们学校最好的化学老师郭萍给他们单独补习。

郑冬至话没听完就上了六楼，很容易就找到了陈昭言。

陈昭言正在跟后座的人讲话，一双黑亮的大眼睛却一直偷瞄着西北角落，那里坐着陆尔白。

陈昭言早就认识陆尔白，他们这个竞赛班刚组成的时候，她就见过他。当时他们班的神童苏遇还没被清华提前录取，还在跟着他们一起补习，所有人的目光都聚焦在苏遇的身上，只有她在看陆尔白。

穿着简朴寒酸的陆尔白在学生中真的毫不起眼，陈昭言之所以关注他，原因是有一次她上体育课掉了个 MP3，正好被陆尔白捡到，他还她的时候随口对她说了句："他们的歌很好听。"

"他们"，对的，没错，陈昭言也是西城男孩的粉。她跟陆尔白一样，MP3 里只放他们的歌。

在 2000 年，高中生喜欢听英文歌的人很少，陈昭言一直把这当成成熟的标志。她觉得成熟的女生不会跟人瞎打瞎闹，不会沉迷于没有营养的电视剧，不会喜欢上一个不学无术的男孩子……她觉得成熟的女生就如同那高贵的白天鹅，她的眼光要独特，喜好要高端，杜绝肤浅，所以她这样的人很少看得上谁，很少与人亲近，自然也少朋友，常有人会觉得她太装。

同样招女生讨厌的还有郑冬至这类女孩，家境好，长得漂亮，又有个宠她到极致的万人迷哥哥，简直就是人生赢家。在她们眼里，郑冬至的成绩不好不重要，如果她们是郑冬至，也宁愿自己成绩不好。

郑冬至一出现在六楼，原本安静的教室突然就躁动了起来，大家都对着她议论纷纷。

郑冬至没听他们都在说些什么，见老师不在，直接就进了教室，喊了声："陈昭言，你出来一下。"

看到郑冬至，陈昭言显然很震惊，她微微愣了一下，但还是很快起身出了教室。

郑冬至直截了当地问陈昭言："我哥在哪儿？"

陈昭言很不喜欢郑冬至那咄咄逼人的态度，即使她知道郑昼景在哪儿，她也不想告诉郑冬至。何况郑昼景叮嘱过她让她谁也别说的。

她自认为这个"谁"也包含了郑冬至，所以她扯开话题对着郑冬至笑着说："冬至，我看你脸色不大好，都快期末了，你可要注意身体呀，别生病了。"

见她不说，郑冬至只当她真不知道，也没心情跟陈昭言继续闲聊下去，转身就走了。

她刚走，在空教室补习的那堆人全拥到了门口，八卦地对着陈昭言问这问那。得知郑冬至是来找她哥的，众人忍不住纷纷嗤之以鼻——

"听说她今天找了郑昼景一天，好像是郑昼景离家出走了。你们说他为什么要出走啊？郑家出什么事了？"

"会不会是因为陆尔白和他妈呀，我听说前不久郑昼景还带人揍了陆尔白，似乎是不接受他妈嫁过去。"

"那肯定啊，换了谁都不愿意接受啊！带这么大一个拖油瓶，关键郑昼景还这么浑，日后被分家产都说不定。"

"你们怎么只说郑昼景不说说郑冬至啊，哎我听说啊她跟郑昼景不是亲兄妹，看他们俩关系那么好，郑昼景消失一天，郑冬至都快急疯了，会不会有什么不可告人的私情啊！"

"你瞎说什么呢？从哪儿听到说他们俩不是亲兄妹的？"

"真的，你不信问陈昭言，她以前跟他们住一起的。"

绕来绕去，众人又把矛头指向了陈昭言。而陈昭言早不在门口了，去了教室西北角，在跟陆尔白搭话。

陆尔白看似在聚精会神地做题，可他的心思早在郑冬至出现的时候就被搅乱了。外面那么吵，大家说什么其实他都听到了，只是不想掺和罢了。自从学校里的人知道他是郑林的继子后，他没少听到这样的言论。

突然，肩膀被人拍了一下，他抬头看了一眼陈昭言，眼里闪过些许讶异。

他并不认识陈昭言。

“还记得我吗？”陈昭言笑着主动跟陆尔白说话。

陆尔白没有回答，除了在补习课上见过陈昭言，他对她没有其他印象。

挤在门口的那些人像是嗅到什么八卦的味道，目光都朝他们看过来。趁着他们没有冲上来围着他咋呼之前，陆尔白忽地站起身来，对着陈昭言说了声“麻烦让让”，然后拿着自己的东西出了教室。

陆尔白跑了，其他人也不好去追，眼看就到上晚自习的时间点了，众人想着陆尔白就算躲，也还是要回来上课的。

陆尔白原本也只是不想被烦，想躲开一下，直到他下楼的时候看到了独自坐在楼梯上抹眼泪的郑冬至。

冬日皎洁冷凝的月光自楼梯口洒落在她的身上，映衬得她满是泪痕发白的小脸很是楚楚可怜。

陆尔白停在原地，安静地看了她很久，却见她没有想走的意思。

他眼神黯淡了一下，抬脚走下了楼梯，在她坐着的那级台阶上停了下来。

感觉到身旁有人，郑冬至将头从臂弯里抬起来，红着双眼，呆呆地看着陆尔白，没说话，也没动身让他走的意思。

陆尔白也没走，只是居高临下地望着她，淡淡地出声：“你不用上课吗？”

郑冬至是艺术生，没人管的，谁都知道她考不上常规的大学。要不是郑林给学校捐了钱，她这样的学生早就被老师赶走了。至于郑昼景，别看他不学无术，成绩倒是不差，在班上也能挺进个前二十。虽然郑林一直不相信他的成绩，觉得他是考试作弊得来的，但郑冬至很为她哥骄傲，觉得他是遗传了他爸的高智商。

不过这些话郑冬至当然不可能告诉陆尔白，不然被他知道，指不定在心里怎么嘲笑他们兄妹俩。亲生儿女还不如继子聪明，传出去，她是郑林的话也会觉得丢脸。

“你在这儿干什么，你也不用上课吗？”郑冬至反问了他一句。

陆尔白蹙了蹙眉头，良久才道：“我做完题了。”

郑冬至被呛了一下，不知道该怎么接话了。

她有些懊恼，见陆尔白还在看自己，回瞪了他一眼，发现他的双眸很黑、很深邃，里面像有星光在闪烁，璀璨得如同那晚的夜空。

郑冬至恍惚了一下，良久，她听到陆尔白对她说了一声：“郑冬至，我们回家吧。”

【4】

郑冬至一直觉得是自己听错了，陆尔白说的不是“我们”，而是“你”。直到陆尔白带着她出了西校门，往前走了一个红绿灯，找到个租车点，拿学生证花了两块钱租了辆自行车，她才惊讶地回过神来，一脸戒备地问陆尔白：“你不是寄宿的吗？你今晚回我家干吗？”

陆尔白看着她僵白的小脸还有毫无血色的嘴唇，眼神黯淡了一下，没有解释就跨上了自行车，简短地说了两个字："上来。"

虽说心存疑虑，但郑冬至还是跳上了陆尔白的车。

冬日的夜晚，冷风呼呼地从耳边刮过，郑冬至冷得缩紧了脖子，将羽绒服的帽子裹得紧紧的。她的手套放在教室忘了拿出来，两只白嫩的手裸露在寒风中，很快就被冻得通红。她本来双手握着鞍座的，后来实在冷得受不了，看到陆尔白羽绒服的口袋敞开着，她想都没想就塞了进去。

久违的温暖让她舒服地闭上眼睛，长叹了一口气，头也不自觉地靠在了陆尔白的背上，冻僵的脸贴着羽绒服光滑的面料终于开始回暖。

专心骑车的陆尔白被她突如其来的举动惊了一下，不由得僵直了身子。

一朵雪花从空中飘落，掉在他的手背上，陆尔白感觉到一丝凉意。身后响起郑冬至带着困意的声音，她说了句"好冷"，陆尔白呼了一口白汽，加快了脚下的动作，快速地骑车往家赶。

要下雪了。

赶在大雪来临之前，陆尔白载着郑冬至回到了郑家的别墅。郑冬至靠在他的背上差点睡着了，下车的时候，陆尔白喊了她一声她才回过神来，从口袋里掏出钥匙准备开大铁门。

别墅里的灯亮着，家里有人。看郑冬至迷迷糊糊地在找钥匙，陆尔白无奈地伸手按了门铃。

王婶很快就跑了出来，看到他们，脸上露出惊讶的表情来。但她很快就猜到了是怎么一回事，当即像老长辈似的询问两人："逃课了？"

陆尔白正打算解释，郑冬至已经扑到王婶怀里，撒娇道："王婶，我难受，浑身都不舒服。”

王婶闻言，蹙起眉头，用手背在她的额头上贴了一下，当即变了脸色，道了声：“不好，冬至，你这是发烧了。”

王婶立刻把要去学校接郑冬至的司机老李喊了过来。

老李火急火燎地开车载着郑冬至去了苏慧所在的医院，陆尔白也上了车，他顺便去看看母亲。

听说郑冬至发烧了，郑林也从苏慧的病房赶了过来，带着女儿又是看急诊，又是陪着挂点滴，对女儿的态度一看就知道他有多疼爱她。

有郑林陪着，陆尔白也没在郑冬至那儿待着，他向王婶问了路，去看苏慧。

苏慧原本要睡了，听说冬至发烧，也就睡不着了。虽不是亲生的孩子，但她也挺担心的。

陆尔白进病房的时候，苏慧正在心不在焉地看手机，听到敲门声，她以为是郑林回来了，赶忙抬头想问问郑冬至的情况，结果看到的是突然到来的儿子。她惊讶地睁大眼睛，脸色瞬间变得严肃起来，冷声问陆尔白：“你怎么来了？学校不上课吗？”

苏慧对陆尔白一直寄予厚望，希望他当个听话懂事的好学生，将来有出息。逃课这种事，是她一贯深恶痛绝的。

这是陆尔白进高中后第一次逃课，他深知母亲的心思，只好解释道：“郑冬至不舒服，我就先带她回来了。”

他这也不算撒谎，在学校的时候，他就觉得郑冬至的脸色看上去不是很好。健康的她那张脸一直红彤彤的，像圣诞夜的平安果。

听说儿子是为了郑冬至，苏慧倍感欣慰。她一直希望陆尔白跟郑氏兄妹的关系能变好，也一直希望他能融入郑家。以陆尔白那淡薄的性子，他能为郑冬至逃课，对苏慧来说已经算是个好的开始。

郑林给苏慧安排的是单人病房，这会儿病房里就母子两个人，不用担心被人打扰。

两个人都是喜静被动的性子，即使对坐在一起，也说不上几句话。苏慧简单地询问了儿子学校的一些事，陆尔白回答了，也问了苏慧的身体怎么样。苏慧伸手摸着肚子，苦笑着回了句“没事了”。

没事了。

陆尔白看着这样的母亲，心里有些酸涩，也没再多说。

苏慧继续低头看手机，陆尔白坐在一旁看堆积了好几天的《扬子晚报》。

病房里很安静，但莫名让人感觉很温馨。

时间静静地流逝，不知道过了多久，陆尔白看完了大半的报纸，苏慧也进入了浅眠，楼道里渐渐传来窸窣的脚步声。声音最终停在了病房门口，郑林推开门，带着打完退烧针并挂了一小瓶营养剂的郑冬至进了病房。

看到苏慧睡着了，他止住了要说话的嘴，只是朝陆尔白点了点头。

郑冬至偎依在她爸身旁，黏人地拉着郑林的手，模样看上去特别委屈。

郑林推了她一把，示意她上前跟陆尔白打招呼。

“要不是尔白，你一个人在学校怎么办？还不快去谢谢人家。”郑林说得很小声，怕吵醒苏慧。

郑冬至不情愿地躲到郑林身后，傲娇地噘着嘴，偷瞄陆尔白。

陆尔白也没指望她会感谢自己，合上了手中的报纸，然后发现苏慧醒了。

苏慧本就睡得很浅，听到声响就醒了过来。看到郑林他们，她温和地笑了一下，要坐起身来。

陆尔白见状，赶紧走到病床边，拿枕头垫在了苏慧的背后。

“冬至，感觉好点了吗？”苏慧微笑着问郑冬至。

郑冬至别扭地不答，郑林黑着脸又推了她一把。她慢悠悠地从她爸身后走出来，低着头对苏慧道：“好多了，苏阿姨，你身体还好吧？”

苏慧说：“好好好，谢谢你关心。”

她一连说了好几个“好”，手一直放在平坦的小腹上。

郑冬至垂眼望着苏慧的肚子，感到很难过。她抬头看向苏慧，这次是发自肺腑，真心地说了一句：“苏阿姨，我替我哥向你说声‘对不起’，他不是故意的，你别气他。”

她突然提起郑昼景，苏慧脸上的表情有些绷不住。

虽然苏慧也知道这事是个意外，不该记恨任何人，但她一时也不知该怎么回答郑冬至。

见她尴尬，郑林立刻出声喝住了郑冬至：“别在这儿提你哥！他要是懂事理，怎么自己不来这儿道歉，还用得着你给他道歉！”

“爸，你不能这么说哥，他也不想这样的。他知道错了，所以都不敢回家，今天也没去学校，我怎么也找不到他。你怎么一点都不担心他，他可是爸爸的儿子啊！”郑冬至又忍不住护起她哥来。

郑林显然还在气头上，听她这么说，狠狠地回了一句：“我没他这样的儿子！”

他这话说得又过了，眼看郑冬至红了眼又要哭，苏慧赶紧出声调解：“冬至，你爸不是这个意思，你别生他的气。阿姨知道你跟昼景的心意了，阿姨不怪任何人。你跟你哥说，让他回家，一个人在外晃荡我们也担心。”

郑冬至哽咽着“嗯”了一声，没再说话。

病房内的气氛顿时沉闷下来，陆尔白待着觉得很不自在。正好苏慧说想喝水，他便拿着热水瓶出去打水。

刚出门，他就看到了郑昼景。

王婶在劝他，他什么也没说，只是摇摇头，挣开王婶的手跑了，背影看上去很是孤寂。

王婶叹了口气，回头看到站在一旁的陆尔白，有些尴尬，但还是帮忙解释说：“小景回家看妹妹，发现家里没人，就打我的电话，得知冬至发烧就过来看看。他这孩子，从小就特别疼妹妹，并不是什么坏孩子。我看他既然来了，就带他来看看苏慧，这不，还没进门……”

剩下的话王婶没说，但陆尔白听懂了，郑昼景一定是听到了郑林刚才说的话，心里头又受伤了，所以才跑了。

人家父子俩的事，他一个外人能说什么。

陆尔白就像没看到郑昼景，也没听到王婶的话一样，默不作声地拿着热水瓶去打开水。

王婶望着他淡然离去的背影，又叹了口气。

这孩子性子太过凉薄了，不知是好还是坏。

【5】

郑冬至从医院回来后，又发了三天的高烧，借此机会，她正好天天躲在暖暖的被窝里看言情小说，王婶忙着照顾她。

家里没陆尔白什么事，探望完苏慧的第二天，他又回了学校寄宿。

郑氏兄妹一个生病在家，一个出走不知所终，学校里突然没了这两大惹事精也安静了许多，陆尔白的耳根也清净不少。

苏慧在医院住了十多天，确定无碍后，郑林才敢带她回家。她出院的那天，市一中正好进行期末大考。不仅郑冬至回了学校，就连消失不见的郑昼景也被郑林押着出现在考场上。

要说郑林是怎么找到郑昼景的，还得感谢陈昭言的母亲徐帆。

苏慧流产的那天，郑昼景出现在了旧小区。

翌日清晨，陈昭言开门去上学，就看到郑昼景蜷着睡在自家门口，身上全是伤，睡梦中依旧被冻得瑟瑟发抖，样子很是可怜。

陈昭言把他叫醒，喊他进自己家，他却怕被徐帆发现，不愿进去。无奈之下，陈昭言带着郑昼景去了小区门口的早餐店，请他吃了碗热腾腾的鸭血粉丝，并询问他发生了什么事。

郑昼景如实说了，可能是因为早上他蜷在门口的身影太过可怜，一直在陈昭言的眼前萦绕，所以那天她难得地没有骂他，只是问他打算怎么办。

郑昼景想了一会儿，说他要在这里住下来。

原来的那套房子郑林一直没有卖，一是他不差钱，二是这房子里有太多的回忆，郑昼景不让他卖。

房子的钥匙很好搞，之前他们搬走的时候，郑林给了徐帆一把家里的钥匙，让她偶尔帮忙去打扫一下屋子。

郑昼景让陈昭言帮他把钥匙偷出来，这样他就可以住进去了。陈父在外地打工，徐帆也要上班，只要郑昼景不露面，徐帆也不会注意到隔壁住了人。

在郑昼景的央求下，陈昭言不仅帮他偷了钥匙，还帮他保密。

怕他饿死，她每天出门时会给他带吃的，把自己存的零花钱也都借给了他。

其实陈昭言对郑昼景也挺好的，除了不答应跟他谈恋爱以外，其他事她都挺顺着他的。

这一点郑昼景看得明白，不然也不会不屈不挠地继续缠着人家。通过这件事，郑昼景与陈昭言的联系变多了，这让他有了一种因祸得福的感觉。一想到有他最爱的昭言陪着，他一个人躲在公寓的日子也就没那么难熬了。

但这件事最终还是被徐帆发现了，有一天她正好不上班，心血来潮准备去郑家打扫。去找钥匙时发现钥匙没了，她觉得奇怪，不记得自己是什么时候弄丢的，正想着该怎么跟郑林说钥匙丢了的事时，就听到对门有响动。她赶紧跑出去一看，正好看到郑昼景饿得受不了了，开门要下楼去买吃的。

之后的事就很顺其自然了，徐帆了解完情况，先是把女儿骂了一顿，又把郑昼景训了一遍，最后打电话给郑林，让他把儿子接回去。

又不是没家的孤儿，犯了什么十恶不赦的大罪，像贼一般躲着像什么样子。徐帆把郑林也说了一通，第二天郑林就上了门，父子俩站在徐帆面前又被数落了一番，才灰溜溜地走了。

听说郑昼景回学校了，郑冬至考试都没了定性，刚考完第一门，她就跑去郑昼景的教室找她哥。

郑昼景不在教室里，他去找陈昭言还钱了。

郑林是上了车之后才知道郑昼景问陈昭言借了钱，气得差点没把他踹下车。一顿骂后甩给他几百块钱，让他赶紧把钱还了，再向昭言道个谢。

其他事郑昼景不见得会听郑林的，但让他去找陈昭言，他再乐意不过了。

陈昭言最近迷上了去食堂吃饭，听到她班上的同学这么说，郑昼景二话不说就冲向了食堂，果然在那儿看到了排队打饭的陈昭言。

郑昼景一把拽住她的手，她吓了一跳，没好气地朝他喊了一声："你干吗？"

"我爸让我还钱给你。"郑昼景一脸贱兮兮地笑着，将口袋里全部的钱塞到了陈昭言手里，然后不要脸地说，"我没钱了，昭言，你请我吃饭吧。"

陈昭言瞥了一眼手心里的一把红票子，无语地翻了个白眼，将自己借给郑昼景的那部分挑出来，然后把多的钱还给他，道："给你，你自己去买。"

"可我没饭卡。"郑昼景撒娇道。

陈昭言推开他，指着门口的一个窗户道："那儿有的办，你拿学生证去办吧。"

"学生证没带在身上。"

"那不关我的事。"

"怎么就不关你的事了？你忘了你妈说的，咱们是邻居，要相亲相爱的。你之前可不是这么对我的，前几天你多温柔啊……"郑昼景一脸陶醉地说道，没等他继续往下说，陈昭言红着脸，咬牙切齿地把自己的饭卡给了他。

郑昼景不客气地给自己刷了顿十九块钱的豪华套餐，随后拿着饭卡去了充值窗口，把刚才陈昭言找给他的钱全充到了饭卡上，然后才心满意足地端着餐盘去找陈昭言，不要脸地说："小昭言，我的钱都充你卡上了，以后咱们就一起吃吧。”

陈昭言被他气得差点把手中的筷子给掰断。

【6】

郑冬至赶去食堂的时候，正好看到他哥厚脸皮地缠着陈昭言要跟她坐一起。陈昭言一副吃了苍蝇似的表情，显然是不愿意。

在他们俩推搡之时，郑冬至大步走了过去，一掌拍在郑昼景的背上，大呼一声：“哥，请我吃饭。”

郑昼景被她吓了一大跳，手里端着的餐盘差点倒在陈昭言的身上。他黑着脸回头看着郑冬至，摇摇头：“我没钱，你让昭言请。”

说完他看向陈昭言，郑冬至顺着她哥的视线也看向了陈昭言。

陈昭言被这兄妹俩搞得头都大了，突然，她眼睛瞥到了打完菜正在找位子的陆尔白，她的眼睛当即亮了亮，没工夫跟郑昼景他们折腾，直接把饭卡扔给他们，然后端着盘子走到陆尔白身旁，问：“我可以坐这里吗？”

陆尔白正低着头吃菜，猛然听到声音，惊讶地抬起头，望着忽然冒出来的陈昭言，表情有些不悦，却没有发作。

他不吭声，陈昭言就当他是同意了，高兴地放下手中的盘子，拉开椅子坐了下来。

陆尔白继续埋头吃饭，突然眼前又多了一个人。

郑昼景端着盘子也跟了过去，冷冷地扫了陆尔白一眼，翻白眼道：“我也坐这儿。”

陆尔白停下筷子，面无表情地看着郑昼景，觉得这烦人的事还没结束，他下意识地回头，就看到郑冬至一脸哀怨地站在他背后，盯着她哥撇嘴道：“哥，给我买饭啦。”

“都说没钱啦没钱啦，让昭言给你买。”郑昼景边说边把饭卡扔给了陈昭言。

陈昭言没有接那张饭卡，也没有起身要给郑冬至买饭的意思。她看了陆尔白一眼，小声地问：“我们要不换个位子吧。”

陆尔白没说话，收回视线，低着头继续吃饭。

手臂突然被人抱住，他耳边响起郑冬至可怜巴巴的声音：“尔白哥哥，我还没有饭吃。”

四周的空气顿时安静下来，陆尔白有些绝望地闭上眼睛。

郑昼景一脸震惊地看着妹妹，呆呆地问：“冬至，你刚才喊他什么？”

“尔白哥哥啊！”郑冬至故意重复，对着郑昼景挑衅地昂着下巴，“哥，你连饭都不给我买，尔白哥哥会给我买，是吧，尔白哥哥。”

陆尔白再度睁开眼，就看到郑冬至一脸期待地对着自己眨巴着那双大眼睛。

他感到心累地从口袋里掏出饭卡，递给了郑冬至。

郑冬至高兴地接过饭卡，去窗口打饭，临走前，她得意地冲陈昭言哼了一记。

陈昭言被她哼得脸色煞白，低着头默默吃饭。

郑昼景跟他妹一样，也是个挑食的主，他一边把菜往昭言的盘子里夹，说着“昭言你太瘦了，多吃点”这种冠冕堂皇的话，一边拼命地拿眼瞪陆尔白，比着口型示意他怎么还不滚，有没有眼力见啊！

别说陆尔白压根儿都不看他，就算看他，也是直接把他当空气。

在郑昼景气得要吐血时，郑冬至打完饭菜高兴地过来了，一屁股坐在了陆尔白的身旁，拿起筷子就把盘子里不爱吃的菜全夹给了陆尔白，顺便夹走了他盘子里都没动过的大鸡排，直接塞进了自己嘴里。

对于她的这一系列动作，陆尔白似乎是早有预料，脸上看不出任何表情波动，默默地吃着盘子里的菜。比起他的淡定，对面的两个人面上早已风起云涌。

郑昼景看了看陆尔白，又看了看啃大鸡排的郑冬至，恨得咬牙切齿地质问妹妹："你跟他什么时候好上的？"

这话莫名让人产生误会。

但郑冬至明白她哥的意思，心想：她哥真傻，看不出陈昭言对陆尔白有意思吗？她这是帮他守门呢，一点眼力见都没有，怪不得追不到陈昭言。

"就你不在的时候啊。"她回郑昼景的时候特意看了陈昭言一眼。

旁边的陆尔白被呛了一下，闷咳了一声。

郑冬至见状，赶紧狗腿地要给他顺背，却被他避开来。

陈昭言看不下去了，忍不住对郑冬至道："冬至，你把不爱吃的菜夹给别人是不是太没礼貌了，鸡排是别人的，你都不问一下就拿来吃，你怎么这么不懂事？"

郑冬至最讨厌的就是陈昭言这副自以为是教训人的嘴脸。

她当时就顶了回去，说："怎么叫别人？尔白哥哥是我的家人，我吃他的鸡排怎么了，他都没说要你说啊！再说了，我的菜我都没吃过就给了他，你老师没教过你，农民伯伯种粮食很辛苦的，咱们不能浪费，难道你要我不吃扔了啊！"

"你！"陈昭言没想到郑冬至会这么说自己，一下子红了眼，气得扔下筷子就走了。

郑昼景也没料到冬至会这么反击陈昭言，手心手背都是肉，他一个都说不得，只能头疼地指了指妹妹，说了声“郑冬至你反了”，然后追着陈昭言跑了。临走时，他还不忘带上陈昭言留下的饭卡。

郑冬至也不知自己怎么了，以前她再看不惯陈昭言也都会憋着，这还是她头一次直接顶回去。

看到她哥紧张地跟着人家跑了，郑冬至觉得委屈，一把扔了手中的筷子，不吃了。

她一不高兴就拿陆尔白发泄，见他还有心情吃饭，气呼呼地撞了一下他的手，“喂”出声：“你觉得她好还是我好？”

这顿饭看来是没法吃了。

陆尔白耐着性子抬头看着她，不说话。

他不知该说什么，这什么问题，他又不认识陈昭言，关他什么事？

他只想安静地吃顿饭而已。

见陆尔白不答，郑冬至更难过了，伸手打了陆尔白一下，霸道地要求道：“你给我听着，你不准喜欢她，不然我不会放过你的。”

打完，估计她自己也觉得挺过分的，扔下盘子就逃出了食堂。

陆尔白愣愣地坐在原地，摸着被打的胸口，觉得先前的那股烦躁感更加强烈了。

【7】

晚上，郑林在苏慧的授意下亲自来学校接孩子们回家。

他答应过苏慧要把陆尔白当亲生儿子一样看待，所以一进学校，他先去了陆尔白的班上。

陆尔白上完晚自习出来，正准备回宿舍，结果刚出门，就看到了等在走廊上的郑林。

他明显惊讶了一下，但没有发问。

反倒是郑林，一看到他就凑上前去，亲昵地拍着他的肩膀，微笑道："尔白啊，叔叔来接你。"

陆尔白暗自猜测是不是苏慧又出什么事了，所以郑林才来接他回去。但是看郑林的脸色，喜气洋洋的，不像是有什么坏事发生。陆尔白心里疑惑，但还是听话地跟着郑林走了。

楼道里挤满了同学，看到郑林跟陆尔白，有的反应平平，有的脸上露出恍然大悟的神情，紧接着是促狭的大笑。有认识陆尔白的，直接跑上来拍了一下他的肩膀，调皮地对他眨了眨眼睛，然后对着郑林喊了声"叔叔好"。

郑林笑着点头，陆尔白在一旁觉得胸口闷闷的。

郑林带着陆尔白来到了西校门外停着的车旁，还没开门，就看到了等在一旁的郑冬至。

郑冬至认识自家车，她还以为是司机老李来接，见到她爸，惊喜得不得了，兔子般扑进郑林的怀里，脑袋蹭着郑林圆润的脸，咋呼道："爸，今天怎么是你来接啊！李叔叔呢？"

"你李叔叔今天休息。"郑林把郑冬至从身上拽了下去，随便找了个理由糊弄了过去。

他看了一眼四周，不见郑昼景的影子，不由得皱起眉头，板着脸问郑冬至："你哥呢？还没出来吗？"

提到郑昼景，郑冬至不满地嗤鼻道："他呀，早就跟陈昭言走了。"

说完，她看到站在郑林身后的陆尔白，撇了撇嘴，故意道：“我哥说他以后都不回紫园了，他要住在旧公寓里，省得给人添堵。”

“混账！”郑林气得咒骂了一句。

骂归骂，但他转念一想，这样也好。苏慧刚出院，她这种年纪小产等于生产，也得坐月子，需要静养。郑昼景跟她分开住也省得又出什么幺蛾子。

想到这儿，郑林松了口气，开车载着郑冬至跟陆尔白回家。

苏慧看到陆尔白回来，很是高兴，对着郑林不知该说什么好。郑林抱了抱她，跟她提了郑昼景要住在旧公寓的事。苏慧听着有些难过，觉得是自己这后母没当好，才逼着孩子住外面。郑林让她别这么想，说郑昼景住那儿是因为对那房子有执念，并不是因为她，反而这孩子可以借这个机会好好磨磨性子，苏慧这才释然。

当晚，郑林跟徐帆打了个电话，希望她能帮忙照顾一下郑昼景。徐帆听了郑林的解释，也知晓他的为难，二话不说便应了下来。

第二天一大早，郑林喊了老李过来送郑冬至他们去上学，自己又很早就起床开车去了郑昼景那里，押送儿子去考试。郑昼景觉得自己被当成了犯人，对郑林颇为不满，坐在车里噘着嘴。

郑林对着下楼要去车库推自行车的陈昭言喊：“昭言，来坐叔叔的车吧，我送你跟昼景一道去学校。”

听到这话郑昼景才原谅了他爸，殷勤地下车给陈昭言开后座的车门。

陈昭言本不想跟郑昼景坐一辆车，但徐帆正好追下来给她送落下的手套，听郑林这么一说，赶紧把她推进车内，感谢地道：“你帮我送她就再好不过了，天气预报说今天会下雪，也不知道什么时候下，这天真是怪冷的。”

郑林让她放宽心，说：“晚上我给你一并接回来，反正这两天我都要盯着昼景考试。”

郑昼景觉得他爸说这话让他在陈昭言面前很没面子，踢了郑林一脚，示意他不要说了。

郑林不懂他的意思，看他把腿伸到自己脚边，开玩笑地嘲讽了儿子一句：“腿倒长得挺长的，怎么就是脑子不见你长！”

这真的是亲爹。

期末一考完，就是寒假了，这是陆尔白高中生涯里的最后一个寒假，他没有像别人一样疯玩，而是找了份兼职。

苏慧给他的零花钱其实不少，他完全不需要去打工赚钱。但他不是很喜欢花郑林的钱，这可能与他的自尊心有关。苏慧给他的钱，他只花了很小的一笔，其他都存了下来，打算日后找个机会，连本带利一起还给郑林。等他能还上钱的时候，就说明他足够独立了，可以离开郑家了。

他一直很清楚，自己从来不属于郑家。

不管郑林多么刻意地把他当亲生儿子一样对待，他终究还是郑林的继子。

他有自己的父亲，不管那人是多么软弱无能，也是他的父亲。

在这一点上，陆尔白其实很理解郑氏兄妹，每个孩子都对自己的亲生父母有着深厚的感情，他也不例外。

找到兼职后的陆尔白，按照原先的打算，找了个时间跟苏慧说了自己要搬出去住的事。

苏慧正躺在阳台上晒太阳，陆尔白低着头，毕恭毕敬地站在她的身旁说明来意。

听说他要搬出去，苏慧没有像往常一样随他所欲，而是拦住了他问：“从这里搬走，你住哪里？”

“我跟旧书店老板说好了，我可以住在他店里。”

“这里有什么不好的，你要搬出去住？你搬走了，你让你郑叔叔怎么想？他对我们母子俩已经挺好了。现在小景已经搬出去了，这家里再没人为难你了，你干吗还要走呢？尔白，妈老了，身体不如从前了，你就不能留下来陪陪我吗？再过半年你就要上大学了，到时候你想去哪儿我都不拦你。就半年，尔白，你就看在妈的分上，忍忍好吗？”苏慧拉着陆尔白的手说道，那双凄苦的眸子渐渐又红了起来。

坐月子的女人切不可伤心动怒，不然容易患上产后抑郁症。

陆尔白不忍苏慧伤心，可最后还是妥协了。

虽没能搬出去，但苏慧还是默许了他找兼职的事。

现在郑昼景搬走了，郑冬至年一过就要准备参加艺考，郑林给她报了个美术补习班，她每天都要去上课，不在家，留着陆尔白一人在这儿也挺孤单的。

不过这也是苏慧的想法，事实上，比起跟郑氏兄妹待在一起，陆尔白更喜欢一个人待着。

为了方便打工，刚放假，陆尔白就在学校外的租车摊长期租了一辆自行车。

每天早上七点刚过，他就骑着车离开别墅，去市中心的一家咖啡馆打工。等郑冬至八点起床，慢腾腾地收拾完去画廊上课时，他早就到了店里，换好工作服工作了。

他们回家的时间不同，回去后，除了吃饭，其他时间都是各自待在自己的屋里，所以那段时间两人很少见面，更别说有什么接触了。

一天早上，陆尔白的闹钟坏了。他不小心睡过了头，醒来的时候比往日有点晚。他匆匆收拾好下楼，正好赶上王婶在给大家安排早餐。

餐桌旁坐着的就只有苏慧跟郑冬至两个人，郑林又去出差了，年关将至，他厂里的事情忙，很少见到他人。

陆尔白下楼的时候，苏慧正剥了一个咸鸭蛋问郑冬至吃不吃。郑冬至摇头，继续吃手里的小猪馒头。

苏慧悻悻地将剥好的鸭蛋收回来放进手边的白粥里，听到脚步声，她回头看到背着书包要走的陆尔白，连忙站起身拦住他："尔白，先慢点，吃个饭再走。"

陆尔白看了一眼苏慧一脸期盼的样子，停下了脚步。

苏慧把刚才放咸鸭蛋的白粥给了他，陆尔白接过去，就着桌上王婶做的酱瓜很快就喝了个精光。

吃完，他擦了一下嘴就要走，苏慧忍不住抱怨："怎么就这么急？"

陆尔白按捺住性子，回头拍了拍苏慧的肩膀，说了声："妈，我走了。"

苏慧这才又高兴起来，笑着送他到门口。

见他要走，郑冬至连忙追了出来，手里拎着她的帆布包，嘴里还塞着没吃完的小猪馒头，口齿不清地嚷嚷着让陆尔白载她去上课。

陆尔白愣了一下，没等他答应，苏慧先帮他应了下来，说都在市中心，反正顺路，让陆尔白带郑冬至一起走。

陆尔白没吱声，但还是让郑冬至上了他的车。

一上车，郑冬至就自然地把手塞进他的外衣口袋里，嘴里不满地咕哝道："你怎么穿件旧大衣啊，都没羽绒服暖和。我爸给你妈那么多钱，怎么都不给你买新衣服？”

一开口，郑冬至还是郑冬至，说话一如既往地尖酸。

陆尔白有点摸清她的脾气了，她是那种人来疯，你越是搭理她，她就越是来劲，你不搭理她，她很快就消停了。所以陆尔白没理会她说的话，往前骑了一段路后随意地问了一句：“你在哪里上课？”

郑冬至没有直接回他的话，而是一会儿往左，一会儿往右，指挥着陆尔白来到了一个中档小区，让他在一栋楼下把她放了下来。

陆尔白还以为她这是到补课老师家了，看她跳下车后，便急着骑车要走，郑冬至又叫住了他。

“你别走啊，我还没到学校呢，你先陪我上楼去拿东西。”

陆尔白一动不动，郑冬至伸手打了他一下。

“帮我拿画架啊！我一个女孩怎么拿？”

陆尔白闭眼再睁开，憋了一口气，将车停好，跟着她上楼。

郑冬至轻车熟路地带着他来到了一间公寓门口，看着她按门铃。

没过多久，门开了，一个光着膀子的男生站在门口在打哈欠。

看到郑冬至，他也没问，把门开着，人又回屋了。

郑冬至拽着陆尔白进屋，屋内被弄得乱七八糟的，几个男生东倒西歪地睡在地板上，屋里全是没散去的烟味跟酒味。

陆尔白厌恶地蹙起眉头。

开门的男生不屑地扫了他一眼，然后朝里侧的房间喊了一声：“郑昼景快起来，你妹来了。”

“知道啦。”里面传来郑昼景不耐烦的声音。不一会儿，房门被打开来，郑昼景穿着冬款睡衣光着脚走了出来，睡眼惺忪地去冰箱里拿了瓶冰矿泉水喝完，朝郑冬至抛了个媚眼，目光触及郑冬至身后的陆尔白时，他像见了鬼一样，眼睛惊恐地睁大，嘴里的水全喷了出来。

“你怎么把他给带来了？”郑昼景气急败坏地质问妹妹。

从那对兄妹的对话中，陆尔白立刻猜到这里就是郑昼景住的旧公寓。看着被弄得乱七八糟的房间，陆尔白突然明白郑昼景为什么不愿意回紫园住了，这里更方便他跟狐朋狗友聚会。

他不是个多嘴的人，郑昼景怎样都与他无关。

见郑冬至没有要走的意思，陆尔白转身出了门。

看到他走，郑冬至停下了与她哥的嬉闹，也顾不得拿画架，急急忙忙追下楼，在楼梯口碰到了与陆尔白对视的陈昭言。

陈昭言没有注意到郑冬至，只顾惊喜地问陆尔白：“你怎么在这里？”

【8】

陆尔白这次倒很快就认出了陈昭言，因为她跟他在同一家咖啡馆打工，两人还在一个班制上。

陈昭言正是生理期，所以早上起晚了，本来她还有点儿肚子痛，但看到陆尔白，心情瞬间转好了。

目光落在陆尔白骑的自行车上，她立刻打消了要去车库推车的念头，期盼地问道：“你是要去上班吗？能不能载我一下，我今天来例假了。”

没想到她会开口跟自己说这些，陆尔白有些尴尬，看了一眼陈昭言捂着肚子的手，犹豫了一会儿，还是点了点头，说：“上车吧。”

陈昭言高兴地跳上了陆尔白的车。

见两人要走，躲在楼道里的郑冬至再也站不住，直接冲到了陆尔白的车前，伸手挡住了他的去路。

陆尔白被突然冲出来的她吓了一跳，还好他及时刹住了车，不然就撞到她身上了。

“你干什么？”他难得来火地朝郑冬至吼了一声，看来是真的被吓到了。

坐在后头的陈昭言担忧地问了一声：“怎么了？”

郑冬至的眼睛死死地盯着陈昭言环在陆尔白腰上的手，憋屈地噘着嘴，朝陆尔白大喊道：“你还要送我去学校，你不能载她。”

陆尔白没工夫理会她的无理取闹，没好气地道：“我要迟到了，你让你哥送。”

“我哥都没车，他拿什么送我？”郑冬至气呼呼地说完，直接绕到车后座，伸手要将陈昭言扯下车。

陈昭言紧紧地扒着车后座不愿下来，黑着脸道：“冬至，你不要太过分啊！”

郑冬至不管，还要动手，陆尔白突然出手按住了她的手，语气严厉地出声：“郑冬至。”

郑冬至转头看着他，眼眶又泛红了，表情看上去委屈极了。她的鼻子冻得红红的，因为生气，小脸也红得像西红柿。清晨凉薄的晨光照在她的脸上，她的眸子里像有光芒在闪烁。

陆尔白的心有片刻停跳，他呆呆地望着她，一时间忘记了自己要说什么。

没等他回过神来，郑冬至突然抬起脚，用力地踹在自行车的前轮上。车身晃动起来，陈昭言惊慌地跳下车来，陆尔白没按住车头，直接被她一脚踹下了车。

他的手还拽着郑冬至的胳膊，掉下车的时候，他整个人都压在了郑冬至的手上。郑冬至疼得叫出声来，陆尔白变了脸色，赶紧松开了手，但还是跟郑冬至一起摔在了地上。

自行车受重力影响直接朝着他们俩压了过来，陆尔白想都没想，翻身将郑冬至压在了自己身下，伸手挡住了倒下来的车。

还好陈昭言及时拉住车，车最终才没有压在他们的身上。

陆尔白松了一口气，下意识地去看身下的郑冬至。转头的瞬间，他感觉脸上一股温热，她的唇轻轻地擦过了他的脸颊。

鼻尖相对的一瞬间，陆尔白的心脏差点停跳。

时间突然安静下来。

没等陆尔白搞明白这突如其来的悸动是什么，郑冬至突然一把推开他，用力地扇了他一巴掌，羞愤地骂了一句："浑蛋！"

陆尔白被打得侧过脸去，低着头望着地面沉默。

陈昭言看到郑冬至打陆尔白，着急起来，盯着陆尔白被打得肿起的半边脸，为他抱不平道："冬至实在是太任性了，要不是你护着她，她肯定得受伤。她不感谢也就算了，她还打你！真不知道郑叔叔平素是怎么惯她的，养成她这个坏脾气。"

陆尔白静静地站在原地，伸手摸了摸被打的脸颊，那股温热的感觉似乎还停留在那儿，他有些烦躁地闭上眼。

再睁开眼时，他的神情又恢复了以往的淡定。

"走吧。"他说。

郑冬至回到公寓的时候，郑昼景又回屋睡觉了。

见她去而复返，其他人都很惊讶，问："郑冬至，你不是走了吗？"

郑冬至没有理会他们，气冲冲地冲到她哥的房里，一把掀开郑昼景的被子。

大冬天的，郑昼景突然感觉被子被掀开，惨叫一声，一边扯被子，一边破口大骂道："谁啊！"

睁开眼，看到黑着脸的郑冬至，郑昼景傻了眼，慢慢地缩回被窝里，惊魂未定地问妹妹："你怎么了？陆尔白呢？"

"送我去学校！"郑冬至咬牙切齿地说道，懒得多看郑昼景一眼。

一想到陆尔白，郑冬至就感觉脸颊在发烫。怎么嘴碰了陆尔白的脸一下，她就惊慌成这样了？

她伸手拍了拍自己的脸，转身出了房间，留下郑昼景一脸茫然地呆坐在床上。

【9】

陆尔白的早班上到下午三点半，他刚下班去更衣室换衣服的时候就接到了苏慧打来的电话，让他去接郑冬至，说她现在在郑昼景那里。

今天郑林回来，司机老李去火车站接他了，苏慧想了想，家里也就陆尔白能去接郑冬至了。

听到"郑冬至"三个字，陆尔白感觉自己的左脸还隐隐作痛，他当即拒绝道："让她自己打车好了，她身上又不是没钱。"

"你反正要回家，去那儿顺路带她一下又怎么了？她是妹妹，你是哥哥，就让你接个人又不会让你少块肉。"苏慧数落了儿子几句。

陆尔白无奈，只得应了下来。

换好衣服从更衣室出来，正好碰到陈昭言，她正一脸难为情地看着他。

没等她开口，陆尔白就知道她想说什么，对她道："你先等等，我去拿车。"

陈昭言高兴地跟着他一道出了咖啡馆。

路上，陈昭言一直在跟陆尔白搭话，都是她在说，他在听。一路到头，陆尔白也就听进去了郑昼景现在住的这个小区叫"景盛花园"，其他的都没记住。

陆尔白骑着车还没进小区，就看到了坐在小区门口的路边摊上撸串的郑昼景他们。郑冬至穿着鹅黄色的羽绒服，混在一帮男生中间特别扎眼。

不知道谁先出的声，有人碰了一下郑昼景的胳膊，朝陆尔白的方向使了个眼神。郑昼景转过头来，看到坐在陆尔白车后座上的陈昭言，气得立刻站了起来，冲到马路上，拦住了他们的去路。

陆尔白停下车，目光沉静地望着他。

郑昼景气势汹汹地走上前来，恶狠狠地瞪了他几眼，然后二话不说就将陈昭言从车上拽了下来，拉着她就走。

陈昭言在他的手下拼命挣扎，气愤地骂道："郑昼景你放手，你放开我！"

郑昼景不放，冷着脸继续往前走。

陈昭言无奈之下要咬他的手，他竟直接把她给抱了起来。

郑昼景的那帮狐朋狗友都在路边目瞪口呆地望着他。

挣脱不了，陈昭言只能向陆尔白求救。可陆尔白压根儿都没看他们俩，而是停好车，直接走向了路边摊，对着还在低头吃串的郑冬至问了一声："你走吗？"

早在其他人看到他们之前，郑冬至就已经看到陆尔白了，但她还在气早上陆尔白载陈昭言不载她，所以不想理他。

见她不出声，陆尔白闷声道："不走我走了。"

看他真的走了，郑冬至又急忙追了出来，抓住他的手道："你等我一会儿，我去楼上拿书包。"

郑冬至的书包被她扔在郑昼景的卧室了，今天他们补习班的老师有事，临时发短信过来让她不用去上课了，于是她在郑昼景的卧室里赖了大半天，直到陆尔白来接她。

等她找到书包下楼的时候，正好看到陈昭言跟她哥在楼梯口吵架。

郑昼景质问陈昭言为什么坐陆尔白的车，陈昭言回不关他的事。

两人争执间，郑冬至背着书包从他们身旁经过。她故意在陈昭言面前转了个弯，对着她哥道："哥，陆尔白专门来接我的，我跟他回去了。"

"专门"两个字被她咬得特别重，陈昭言的脸色瞬间白了下来。

郑昼景这个情商低的还看不懂陈昭言为什么脸色差，以为她是哪里不舒服，要伸手探她的额头。

陈昭言嫌弃地推开了他的手，板着脸上了楼。

"她怎么了？"郑昼景一头雾水地问妹妹。

郑冬至不忍她哥伤心，只是盯着陈昭言的背影冷笑道："'大姨妈'来了呗。"

郑冬至坐着陆尔白的车回家，半路上，她突然问陆尔白："陈昭言喜欢你，你知道吗？"

陆尔白被她突然的发问惊了一下，车龙头微微摇晃了一下，他有些愠怒地道："你别胡说。"

“你怎么跟我哥一样，光长眼睛不长心呢！谁胡说了，不信你等着看。”郑冬至激动道，跟恶作剧似的，用手指戳了一下陆尔白的腰，哼哼道，“反正你不能喜欢她，知道吗？”

“为什么？”陆尔白渐渐习惯了她的小动作，难得好奇地问出声。

身后传来郑冬至理所当然的声音：“还能为什么？我哥喜欢她啊！”

陆尔白的眼神蓦地黯淡下来。

第三章
他和她的初告白

• • •

“陆尔白，我喜欢你！”

【1】

晚上吃完晚饭，郑林关在书房里忙工作，郑冬至躲在她的房间看小说，而陆尔白陪着苏慧在院子里散步。

别墅内突然有电话进来，是王婶接的，说是找陆尔白。

听到王婶喊他，陆尔白很是惊讶，连他自己都不知道郑林家别墅的电话，怎么会有人找他？

他虽然觉得奇怪，但还是回了大厅去接电话。

“陆尔白？”一道清亮的女声传来，陆尔白皱了皱眉头，在想对方是谁的时候，那头已经自我介绍道，“我是陈昭言。”

陆尔白恍然大悟。

陈昭言低笑了一声：“你一定很意外吧。”

“找我什么事？”他直接问道。

陈昭言止住了笑，停顿了一会儿，最后还是大胆地开口央求道：“明天你能不能来接我去上班？我这几天都不方便骑车。”

陆尔白虽是男生，却也知道有些女生来例假的那几天会很不舒服，陈昭言没法骑车上班他能理解，只是她为什么要让他去接呢？

他观察过，景盛花园门口就有个公交车站，有直达市中心的车，下车后往前走几步就能到咖啡馆，车费也就两元钱。这么冷的天，陈昭言若是身体不舒服的话，坐公交车远比坐他的自行车在冷风中受冻来得强。

见他不答，陈昭言有些尴尬，又絮絮叨叨地解释了一下为什么让陆尔白去接她，什么她妈要上班啊，早上的公交车少啊，她担心错过站啊之类的。

陆尔白听着，耳边却响起了郑冬至之前问他的话——你知道陈昭言喜欢你吗？

他恍惚了一下，听到陈昭言在另一头紧张地问："陆尔白，你还在听吗？"

他"啊"了一声，回过神来，瞥了一眼停在院子里的那辆半新不旧的自行车，一本正经地撒谎道："我的车坏了。"

"坏了？"陈昭言惊疑地说道。

怕她不相信，他又特意解释了一句："嗯，回来就掉链子了。"

"哦，这样啊。"

陈昭言的声音里透着浓浓的失望，她还想继续说点什么，耳边就只剩下了"嘟嘟"声——电话被挂断了。

陆尔白站在原地，望着被挂断的电话深深地吸了一口气，转过身，就看到郑冬至倚在楼梯口的栏杆上促狭地对他笑着。

陆尔白平静地看了她一眼，绕过她准备上楼回自己的房间。

郑冬至跟了过来，在他身后嘲讽道："你这个骗子，车明明好好地在外面停着，竟然骗陈昭言说是坏了。"

陆尔白惊讶地回头看她："你怎么知道是陈昭言？"

他没按免提键，按理说郑冬至就算站在他身旁，也不该听得到陈昭言说的话。

郑冬至瞥了一眼二楼楼梯口挂着的固话机，调皮地对他吐了吐舌头。楼下在打电话，楼上拿电话机也能听到。

陆尔白心中了然，也懒得跟她计较，推开房门就要进去。

郑冬至堵在门口，朝他伸出手来："我可以为你保密，不告诉陈昭言你骗她，但是你得给我一点封口费。"

陆尔白一脸莫名其妙地看着她。

“笨蛋，寒假作业借我抄抄啦！”郑冬至急得提醒他，怕书房里的郑林听见，把声音压得很低。

陆尔白算是明白了为什么别人都说郑冬至脑子不好了，她连把柄都没抓到手就学着人要挟人。他之所以撒谎说车坏了，只是不想陈昭言太难堪，郑冬至说不说他都无所谓。

反而……

“如果你不想你哥难过的话，你可以告诉陈昭言。”陆尔白口气轻淡地说道。

一句话噎得郑冬至又一次说不出话来，趁她傻眼之际，陆尔白伸手将她从门口推开，进了屋，当着她的面把门给关上了。

郑冬至站在门外气得直跺脚：“陆尔白，咱们走着瞧！”

怕再次迟到，陆尔白当晚在手机上定了三个闹钟。

第二天一大早他就起来了，匆匆吃完早餐便去咖啡馆上班。

都过了八点，陈昭言还没有来店里，有同事随意地说起她，店长解释说她身体不舒服，今天请假了。

陆尔白在旁边听着，隐约猜到陈昭言请假的具体原因，但没有点破。女生大多脸皮薄，何况陈昭言还是个自尊心很强的女生。她好不容易鼓起勇气，厚着脸皮让陆尔白载她去上班，结果却被委婉地拒绝了。她又不是傻子，自然不会相信陆尔白是真的车坏了，明明昨天他载着她回家时车都还好好的。

可就是因为她不傻，所以遭到拒绝后，不知道该怎么面对陆尔白。即使她看起来比很多女孩都要来得成熟，但这次毕竟是她第一次喜欢上一个人。

说喜欢，不如说是欣赏。她曾偷偷观察过陆尔白，觉得这个人就像另一个自己。他们对周遭的一切都表现得很寡淡，都喜欢一个人静静地待着，不爱闹。与其让他们瞎玩，他们宁愿多去看本书，还有他们都喜欢西城男孩。

最关键的一点，陆尔白的颜值也在线，虽然长得没有郑昼景那么精致养眼，却也属于干净清澈型的。他身上有种旁人没有的严肃感，给人一种很稳重踏实的感觉。

说白了，陈昭言就算再怎么早熟，也掩盖不了她是外貌协会一员的事实。

就是因为对陆尔白感兴趣，她才会去咖啡馆做兼职。也因为被陆尔白拒绝了，所以她才会面子上过不去选择请假，心里却幻想着陆尔白可能会因为她没去上班而担心她的身体。

然而事实上是她想多了。她有没有去上班，对陆尔白来说一点影响都没有。

那家咖啡馆的生意本来就冷淡，多一个人少一个人根本没多大差别，半天下来都不见几个人影。就中午的时候，门口突然拥进来一群女生，看上去不过念初、高中的样子，个个叽叽喳喳像百灵鸟。

陆尔白低着头，按部就班地给她们一个个往下点餐。轮到最后一个的时候，他觉得来人的声音很是耳熟。

他下意识地抬头看了一下眼前的人，果真是郑冬至。她正歪着头冲他笑，嘴里重复道："我要一杯热巧克力奶和一块黑森林蛋糕。"

她们是群体点餐，最后一个人付钱，而付钱的就是郑冬至。

陆尔白帮她把账单打好，等着她付钱。她却两手一摊，不要脸地说："我没带钱。"

闻言，陆尔白黑着脸打开收银机，准备把点的东西全部删掉。

郑冬至见状，赶紧拦住他，指着其他几个坐在位子上等待的女生，可怜兮兮地哀求道：“尔白哥哥，我特意带朋友过来捧场的，你可不能让我丢脸啊！”

陆尔白最怕听到她叫他“尔白哥哥”，那四个字一出，他就知道准没好事。果然，一旁调咖啡的同事跑来告诉他，前面点的几杯摩卡已经开始做了，不好退了。

陆尔白感到头疼，努力克制住要发火的冲动，让同事继续做，然后拿自己的工资卡出来结了账单。他每天的工资才五十块钱，郑冬至充个大款就花掉了他五天的工资。

当他把账单交给郑冬至的那一刻，好像能感觉到自己的太阳穴在突突地跳，他觉得郑冬至是故意的。

“吃完赶紧走。”没兴趣知道她为什么会来这里，陆尔白面无表情地对她说道。

看到他一副要被气死的样子，郑冬至开心死了。

她高兴地接过账单，对着陆尔白比了个敬礼的手势，说了句：“Yes, sir.（是，长官。）”

【2】

饮品做好后，陆尔白端着给郑冬至她们那桌的人送过去。

一见他过来，所有女孩都看他，脸上皆挂着暧昧的笑，一个个跟郑冬至交头接耳地说着些什么。

他听不到她们在说什么，但莫名地被盯得红了耳朵。

送完东西，他回了收银台，却依旧能感觉到那几道目光在盯着自己，隐约能听到郑冬至跟人议论自己的声音。伴随着那群女孩清脆的笑声，他浑身都不自在起来。

原本死气腾腾的咖啡馆因为她们的到来气氛变得活泼了，就连无聊得坐在一旁打瞌睡的店长都被惊醒了，走到柜台边上，一脸羡慕地望着那群青春洋溢的女孩，很是感慨地来了句“年轻真好啊”。

陆尔白无语地扫了店长一眼。

店长八卦地问他：“你是怎么认识那群美术班的女孩的啊？”

他被问得有些茫然。

店长见他这副模样，奇怪地道：“你不知道吗？她们就是我们楼上美术补习班的，好几个人我都认识，经常来这儿补习。”

陆尔白摇了摇头，表示自己真的不知道。

虽然他一直知道郑冬至的补习班也在市中心，却不知道她就在他们楼上。他刚刚还以为她是故意带人来找他麻烦的。

他不经意地看向郑冬至，发现她也在看自己。四目相对的那一刻，陆尔白来不及躲闪，就看到郑冬至对着他微笑着比了个剪刀手。

他的心跳有一瞬间的漏拍，耳边传来店长恍然大悟的声音：“哦，原来你认识的是这个啊！小子眼光不错啊，这姑娘挺漂亮的。”

陆尔白没有辩驳，他是个不擅长解释的人，而且他与郑冬至的关系也不是一两句话就解释得清的。

郑冬至虽然答应了陆尔白吃完就带人走，但实际上她们光吃就吃了一个多小时。

陆尔白实在想不通那些女孩为什么会有那么多话聊，她们坐了多久，他就被看了多久，也就不舒服了多久。最后，大概是下午上课的时间要到了，那群人才拿好东西准备离开。

按照服务条例，陆尔白过去给她们开门，顺便说了声："欢迎再来。"

那群女孩一个个经过他的面前时停了下来，甜甜地道了声——

"尔白哥哥，谢谢你的咖啡。"

"尔白哥哥，谢谢你的蛋糕。"

"尔白哥哥，你真帅。"

……

陆尔白头一次遇到这种阵势，一张脸涨得通红，不知如何反应时，郑冬至站到了他的面前，在她叫出那声"尔白哥哥"之前，他终于沉不住气，红着脸问她："你想干什么？"

郑冬至一脸无辜地耸肩，说："没想干什么啊！你请我们吃东西，她们谢谢你有什么不对吗？"

"我说的不是这个，你为什么带人来这儿？"

"我在楼上上课，我哥告诉我，说陈昭言兼职的咖啡馆就在这里，我同学又说这里的蛋糕很好吃，我就过来看看，顺便帮我哥监督一下你跟陈昭言有没有干什么不好的事。不过陈昭言好像没来上班，一定是她知道你骗了她，她好面子不敢来了。"

"你无不无聊？"陆尔白没好气地对她说道，扔下她准备回店里。

郑冬至一把拉住了他，贱兮兮地笑道："你猜我刚才跟同学说了你什么？"

陆尔白知道郑冬至这么问他肯定是没说什么好话，他应该像之前一样不搭理她才对，可是他心里想着要走，脚步却还是停了下来。他转头看向她，没说话。

“我说你是我的男朋友。”郑冬至一本正经地说道。

没想到她会冒出来这么一句，陆尔白的脸瞬间又涨得通红，他恼羞成怒地呵斥了她一句：“你别胡说。”

“嘁，骗你的，还真信。做我男朋友？你想得美！我说你是我哥呢！”郑冬至小人得志似的朝他笑道，然后又想到什么，继续说，“对了，你下班了等我一起回去，我也差不多三点半下课，画板太重了，你帮我拿。”

陆尔白不理她，转身进了店里。

身后传来郑冬至不死心的喊声：“记得等我啊，你要是早走的话，我就告诉你妈。”

回答她的只有沉默的空气。

跟往常一样，三点半一到，陆尔白准时打卡下班，换好衣服从咖啡馆里出来。他抬头看了一眼楼上的“成田美术馆”几个字，脚步顿了一下，最后还是径直走向了附近的公交车站。

郑冬至只说让他等她，但没有说具体时间。想起她每次出其不意地给他惹麻烦，陆尔白后怕地摇了摇头，想着还是少跟她接触为妙。毕竟之前从来不见她带什么画板回家，这会儿突然说起，指不定又在打什么鬼主意要害他。

往前走一百米穿过马路，对面就是公交车站。

陆尔白事先不知道陈昭言今天不来上班，因为怕她尴尬，所以他没骑车过来，特意坐了公交车。

他站在站牌下等车，目光却还是不由自主地望向了马路对面的咖啡馆。等了一会儿，他故意错过了经过的三辆公交车，却都不见郑冬至的身影。他自嘲地笑笑，觉得自己果真又被耍了。所以在第四辆公交车到来的时候，他便毫不犹豫地上了车。

因为下雪，地面很滑，公交车的车速很慢。不过陆尔白并不赶时间，他选了个后面靠窗的位子坐下来，从口袋里拿出个旧的MP3，插上耳机听了起来。MP3还是之前被郑冬至扔出窗外的那个，他找了很久才找回来，送去书店老板那里修了才可以继续听。光修理的钱都可以在老板那儿直接换个八成新的了，但他没有换。不是说这个MP3有多好，而是买它的时候，陆琪还没去世，这是他爸给他买的。

车慢悠悠地往前行驶了一站，陆尔白听着歌望着窗外，看到路边中午来咖啡馆吃东西的那几个女孩正有说有笑地往前走着，她们的手里都抱着画板。

陆尔白突然想到了郑冬至，神色凛了凛。

因为之前贪玩，老师布置的作业没画完，郑冬至被留在画室要求画完了才能回去。等她画完时，教室里就只剩她一个人了。她急急忙忙收拾好东西，抱着厚重的画板跑下楼，去楼下的咖啡馆找陆尔白。结果却被告知陆尔白早就下班了，他都走了有一个小时了。

他竟然敢不等她！

郑冬至气得跺了一下脚，不等陆尔白的同事追问，她转头就跑去马路边拦车，准备像往常一样打车回家。

中午她跟陆尔白说她没带钱完全就是骗他的，因为她最近按时去美术班补课，郑林念在她表现良好，给了她不少零花钱，她就算是天天打车都还能剩下不少。

地上积雪未散，马路上的车辆不多，出租车更是少之又少。

郑冬至搓着手边等车边把陆尔白在心里骂了个百八十遍，才好不容易看到一辆绿色的的士朝她这边驶来。她刚准备伸手，突然肩膀被人拍了一下。

她以为是陆尔白回来找她了，当即气得转过头来，张嘴就要骂，结果一个“你”字刚说完，她就傻眼了。

来人不是陆尔白，而是三个她不认识的男生。

“这不是郑冬至吗？”为首的一个黄头发的男生伸手捏了一下她的手，冷笑道。

郑冬至本能地伸手一把打开那人的手，往后退了几步，警觉地问：“你们是谁？怎么认识我的？想干什么？”

“果然是郑冬至，真是贵人多忘事啊，都不记得我了，我可是把你记得很清楚呢！拜你所赐，我被你哥打得在医院里躺了三个月。怎么？就你一个人在这儿，你哥郑昼景呢？他不是宠妹吗？你们俩不是连体婴吗？”那人恶狠狠地说道。

郑冬至这才想起这人是职高的流氓，之前在街上调戏过她，后来被她哥揍进了医院。

她心里暗叫一声“不好”，刚想逃，那人一把抓住了她的衣领，拽着她就走。

他们三个男生，她就一个女生，力量悬殊太大，完全没有反抗的余地。她才喊了一声“救命”，就被他们用手堵住了嘴巴，直接拽去了咖啡馆旁边的小弄堂。

那儿是个死角，根本无路可逃，那些人把她丢在了地上。

“这次看你哥还怎么来救你！”他们淫笑地朝她逼近。

郑冬至吓得白了脸色，手忙脚乱地在书包里找手机，试图打给她哥求救。可还没等她把号拨出去，那个黄毛就夺走了她的手机，扔到一旁，动手就要扒她的衣服。

她拼命捂着领口，尖叫着，嘴里骂着：“你给我死开！别碰我！”

“你让我死，我偏不死，有本事你让你哥过来救你啊！他不是挺有能耐吗？让他过来打我呀！”那人贱兮兮地道。

郑冬至伸手就给了他一个耳刮子，把他打得脸都偏了过去。趁着他愣神之际，她又踹了他一脚，从地上爬起来就要往外跑，可另外两个人拦住了她。

“让开，你们都给我让开！”她厉声道。

那两个人不让，伸手朝她抓了过来。

正当她绝望之际，突然听到有人喊她的名字。

“郑冬至！”

陆尔白一脸焦急地出现在巷子口，满头大汗地朝她喊道，手里还握着她掉在路上的画板。

郑冬至看到他，两只眼睛都亮了起来，像是看到了救星。她一边拼命地踹着抓自己的人，一边激动地朝陆尔白喊：“尔白哥哥，快救我！”

陆尔白真心觉得她这声“尔白哥哥”有毒。

【3】

陆尔白平素都不跟人动手的，之前郑昼景带人揍他，他都没还手，每次都被揍得鼻青脸肿的，不知道的人还以为他是个弱鸡。

但有句话叫“老虎不发威，你当我是病猫”，陆尔白自然不是病猫。

他爷爷是退役老兵，会点武术，身手不错。小时候，苏慧跟陆琪忙着上班，没空带孩子，陆尔白就被寄养在爷爷家。

陆爷爷带孙子就跟过去打仗时带兵似的，每天天没亮就把人给叫醒了。陆尔白小小年纪就被训着蹲马步、练拳、耍大刀。

几年待下来，他虽不能飞檐走壁，但打几个人还是绰绰有余的。

“就这小身板还跑来英雄救美！”那黄毛见到陆尔白，看他斯斯文文的，又挺瘦，以为是个送死的，顿时不屑地嗤鼻道。

他走了出来，站在陆尔白面前，还没伸出手来，就被陆尔白一脚踹飞了出去。

郑冬至本来还在喊，看到这一幕，惊得都忘了挣扎。

另外两个抓着她的手臂的人也都吓呆了，还没等他们反应过来，陆尔白拎着画板就朝着他们打了过去。

陆尔白轻轻松松没几下，就把那三个人揍得满地打滚哭爹喊娘。

顾不得理会他们，他回头去看郑冬至，发现她的大衣外套早就被扒掉了，身上就穿着一件单薄的毛衣，脖子裸露着，皮肤青紫一片，头发凌乱，瑟瑟发抖地站在一旁，精致的小脸上满是泪痕，看着他的眼睛里却满满的都是光。

陆尔白的眼神冷了一下，朝她走过去，脱下身上的羽绒服披在了她的身上，再细心地帮她拉好拉链，然后抬眼定定地看着她问：“没事吧？” 郑冬至用力地摇头，虽然眼泪还没擦干，但她还是兴奋地一把抱住陆尔白，激动地道：“陆尔白你刚才太帅了！”

看她那粗线条的样子，陆尔白想，她应该是没事了。

郑冬至紧紧地抱着陆尔白，整个人沉浸在劫后余生的喜悦里，忘了松开。

此刻的她就像只小狗，不停地拿脑袋蹭着陆尔白的脸，一会儿哭一会儿笑，一会儿骂陆尔白坏，不等她就走了，一会儿又说陆尔白回来找她真好。

陆尔白一动不动地任由她抱着，两个人的心房由远而近，他能感觉到她的眼泪落在自己脸上的冰凉，也能感觉到她胸口贴着自己的温暖。之前在马路边捡到她遗失的画板，四处找不到她的恐慌渐渐消失了，那颗因害怕而剧烈跳动的心也慢慢恢复了平静。

内心涌出一股冲动，他突然想要抱抱她。

他缓缓抬起手来，在指尖触及她的脊背的瞬间却又停了下来。他垂下手臂，闭上眼，再睁开，之前迷离的双眸又恢复了以往的清明。

“回家吧。”他说。

他推开了她，转身去捡她被扔在地上的外套跟书包，以及那部被摔坏的手机。

之前在地上打滚的三个人早趁他们不注意开溜了。

陆尔白扶着郑冬至出了小巷，到路边拦了一辆出租车，郑冬至这副惨样实在不适合坐人多的公交车，不知道的还会以为他怎么她了。

上车后，郑冬至依旧像刚才那样抱着他的手臂不放，脑袋也往他身上蹭。

陆尔白被她蹭得很不自在，伸手把她靠在自己肩上的脑袋扶正，红着耳朵道：“郑冬至，你别这样。”

“别怎么样啊？”郑冬至不明白。

“你靠我太近了，你能不抱我吗？”陆尔白有些难以启齿地说。

“这有什么，我平时都是这么抱我哥的。”郑冬至不以为意地继续往他身上黏。

他的羽绒服给她穿了，他这会儿身上就穿着一件薄衬衫。她是怕他冷，所以才一直靠着他的。

为了凸显她是个知恩图报的人，她恨不得整个人都贴在陆尔白的身上给他取暖，嘴里嚷嚷道："你别老推我啊，让我给你暖暖。"

瞧她这话说得连开车的师傅听了都觉得脸红，笑呵呵地来了一句："现在的小年轻哦！"

陆尔白就更别说了，早从脖子红到了耳根。

好不容易挨到了家，一到郑家别墅门口，陆尔白就急着下了车，郑冬至抓着他的衣角跟了下来。

听到汽笛声，苏慧慌慌张张地从屋里走了出来，看到是他们俩回来了，立刻松了口气，板着脸问陆尔白："你怎么现在才回来？不是说三点半下班吗？你看看现在都几点了？打你的电话也打不通，你这孩子怎么这样！"

苏慧骂完才注意到陆尔白身上就穿着一件衬衫，外套在郑冬至身上，郑冬至的头发乱糟糟的，脸上还有哭过的痕迹。

她皱起眉头，下意识地问了一句："发生什么事了？"

陆尔白不说，郑冬至急着帮他解释，把自己被欺负，陆尔白救她的经过添油加醋地跟苏慧说了一遍。

当然，她没有提让陆尔白等她，但陆尔白先走的事。不然苏慧知道的话，肯定心里会过意不去，又不知道要怎么说陆尔白了。

郑冬至虽然任性又爱耍小性子，但本性不坏，谁对她好，她都记得。

苏慧听完，吓得花容失色，心有余悸地对儿子道："你怎么不报警就冲进去了？万一他们人多你打不过怎么办？万一人家身上带了刀呢？你这孩子，让我怎么说你好。以后遇到这种事，一定要先报警，知道吗？"

听到陆尔白简短地应了声，苏慧这才作罢，催促他们赶紧进屋，外面冷。

两个人先各自回房拿衣服洗了个澡，然后才下了楼。正好郑林也从厂里回来了，王婶端着饭菜上桌，招呼大家吃饭。

饭桌上，苏慧把郑冬至遇袭的事跟郑林说了一遍，郑林听罢，气得当场拍桌子，要去找对方的家长算账。

之前郑昼景把人揍进了医院，他还觉得是自己儿子不对，下手不知轻重，赔了不少钱给人家。可现在看来，那孩子被打也是活该。他父母拿了钱，他却不知悔改又来欺负自己的女儿，那自己的钱不就是白给了吗？这世上哪有这么便宜的事。

郑林越想越生气，最后连饭都不吃了，直接上楼找到对方家长的电话拨了过去。

结果那家人竟然反咬他们一口，说要告陆尔白把他们儿子又给打伤了。

郑林倒也不怕，宁愿花钱请律师，也不愿再把钱给这样的人，他直接把这事交给律师去处理了。

不过这场官司一直没有开庭。

【4】

年关将至，郑林要忙的事情很多。厂里的工人等着发工资，新购置的材料钱也等着给，几个合作商拖欠的货款一直没收到，最近他天天都往外地跑，四处催债要钱，忙得都不着家。

所幸家里有王婶照应着，不用他操多少心。他唯一放心不下的就是自己那双儿女，每天都要跟苏慧打电话询问一番。

郑冬至还好，自从上次被陆尔白救了之后，她就彻底黏上了人家。每天起得很早，跟着陆尔白一起去上班，先在咖啡馆里坐着，然后等到点了，就去楼上的美术馆画画，下午再跟陆尔白一起回家。

陆尔白都是骑自行车上下班，苏慧怕郑冬至坐他的车冷，让她坐司机的车。她不愿意，嚷道："尔白哥哥都不怕冷，我也不怕，我就是要跟尔白哥哥一起走。"

这话听得苏慧内心很是纠结，她既高兴郑冬至愿意接受陆尔白进入这个家，却又担心儿子跟郑冬至在一起，又像上次一样遇到恶人，出什么事。她可就陆尔白这么一个儿子。当然，这些自私的话苏慧只能藏在心里，又不好说出来。

比起苏慧，陆尔白则表现得很坦然。反正郑冬至早上起得来，他就载她，起不来，他就走了。至于下午，郑冬至似乎早就知道他的心思，总是在他下班之前就已经坐在他的店里了。

苏慧说这意味着郑冬至接受陆尔白是郑家的人了，但陆尔白知道，郑冬至会这么黏他，纯粹就是为了给她哥盯梢，不让陈昭言再来缠着他罢了。

陆尔白看破但不点破她，有郑冬至这块挡箭牌在，总比他撒谎骗陈昭言车坏了来得强，毕竟他又不可能天天车都坏。

他是无所谓，可陈昭言被气得不轻。

她在家休息了两天之后再去咖啡馆上班，就看到陆尔白天天载着郑冬至同进同出。

郑冬至都快把他们咖啡馆当成饭馆了，早上坐一会儿，中午来吃个蛋糕当午饭，下午又来。来就来吧，她还一直对着陆尔白叫"尔白哥哥”，听着陈昭言鸡皮疙瘩都起来了。

她又不是第一天认识郑冬至，那丫头什么个性她再清楚不过了，怎么可能真的把陆尔白当哥哥，分明就是故意恶心她来着。

陆尔白已经对郑冬至的那声“尔白哥哥”免疫了，一开始听到他还会头皮发麻，现在基本上可以做到无动于衷了。

倒是店长很是激动，偷问陆尔白到底是亲哥哥啊还是情哥哥啊。对此，陆尔白总是以冷眼回赠他。

什么都不是，很快店长就知道了，因为郑冬至的亲哥哥来了。

郑昼景原本跟朋友们在公寓里打游戏打得挺热乎的，突然有人跑过来告诉他郑冬至被陈恺欺负了，他气得当场摔了游戏手柄，带着人就去找陈恺算账。

陈恺就是上次带人围堵郑冬至的黄毛。

之前郑林怕儿子又惹事，让郑冬至不要跟她哥讲被欺负了的事，郑冬至就真的没说。要不是陈恺不识相，在路边摊吃烧烤的时候不小心跟朋友说漏了嘴，被郑昼景的朋友听到，郑昼景都不知道这事。

郑昼景带着他的那帮兄弟去了陈恺常活动的几个地方堵人，那陈恺不知道从哪里听到的风声，在郑昼景找到他之前，就匆匆买了张火车票，躲去了他外地的亲戚家。

逃得了和尚逃不了庙，陈恺的家在D市，郑昼景也不怕他不回来。他先带人把陈恺的两个小弟痛扁了一顿，给陈恺一个下马威，然后又带着人去成田美术馆看妹妹。

他觉得挺对不起郑冬至的，以前郑冬至有什么事他都是第一个知道。她被欺负，他都是率先出来给她出头，但这次冬至差点都被那个了，竟然什么也没跟他说。

一定是他这阵子只知道跟朋友厮混，讨好陈昭言，疏忽了妹妹，所以她跟他没以前那么亲了，受了委屈也不告诉他。

想到这儿，郑昼景就十分内疚，觉得自己太浑蛋了，恨不得立刻跑到郑冬至的面前跪下来，抱着她纤细的小腿认错，说“都是哥不好，哥见色忘义，冬至你打我吧，骂我吧”。

当然，这些都是郑昼景一个人在瞎揣测，事实上郑冬至不仅没有生他的气，反而还一直为他的幸福着想，拼命阻止她未来的“嫂嫂”勾搭别人。

郑昼景带着人到美术馆的时候才一点多，离郑冬至下课的时间还早。他让朋友先在楼下等着，自己上了二楼去美术教室找郑冬至。

郑冬至正在专心画画，没有注意到她哥来了，是身边的同学先发现了郑昼景，就跟哥伦布发现了新大陆似的，一个个都兴奋地说“那人好帅”。

郑昼景的帅在高中界是出了名的，光说“帅”这个字有点片面，郑昼景算是那种随便放在人群中，都会让人觉得惊艳的好看。

郑林跟他亡妻都算是长相很普通的人，郑昼景的五官却全部遗传了父母的优点，就连身上的气质也透着一股高贵。

帅分很多种，陆尔白的帅就像那清澈的河流、冷凝的冰川，给人一种干净清冽的感觉。

郑昼景的帅则是霸道的、张扬的、桀骜的、给人以压迫感的。

别说教室里的那群小女生不淡定了，就连给她们补习的李老师都看呆了，面色潮红地走下讲台，对站在门口张望的郑昼景问道：“你找谁？”

郑昼景对着李老师笑了一下，刚要回答，郑冬至突然从自己的画架前走了出来，面色阴郁地朝郑昼景喊了一声："哥，你怎么来了？"

郑冬至不是不高兴见到她哥，她不高兴的是补习班那些女孩看她哥时的样子，就跟没见过男人似的。

有这么帅吗？

郑冬至表示很不理解，对于她这种看着郑昼景从小帅到大的人来讲，她实在不懂那群人为何会这么兴奋。

只有这种时候，她才会感觉到陈昭言的特别。估计全世界除了她郑冬至外，也就陈昭言不会用这么花痴的眼神看着郑昼景了。

得知来人是郑冬至的哥哥时，教室里的女孩们皆露出羡慕嫉妒恨的眼神来。

老天爷怎么这么不公平啊，郑冬至是前世拯救了银河系吗？凭什么她家里有钱，自己长得漂亮，还能拥有个这么帅的哥哥啊！

郑冬至才不管别人怎么想，一走出教室，她立刻就换了一副面孔，一把抱住郑昼景的手臂，小狗似的在他肩上乱蹭，开心地道："哥，你来找我干什么，是不是有什么好事发生？难不成你今天要跟我一起回紫园？你想通了，准备搬回去了？"

郑昼景没回，只是伸手亲昵地揉了揉她的脑袋，宠溺地笑道："都不是，我就是突然想你了来看看你。冬至啊，今晚哥请你吃大餐吧？"

郑冬至一脸惊奇地望着他，松开了他的手臂，怀疑地道："这个月的零花钱爸还没给我们呢！你那帮狐朋狗友天天在你那儿蹭吃蹭喝，你哪还有钱请我吃大餐。"

"是不够。"郑昼景诚实地点头道，眼神富有深意地看向郑冬至，不要脸地道，"要不，换你请我吃？"

"我也没钱，这个月的钱都用来买颜料跟画纸了。老爸忙得不见人，我又不好意思问那个人要。”郑冬至撇着嘴道。

虽然她内心已经没有那么排斥苏慧了，在家的时候也会喊她苏阿姨，可是当着郑昼景的面，她又叫不出口了，就怕惹她哥生气。

郑昼景不知她心中所想，伸手摸了摸她的头，安慰道："傻妹子，哥逗你呢！哪有哥哥占妹妹便宜的，吃饭的钱你哥还是有的。回头等你下课了，咱们喊上昭言一起去松雅吃铁板烧。对了，徐阿姨说陈昭言打工的咖啡馆就在这附近，一会儿我去看看她。”

一提到陈昭言，郑冬至就没什么胃口了。

她真为她哥抱不平，明明她哥那么好的人，要样貌有样貌，要钱有钱，性格又好，陈昭言怎么就看不上他，反而看上个陆尔白呢？

当然，她也不是说陆尔白差，自从上次陆尔白救了她之后，她觉得他这人也挺好的，虽然外表看起来冷冷的，但内心还是挺温柔的。他人也长得可以，高个子，白皮肤，脑子也不错，每次大考的成绩在全市排名都没掉出过前十，就是跟她哥比起来还是差了那么一点点，毕竟他没有她哥有钱。

越是像郑冬至这种从小就看惯钱的孩子，越是比其他普通人家的孩子更清楚钱的重要性。在他们所生活的圈子里，钱就是身份地位的象征。有钱，别人才会高看你；没钱，只会被人嘲笑。

即使心里不爽，但郑冬至还是怕郑昼景白找，给她哥指路说："陈昭言就在我们楼下的那家咖啡馆当服务员。”

"真的假的？”郑昼景惊喜道，一听陈昭言就在楼下，就有点待不下去了，伸手拍了下郑冬至的背，笑道，"你先继续上课，我在咖啡馆等你。”

郑冬至不情愿地噘起嘴，突然，她想起了什么，刚要跟她哥说，可眼前哪里还有郑昼景的身影，他早就迫不及待地跑下楼找陈昭言去了。

“嘁！”郑冬至生气地背过身去，回了教室。

本来她是想告诉她哥陆尔白也在那家店打工，好让郑昼景有个心理准备，但现在没这个必要了，该来的还是会来。

郑冬至回到画架前拿起画笔坐了会儿，心里还是觉得不妥，最后她还是站起身跟老师请了假，拎着包出了画室。

【5】

郑昼景带着人走进咖啡馆的时候，店长正坐在门口打盹，只觉一道冷风袭来，店长缩了下脖子，猛地睁开眼就看到眼前多了五个男生，他心里一喜，以为是客人来了，赶忙起身迎接。

郑昼景绕过了他，直接走向柜台，对着柜台后在擦杯子的陈昭言打了个响指，勾唇浅笑：“嘿，昭言。”

陈昭言被他吓了一跳，手中的杯子掉了下来，还好郑昼景给她接住了，不然她这一天的工钱就没了。

她瞪着眼，朝郑昼景惊呼一声：“你怎么来了？”

“我来看冬至，顺便来看看你。你什么时候下班啊？我跟冬至说好了，晚上我们一起去吃铁板烧。”郑昼景倚在柜台上，手撑着下巴，对着陈昭言调笑道。

陈昭言不是很想搭理他，瞥了眼他身后的那帮跟班，没好气地道：“我不去，我妈还等着我回去做饭，她上班去了，晚上要回家吃饭。”

“这有什么大不了的，我们早点吃，吃完给徐阿姨带点回去不就行了。”郑昼景不以为意道。

“我说不要就不要，郑昼景你钱多不会去资助些山区贫困儿童吗？”

“我有资助啊，咱们学校每学期捐款我每次都是捐最多的，你又不是不知道。跟我吃顿饭又不是要你命，我又不会吃了你，再说，还有冬至在呢，你怕什么？”郑昼景感到受伤地撇着嘴道。

他那帮兄弟也给他帮腔，朝陈昭言开玩笑道：“对啊，陈昭言，你就答应咱们昼景吧，不就吃个饭吗？”

“就是，小昭言你要怕的话，大不了咱们也去，是吧，昼景，铁板烧我们也爱吃呢。”

“大嫂，你就从了我们老大吧。”

……

他们越说越离谱，郑昼景也不制止，陈昭言被说得满脸通红，有些恼羞成怒地伸手推了郑昼景一把，急声道：“你走开。”

“我不走。”郑昼景不要脸地道。

陈昭言气得要挥手打他，他却趁机一把握住了她的手。

软软的，柔弱无骨，手感跟他想象的一样美好。

两人推搡之际，咖啡馆的门又被推开来。

陆尔白丢完垃圾回来，看到吵闹的几人，习惯性地皱起眉头。

郑昼景的那帮小弟显然也是熟知他的，在见到他的那一刻，都默契地噤了声，尴尬地看向郑昼景。

四周的气氛瞬间冷凝下来，郑昼景后知后觉地转过身看向门口，眼神触及陆尔白的一刹那变得冷冽起来。

“他怎么会在这里？”

没人回答他。

陆尔白手里还拿着扫帚跟簸箕，他没有理会郑昼景他们，直接从人群中穿过，朝着卫生间走去。

被无视的郑昼景气不过，上前要抓陆尔白。在旁边看热闹的店长终于发觉了不对劲，赶紧上前拦住，挡在郑昼景身前，笑呵呵地打招呼道：“那是我们店的服务员，这位小兄弟有什么话好好说。”

“我没跟你说话，你插什么嘴！”

郑昼景怒气冲冲地朝店长嚷了一句没礼貌的话，然后转头看向陈昭言，黑着脸质问道：“你一直都跟他在一起兼职，上次我问你为什么你坐他的车回来，你死咬着不说。怎么，不就是一块儿打工吗？有什么不能告诉我的！难不成你们俩之间还有什么不可告人的秘密？”

有种人叫“注孤身”（“注定孤独一生”的缩号），说的就是郑昼景这样的人。跟女孩说话这么带刺，怎么可能追得到女朋友？

陈昭言本就反感郑昼景这种唯我独尊的态度，好像全世界的人都要围着他转才行。从小到大，就因为他喜欢她，所以他把她当成了自己的所有物。什么都要管她，什么都要来烦她，她真的很讨厌这种感觉，也受够了。

“郑昼景你以为你是谁啊！我跟谁一起打工，为什么非要跟你报备？我有必要跟你解释那么多吗？”陈昭言生气地攥紧拳头，对郑昼景厉声道。

似乎没有料到她会这么回自己，郑昼景的脸上露出诧愕的表情来，随之是受伤的神情。

“你不知道我很讨厌他吗？我有家不住，为什么要搬出来，不就是因为他妈跟他吗？我们从小就认识，我以为你会站在我这边。”他红着眼道，眼里的神情很是让人心疼。

陈昭言被他说得心里很不是滋味，但是她不想再在郑昼景的禁锢下生活了。她现在已经有喜欢的人了，她有权利追逐自己想要的幸福。所以她抬起头来，目光如炬地看着眼前这个让很多人都艳羡的少年，残忍地说出伤人的话来。

“难道你讨厌谁，我就要跟着你一起讨厌吗？你知不知道你这样很幼稚！我不是那些老跟在你身后，为了占你便宜拍你马屁的人。我有自己的喜好，可你每次都喜欢强迫我顺从你。就像你喜欢吃草莓，就要逼着我一起吃一样。可你知不知道，我对草莓过敏啊！你每次送过来的草莓，我从来都没有吃过。你知道我每次望着那些被丢到垃圾桶里的草莓，我有多难过吗？可是我又不能跟你说，因为怕你伤心。我每次都怕自己伤害你，所以一直忍着。可是郑昼景，你什么时候才能长大？什么时候才会知道尊重别人的心情？”

她的话说得很快，但口齿很清晰，咖啡馆的每个人都听得很清楚。

郑昼景的那帮兄弟皆面面相觑，脸上的表情很是难堪。

店长听得目瞪口呆，宛如看了一场精彩的偶像剧。

比起他们，从卫生间里出来的陆尔白依旧没什么反应，似乎他们说的都与他无关。

只有郑昼景，静静地站在一旁，面色如霜地看着她，眼里的伤痕越来越深。良久，他才找回了自己的声音。

“那你知道我喜欢你吗？”他说。

陈昭言低着头，都不敢去看郑昼景的眼神。她用力咬了下嘴唇，再松开，深吸一口气：“对不起，昼景，我有喜欢的人了。”

有什么东西在他的眼里碎了，郑昼景觉得眼睛有点刺痛，他慌忙伸手捂住眼睛，别过头去。

他一直是骄傲、高高在上的，什么时候这么狼狈过，当着那么多兄弟跟最讨厌的人的面被喜欢的女生拒绝。

如果那个女生不是陈昭言，他还可以无所谓地大笑一声，说“老子才不稀罕你喜欢！”可她偏偏就是陈昭言，因为她是陈昭言，所以他再生气、再愤怒、再难过，也都不忍心对她发火。

是他太自信了，他以为她多少是喜欢自己的。

“你喜欢的那个人是谁？”郑昼景尽量克制住自己内心汹涌的情绪，故作平静地问她。

“我……”陈昭言惊讶地抬头，声音停顿了一下，目光越过郑昼景，落在不远处的陆尔白身上，她又一次咬了咬嘴唇。

没等她往下说，郑冬至突然推开门走了进来，对着郑昼景急声道：“哥，我饿了，午饭没吃饱，你带我去吃饭！”

说完，她看向陈昭言，眼神里带着些许警告。

郑昼景很是不甘心，但是继续在这里待下去，又让他显得很可笑。

见他还愣着，郑冬至走上前来，拽着他的胳膊，将他拉出了咖啡馆。

一直沉默观看的陆尔白自郑冬至出现的那一刻，眸子微亮了一下，但很快又暗了下去。

她来去都很匆忙，没有多看其他人一眼。

郑昼景都走了，他那帮兄弟也就没留下来的必要了。那几个男生互相看了一眼，然后尴尬地朝陈昭言挥了挥手，跑了。

店里一下子又安静下来，一个中年男人走了进来。

陆尔白回到柜台后给客人点单，陈昭言站在一旁，眼神幽怨地望着他，却得不到丝毫回应。

店长是过来人，一下子就看明白了这里面的小九九，同情地拍了拍陈昭言的肩膀道：“没事吧，小昭言？”

陈昭言抬眼看他，眼眶通红。

她真的很没用啊，刚才跟郑昼景对峙那会儿她都没有哭，却因为陆尔白的漠视难受得要掉眼泪。

爱情，可真伤人啊！

店长有些慌，想要伸手给她擦眼泪，陈昭言摇了摇头，咬唇道：“李哥，我不舒服，我想先回家。”

店长愣了一下，然后赶紧点头说：“可以，可以，你想回家就回家吧。”

陈昭言捂着脸走了，陆尔白也点完了单，低着头调咖啡。

店长走到柜台后，对着他摇了摇头，叹气道：“妾有情郎无意，可惜哟！”

陆尔白只当听不懂。

【6】

郑冬至拽着郑昼景到了市中心生意最好的日料店，两人如愿以偿地吃到了铁板烧。

郑昼景没什么胃口，光顾着看妹妹吃。

其实郑冬至也不饿，她本就胃口小，中午又在咖啡馆里吃了个双层鸡肉卷，三文鱼端上来，没吃几口她就觉得饱了，但为了逗她哥开心，还是假装很高兴地吃着。

郑昼景神情阴郁地坐了一会儿，觉得胸口闷得有些喘不过气。他从软垫上爬了起来，对郑冬至道了一声：“你先吃，我出去透透气。”

“我跟你一起去。”郑冬至赶紧起身跟着。

郑昼景按住她的肩膀，摇了摇头。

包间门被推开，服务员来上菜，郑昼景正好走了出去。

郑冬至一脸担忧地望着哥哥失落的背影，眼神慢慢冷了下来。

她放下手中的筷子，从口袋里拿出手机，找到陈昭言的号码，直接拨了过去。

陈昭言刚回到家不久，正坐在床上哭，就听到身旁手机在响。她看到屏幕上跳动的“郑冬至”三个字，犹豫了一会儿，没有去接。

郑冬至不死心地继续打，一连打了好几个，陈昭言才疲惫地接起电话，声音又恢复了以往的冷静：“你找我什么事？如果是为了你哥的话，那我没什么好说的。”

郑冬至没有说话，起身走到了包间的窗户旁，朝楼下看了一眼，郑昼景正在马路边烦躁地抽着烟。

“说话啊？你不说我挂了。”

陈昭言很是不耐烦地要挂电话，郑冬至的声音传了过来。

“你喜欢的人是陆尔白吧？”

陈昭言愣住，停下了要挂机的动作，惊愕地道：“你……你怎么知道的？”

“我只是成绩不好，又不是情商低。像你这样的人，平时一副高傲的样子，对谁都爱搭不理的，却几次三番地主动跟陆尔白套近乎，还要他骑车载你去兼职，你这不是喜欢他是什么？”郑冬至不屑地说道。

“你怎么知道我让他来接我的事？是他告诉你的？不可能，陆尔白不是那种多嘴的人，一定是你偷听我们打电话了对不对？”陈昭言急声问道，此刻的她有点像一只被踩了痛处的猫，很是焦躁。

“我怎么知道的不重要，重要的是陆尔白对你没意思，不然也不会为了不愿意载你，撒谎说他的车坏了，其实他的车一直好好地停在我们家院子里。”郑冬至得意地说道，心中竟然有股报复的快感。她都能想象到陈昭言气得抓狂的样子。

之前说过了，陈昭言是个自尊心很强的女生，她很要面子。郑冬至这么说她，无疑是在羞辱她。

即使她说得没错，陆尔白的确撒了谎，可陈昭言就是不想在郑冬至面前示弱，她咬牙反驳道：“陆尔白对我有没有意思关你什么事？”

“是不关我事，你喜欢谁，不喜欢谁，我都没兴趣知道，但是请你不要伤害到我的家人。”

“我没有想故意伤害你哥，只是他……他……”陈昭言有些语无伦次。

郑冬至打断了她的话：“我说的不只是我哥，还有陆尔白。你别忘了，陆尔白他妈妈现在是我们郑家的人。如果你真心喜欢他，就不要让我哥知道，最起码现在别表现得太明显。不然你是知道我哥的脾气的，他要是知道的话，你觉得他会放过陆尔白吗？陆尔白跟他妈在我家的日子才刚好过一点，如果他跟我哥闹出点什么事来的话，你觉得吃亏的会是谁？”

“你不是也很讨厌陆尔白吗？你会这么好心为他着想？”陈昭言冷嘲热讽。

郑冬至不以为意地对着窗户哈了口热气，伸出手指在上面画了个笑脸，然后满意地勾唇笑道：“我之前是讨厌陆尔白，但人都是会变的，我现在喜欢他了不行吗？”

“郑冬至，你在开什么玩笑！”

“谁跟你开玩笑了，你知道陆尔白为什么不喜欢你吗？因为他喜欢的人是我。”

“不可能，你是他妹妹！他是不会喜欢你的！”陈昭言从床上站起来，激动地说道。

“又不是亲生的，怎么就不能喜欢了！你不相信也没关系，早晚我会让你相信的。好了，闲话不多说，最后一句，请你以后离我哥远一点，离陆尔白也远一点。不然，别怪我不念旧情！”

郑冬至的声音很冷，一点都不像是在开玩笑。

“郑冬至你……”

陈昭言被气得浑身发抖，她话还没有说完，电话就被挂了。她赶忙又回拨了过去，手机里提示说对方已经关机。

郑冬至刚把手机关机，郑昼景就推门走了进来，看到她拿着手机，好奇地问了一声：“你跟谁打电话？”

“王婶，我让她晚上别等我吃饭了。对了，哥，一会儿去哪里玩？”郑冬至撒谎都不脸红地说道，笑着将手机放回了口袋里。

郑昼景丝毫没有怀疑，看了一眼桌上吃得差不多的料理，点点头道：“沈楷峰约我去打台球，你要不要一起去？”

“沈楷峰吗？”郑冬至下意识地噘起嘴，露出嫌弃的表情。

沈楷峰他爸是郑林润滑厂的副厂长，跟郑林是老同学，因为这一层关系在，平素两家没少来往。

郑冬至对沈楷峰素来没什么好感，主要是觉得他长得尖嘴猴腮，怪猥琐的。

沈楷峰倒很喜欢郑冬至，每次见到郑冬至，就跟忠犬似的老跟在她身后转，她要什么就给什么，毫无怨言。哪怕被她欺负了，他也乐呵呵的。

有时候连郑昼景也看不下去了，让郑冬至收敛点："别老戏弄人家，那沈楷峰就是人长得猥琐点，性格还是挺好的，对你可谓是百依百顺。"

"那是因为他癞蛤蟆想吃天鹅肉，对我不怀好意！"郑冬至总是这么尖锐地回他，话虽然说得过了点，但也没说错，那沈楷峰从小就立志要娶郑冬至当老婆。

"哥，你难道想让我嫁给沈楷峰吗？"

每次只要郑冬至这么对他一说，郑昼景就自然地联想到一朵鲜花插在牛粪上的画面，赶紧把头摇得像拨浪鼓，说那沈楷峰就是只癞蛤蟆，让冬至还是别理他了。

这话要是被沈楷峰知道，准要气得半死。这么多年，为了追到郑冬至，他可没少拍郑昼景的马屁。

一听要去见沈楷峰，郑冬至就没了玩的兴致，只想回家。反正郑昼景都有人陪了，她也可以稍微放下心了。

郑昼景明白郑冬至的想法，也没有强迫她，他将她送上了出租车，本来要直接送她到家的，但手机一直在响，他那帮朋友不停地催问他什么时候到。

郑冬至也不想他为难，就让他走了。

临走的时候，她坐在车里还是忍不住伸手抱了她哥一下，凑在他耳边小声地说："哥，陈昭言不适合你，你将来一定会遇到一个比她好一千倍、一万倍的女生，而且她还很喜欢你，所以你不要难过，要快乐地等着她出现。”

郑昼景将她从自己的身上推开，感动地伸手摸了摸她的头：“冬至，哥有你就够了。”

他笑的时候，如星光般璀璨。

就是这么一句话，让郑冬至更加坚定了自己的想法。

只要能让她哥不再受伤害，她可以做任何事，包括，逼走陈昭言。

【7】

回家的路上，郑冬至坐在出租车内看了一下手表上的时间，三点刚过一点。她笑了笑，跟司机说换个地方。

三点半一到，陆尔白准时打卡下班。郑冬至跟她哥走了，他也就没必要再等她。

换好衣服从咖啡馆出来，陆尔白径直走向了停车的角落。刚走到拐角处，突然蹿出来一个人影，把他吓了一跳。

往后踉跄了一下，再次站定，陆尔白面无表情地望着站在他面前因恶作剧得逞张狂大笑的郑冬至，一句话都不想说。

见他板着脸，弯着腰拿钥匙开自行车的锁，郑冬至将脸凑到他的面前，小声地问了句：“你生气啦？”

陆尔白没回她，骑上车就要走。

郑冬至熟练地跳上了他的车，双手自然地环住了他的腰。

他停下动作，闭上眼，用力地深呼吸了一下，然后再度睁开眼，伸手扯掉了环在腰上的那双小手，冷声道：“下车！”

“干什么？不就是被吓了一跳吗？你有必要发这么大的火吗？你

让我下车去哪儿呀，让我走回家啊？”郑冬至不情愿地叫道，双手又伸了过去，紧紧地抱住了陆尔白。

陆尔白越是扯她的手，她就越是不放。

最后不知是谁的力气更大些，吵闹间，郑冬至从车上摔下去，一屁股坐在地上。

落地声起，陆尔白的大脑有一瞬间的空白，等他回过神来，耳边全是郑冬至带着哭腔的咒骂声：“小气鬼、王八蛋，疼死我了！我要告诉你妈、告诉我爸，让你欺负我！还不快来扶我！陆尔白！你耳朵聋了吗……”

骂了一会儿，郑冬至不骂了，蹲在地上，双手抱着膝盖，低着头在哭。

陆尔白坐在车上看了一会儿，心里说不出是什么感觉，有股不知名的生气、无法抑制的懊恼，总之是很烦躁。

即使想过郑冬至可能是在假哭，但他还是下了车，走到她身前，喊了她一声：“走了。”

郑冬至不答，继续抽泣。

陆尔白无奈地蹲下身，手僵硬地在半空中停了一下，最后还是落在她的背上，轻轻地拍了几下：“别哭了。”

“你道歉。”郑冬至将头埋在膝盖中，闷声道。

陆尔白咬唇，瞥了她一眼，妥协：“对不起，是我不好。你别哭了。”

郑冬至还是没抬头，瓮声瓮气地继续道：“你把头伸过来。”

陆尔白微愣了一下，下意识地皱起眉头。他以为她是想打他出气，犹豫了一会儿，还是低下头朝她凑近了些。

郑冬至抬起头看向他，他的脸近在咫尺，她都能清晰地看到他清澈的眸子里映出哭得像花猫般的自己。她觉得有点搞笑，但还是拼命忍住了想笑的冲动，板着脸朝陆尔白道："再近点。"

陆尔白定定地看了她一眼，突然伸手拽住她的手臂，将她从地上直接拽了起来。

郑冬至没料到他会来这么一招，没站稳，整个人撞进了他怀里，陆尔白的手不知何时环在了她的腰上。

她有些恼，朝陆尔白伸出手来。他却连躲都不躲，等着她打下来。

郑冬至突然勾唇浅笑，她的手落在了陆尔白的脖子上，脚轻轻地踮起，凑过头去，在他的嘴角印上了个轻吻。

仿佛有电流通过全身，陆尔白的大脑顿时一片空白。他愣怔地望着微笑的郑冬至，脑袋里一片空白，无法思考，耳朵又开始发红，整张脸都开始泛红。

对他的反应似乎很满意，郑冬至笑着撞进他的怀里，双手紧紧地抱住他，抬头，高兴地问他："甜吗？"

两个字听得陆尔白的脸瞬间涨得通红，他不知道该说她什么才好，是不知羞耻，还是得寸进尺？词汇量如此丰富的他，第一次感到词穷。

一颗心狂跳着，仿佛要从他的胸口跳出来，他张了张嘴，想说什么，却说不出话来。

过了半晌，他才镇定了下来，表情森寒地望着她道："你在干什么？"

"陆尔白，我喜欢你！"

她抱着他，仰着头，孩子气地宣告着，语气中满满的都是骄傲。

心跳得好快好快，耳边像有烟花在绽放，浑身酥麻得不行。陆尔白觉得此刻的自己都不像是自己了。

她在撒谎。

他知道她是在撒谎。

可他还是被撩到了。

他就这么静静地俯视着她，眼神从恍惚到迷离，再渐渐恢复清明。

“以后不要跟我开这样的玩笑。”他一把推开她，严肃地说道。

没等郑冬至追上来，他跨上自行车黑着脸走了。

郑冬至没有去追，她看得出来，他是真的生气了。

陆尔白不喜欢这样的玩笑，他也开不起这种玩笑。他留在郑家只是不想苏慧伤心，从未奢望过什么，郑冬至实在不该这么戏弄他。

她对他什么心思，他怎么可能不知道？她那么巴不得他们母子离开，怎么可能会突然喜欢他！

堂堂郑冬至，怎么可能会喜欢他这样的穷苦少年？

陆尔白光想想就觉得可笑。

降温了，风像刀子一般刮着他的脸，那停留在嘴角的温度却一直没散去，陆尔白深吸一口气，一颗心怎么也恢复不了平静。

郑冬至望着陆尔白骑车走远了，才拍了拍手，对着不远处的树丛喊了一声：“出来吧。”

一个初中生模样的女生从树后走了出来，手里握着相机。

她把相机给了郑冬至，郑冬至看了一下里面所拍的照片，满意地抬起下巴，从背包里拿了两百块钱出来给那个女生。

那个女生是她们补习班的，找陆尔白之前，郑冬至先去补习班找了她，让她给他们拍照。

小女生家里没有什么钱，父母省吃俭用才送她来学画，对她来说，像这种轻松赚钱的活儿不干白不干。不过她还是很好奇郑冬至为什么要让人拍她和那个男生的照片，于是忍不住问了出来。

郑冬至将相机放回书包，对着她笑了笑：“留个纪念。”

“那尔白哥哥果真是你男朋友啊！”女孩惊叹道。

郑冬至凤眼眯长：“当然。”

跟同学告别后，郑冬至才又重新打车回郑家。路上，她把相机里跟陆尔白的照片全导进了手机里，又找了张角度最好的传去了陈昭言的 QQ 邮箱。

做完这一切，她得意地弯起嘴角，有点迫不及待地想看陈昭言气得跳脚的样子了。

从某些方面来讲，郑冬至真不算是个善良的姑娘。

第四章
她的眼里有星光

• • •

那是他人生中唯一一次过生日，也是唯一一次许愿。

【1】

郑冬至到家后，陆尔白还没有回来。

苏慧见她一个人坐车回来，很是讶异，忍不住担忧地问她：“冬至，尔白呢？他怎么没跟你在一起？”

郑冬至也有些惊讶，挑了挑眉，猜测道：“可能他骑车的吧，所以晚回了？”

苏慧回头看了一眼挂在客厅墙壁上的挂钟，神色忧心地道：“以前这个点他都回来了，他今天是不是加班啊？”

“应该没有吧？”

郑冬至也不知道怎么回答她，总不能直接告诉她，她只是调皮地撩了她儿子一下，就把她儿子吓得不敢回家了吧。她要这么说的话，估计被吓到的就不止陆尔白一个人了。

郑冬至背着书包要上楼，苏慧站在楼梯口看着她，一副欲言又止的样子。

郑冬至知道她还想问点什么，但她也不知道陆尔白去哪里了。想了想，她还是回头对苏慧道：“要不，你打个电话问问他？”

经她提醒，苏慧赶紧去拿手机拨打陆尔白的电话。郑冬至从楼梯上退了下来，站在她旁边看着她打，默默地记下了手机屏幕上的号码。

电话没有人接，苏慧的脸色越来越凝重，她惶然地看向郑冬至，抿了抿唇，还是忍不住问出了声：“冬至，你跟尔白是不是又吵架了？”

郑冬至知道苏慧其实就是想问她是不是又欺负陆尔白了，她仔细想了想，也没有吧，再怎么说撩小哥哥这种事都是女孩吃亏呀！要说欺负的话，应该她才是被欺负的那个吧。

郑冬至噘了噘嘴，摇头："没，我跟尔白哥哥现在关系挺好的。"

她说得很认真，不像是在撒谎。

苏慧虽然心中有怀疑，却也不好再多问什么。

吃晚饭之前，苏慧又打了好几个电话给陆尔白，但一直都没有人接。她内心的恐慌越来越严重，再也坐不住，不停地在客厅里走来走去。

王婶看她这副担心的样子，好心地安慰她，说："会不会是手机静音了没有听到？"

苏慧咬着唇，说："不知道呀，这孩子真是急死人了。"

郑冬至趴在三楼的楼梯扶手边上看着苏慧她们，偷偷拿手机拨了陆尔白的号码，同样是没人接。她心里也有些紧张起来，不会是出什么事了吧？

一直到晚饭时间，陆尔白也没有回来。苏慧怕他是遇到之前袭击郑冬至的人，遭到了人家的报复，急得想要报警时，放在沙发上的手机响了，是陆尔白打来的，说是手机静音了，没看到。

苏慧都急哭了，气得把儿子骂了一通，陆尔白默不作声地听着，等她发泄完，才说了不回来吃饭的事。原来他发了工资，去爷爷家看二老了。

提到自己以前的公婆，苏慧不禁想起了命短的陆琪，难过地红了眼眶。

怕王婶看见，她慌忙地伸手抹了一把眼泪，拿着电话走去外面的院子，边走边叮嘱陆尔白："你去看看他们也好，爷爷奶奶一直很挂念你，可惜年纪大了，走不动了。你去的时候多买点东西给他们，奶奶喜欢吃柚子，爷爷喜欢吃镇上老李家的柿饼，你都买点。"

陆尔白骑车站在合和镇的初中门口，把苏慧的话一一记在心里。

跟母亲通完电话，他又驱车去了镇上最大的超市，在那买了些爷爷奶奶平素爱吃的零嘴和一些营养品，然后又重新踏上了回爷爷家的路。

这条路，他从小走到大，熟悉得闭着眼睛都知道怎么走。他是在乡下念的小学、初中，在这里度过了他的童年与少年时期。自从苏慧改嫁之后，他就再也没有回来过。

他去了市区的重点中学上学，高中学业繁忙，半个月才放一次，他根本没有时间回乡。就算回去了，他也不知道该怎样面对年迈的爷爷奶奶。

他们肯定会问他，继父待他如何，在郑家过得好不好，他母亲身体可好。他本就是个不善言辞的人，不知道该怎么回答他们，才能让所有人都安心。

说他们过得好，不对，爷爷奶奶会想起自己苦命的儿子，会难过。

说他们过得不好，也不对，二老又会因为儿子走得早，害得媳妇跟孙子吃苦而内疚。

有时候做人啊，说什么都是错的。什么都不说，反而好点。

陆尔白本来今天也是没打算回乡下的，被郑冬至戏弄后，他一直骑着车在街上漫无目的地瞎逛，就是不想回郑家。也不知怎么的，骑着骑着，就回到这个镇上。他想着既然回来了，那就去看看吧。

得知儿子安全后，苏慧这才放下心。通完电话，她回到别墅里，王婶已经做好了晚饭，正在摆碗筷。郑冬至也下楼了，坐在餐桌边，馋嘴地直接伸手偷吃了一口糖醋排骨。

看到苏慧进来，王婶朝她笑了笑，问道："是尔白的电话吧？他说什么时候回来，我们等着他开饭。"

提到陆尔白，郑冬至停下了手中的动作，抬眼朝苏慧看了过去。

苏慧将手机放在大衣口袋里，搓了搓手道："不用等他了，他回乡下去了。"

"怎么突然回乡下去了？"王婶皱起眉头，下意识地看向一旁的郑冬至，想着肯定又是她把人给欺负了。

郑冬至被她看得低下头委屈地撇了撇嘴，继续吃手中的排骨。

苏慧笑着解释道："他说兼职的咖啡馆发工资了，想买点东西回去看看爷爷奶奶。"

"哦，这样啊！挺好的，尔白这孩子挺孝顺的。"王婶发自内心地夸赞道。

苏慧点点头，脸上露出自豪的笑容来。

嘁，胆小鬼。郑冬至在一旁默默地听着，心里不由得嗤了一声。

晚饭就她们三个人吃，俗话说，三个女人一台戏，人虽不多，但餐桌上一直很热闹。

王婶是个热络的人，很会主动找话题，席间她一直在跟苏慧聊家事，两人说得其乐融融。

突然想到了什么，王婶激动地拍着大腿道："我记得再过两天是尔白的生日吧，咱们想想怎么给他庆祝吧。"

气氛顿时变得有些尴尬，谁都知道苏慧嫁给郑林快两年了，第一年，郑冬至跟郑昼景的生日都是在酒店大办的，但陆尔白的生日，苏慧连提都没有提起过。

"算了，尔白都不怎么爱过生日，以前我们都不过的。"苏慧干笑着说道，低下头来。

"怎么能算了呢！到时候看老郑回不回来，他要回来的话，让他去'仙豪'订几桌，不回的话，我给你们做个满汉全席。"王婶自告奋勇地说道，她来郑家十多年了，在郑家人的心中跟亲人差不多了。

“别麻烦郑林了，他最近厂里忙得焦头烂额，就咱们在家里吃一顿好了，一家人聚聚就行。”苏慧退了一步道。

“那就这么说定了。”王婶说完看向喝汤的郑冬至，怂恿道，“冬至，回头你把你哥也叫回来，一家人一起吃饭。”

郑家最渴望和平的人非王婶莫属了。

郑冬至愣了一下，抬头看向苏慧。

苏慧微笑地对她点点头，说：“那就麻烦冬至了，小景好久没回家了，我怕他讨厌我，都不敢去找他。”

“到时候再说吧，我也不能保证他一定会来。”郑冬至勉为其难地答应了。

“谦虚个什么，谁不知道你哥最宠你，你的话他还敢不听啊！”王婶笑着调侃郑冬至道。

这话说得郑冬至爱听，她耸了耸肩，弯起嘴角，继续喝汤。

【2】

陆尔白去他爷爷家了，那晚没有回紫园。

第二天早上，八点刚过，司机老李就来接郑冬至去美术馆画画。郑冬至下车后，没有直接去美术馆，而是先去了陆尔白兼职的咖啡馆找他。

店里依旧冷清，郑冬至推门走进去的时候，店长正在跟新来的两个员工讲工作细则。看到郑冬至，店长停下来，有些讶异地看着她。

而郑冬至也是很奇怪地打量着店长身前的两个新面孔，随后回头不客气地对店长道：“你们这店生意那么差，还招新人啊！”

她说这话的时候，语气神情都很嫌弃，店长备受打击，回她：“什么新人，陈昭言辞职了，你家尔白哥哥也不来了。”

陈昭言辞职本就在郑冬至的意料之中，她都把照片发给人家了，以她对陈昭言的了解，她要再来这儿上班，那就不是那个心高气傲，脸皮比纸还薄的陈昭言了。不过陆尔白没来，她还是很震惊的。

“陆尔白为什么不来上班了？”郑冬至出声问道。

见她一副不知情的样子，店长就像发觉了什么似的，赶紧朝她凑了过去，问：“你不知道？”

郑冬至摇头。

店长鄙夷道：“看来你们俩感情没那么好啊，他本来就只打十天的工，昨天是最后一天。”

原来是这样，郑冬至心中了然。

既然陆尔白不在，她也就没必要在这儿逗留下去，本来她还想买个蛋糕吃的，现在想想算了。最近天天吃这里的蛋糕，她都要吃腻了。

她推开门就要走，突然又想到了什么，往后退了几步，歪着头对店长说道：“我之前没跟你讲过我们俩感情好吧，但你又觉得我们俩感情好，说明我们俩无意识的表现让你觉得我们俩感情好，那么我们俩就是感情好！谁说我们俩感情不好的！”

她像是在说绕口令，店长被她给绕晕了，没等他反应过来，郑冬至已经出了咖啡馆。

店长哭笑不得地摇摇头：“这丫头，厉害了！”

陆尔白没去上班的当天，晚上依旧没有回郑家。

苏慧又打了电话给他，他依旧在爷爷家，说是要留在那儿过完年再回去。苏慧隐约感觉有些不对劲，问他是不是郑氏兄妹又为难他了，陆尔白说没有，他只是想多陪陪爷爷奶奶。

这理由没什么可挑剔的，苏慧觉得是自己多想了，也就没再多问，只是让他生日那天回来吃个饭，说王婶给他做了蛋糕。

陆尔白没说好，也没说不好，只说了句“到时候再看”。

时间过得很快，眨眼就到了陆尔白生日那天。

那天一大早，王婶跟苏慧就起来忙活了。郑林还在珠海要钱，回不来，听说陆尔白生日，他往苏慧的卡里转了一万块钱，让她给孩子买点什么。

苏慧不要，要把钱还给他，郑林倒生气了，说他们是什么关系，夫妻之间哪还有还钱的说法。他都这么说了，苏慧也就没再矫情，收下了钱。

郑冬至依旧要去美术馆，还有几天就要过年了，这是她寒假补习的最后一天。

老李来接她的时候，王婶特意追了出来，提醒郑冬至别忘了中午喊她哥一起过来吃饭。

郑冬至不耐地挥了挥手，说：“知道了。”

其实郑冬至也不确定郑昼景会不会来，她昨晚跟她哥提过这事，可是她刚说到“陆尔白”这三个字，郑昼景就把电话给挂了，她也很无奈。

手心手背都是肉，让她哥接受陆尔白，对她来说是一项很严峻的考验。

赶在十点之前，郑冬至把要画的东西给画完了，然后打电话给老李，让他来接自己回家。

她到家的时候，不过十点刚过。陆尔白还没有回来，王婶跟苏慧在厨房做蛋糕。

本来王婶想直接买一个给陆尔白的，但苏慧硬是要自己做。她最近闲得无聊，在书上学了烘焙，迷上了做甜点。儿子的十八岁生日，很有纪念意义，她想亲手给他做个蛋糕。

郑冬至在旁边看了她们一会儿，感觉也插不上手，就先回房忙自己的事去了。

没过多久，王婶过来喊她，让她问问郑昼景什么时候到。

郑冬至无奈地又给她哥打了一个电话，郑昼景还在同学家睡觉，陈昭言彻底不理他了，最近他都过着醉生梦死的生活，连公寓都不回，一直借住在别人家。

电话是郑昼景他同学接的，说郑昼景不想去。

郑冬至还想说些什么，只听电话那头传来她哥的怒吼声："让陆尔白去死！"吓得她赶紧挂了电话，怕被王婶听见。

听说郑昼景不愿来，苏慧有些失落，却也是她意料之中的事。郑昼景跟郑冬至不同，他的个性更倔强一点，他若能接受陆尔白跟苏慧，也就不会搬出去住了。

十一点的时候，陆尔白还没有出现。

苏慧有些焦急，又给儿子打了个电话，陆尔白的手机落在了家里，电话是陆奶奶接的。陆奶奶告诉苏慧，陆尔白跟他爷爷出去钓鱼了，中午就不过来了，生日她记着的，会给孙子下面吃。

对方就一个孙子，独生子走了，也就这个孙子了。

苏慧能理解陆琪父母对陆尔白的占有欲，她心里虽然有些遗憾，却没有跟二老争，简单地问候了公婆的身体如何，再话了些家常便挂了电话。

打完电话，苏慧转身要回客厅，发现郑冬至正倚在别墅门口望着她。

苏慧朝她笑了笑，说："咱们进去吃饭吧，尔白他不回来了。"

王婶正端着蛋糕出来，听到她这么一说，脸上也露出了失望的神情。

郑冬至没有动，朝苏慧道："他爷爷家在哪里？"

苏慧很惊讶，然后就听到郑冬至道了一声："我去找他，他还真行，打算一直赖在那儿不回来了。"

苏慧有些急了，生怕郑冬至又去找儿子的麻烦，赶忙上前拉住她，紧张地道："你找尔白干什么？"

郑冬至回头看了她一眼，理直气壮地回道："抄寒假作业！"

【3】

生日对于陆尔白来说，跟平时没什么不同，只是多了碗长寿面而已。一早他就被爷爷喊了起来，去挖蚯蚓做鱼饵，爷孙俩一人一根鱼竿，各自拎着水桶去南湖边钓鱼。

两个人兴致都很高，一直钓到中午都没有发觉。若不是陆奶奶遣了人过来喊他们，他们俩都忘记回去吃午饭了。

回去的路上碰到不少熟人，大家热络地跟陆爷爷打招呼，看到陆尔白都露出欣慰的笑，说这孩子都长这么高了，模样真标致，长得像苏慧……

陆爷爷给所有夸他孙子长得好看的人都送了鱼，一上午他们钓了几十条鱼，一路送下去，到家也就只剩下几条小鲫鱼了。但陆爷爷依旧很高兴，还没进屋，就喊陆奶奶出来剖鱼，说是要给孙子炖鱼汤喝。

陆奶奶正在院子里跟人说话，听到人声，赶紧探出头来，埋怨道："你们俩怎么现在才回来，可把人等急了，菜都快冷了。瞧你们身上脏的，家里来客人了，赶紧去把衣服换换。"

"客人，什么客人？"陆爷爷惊奇地问，将手中的鱼桶递给了陆奶奶，自己朝院子中央走去。

井水边传来打水的声音，随之响起的是女孩清脆的叫喊声："奶奶，你快过来，我提不上来，这水桶太重了。"

陆尔白正陪着陆奶奶看鱼，听到这个声音，本能地警觉了起来，下意识地朝井边望去。郑冬至的身影就那么明晃晃地跃入他的眼帘，他瞬间僵住，有些不敢相信自己的眼睛。

那边，郑冬至还在吃力地打水，水花溅在她的脸上，她的表情很是狼狈。

陆爷爷见状，赶紧上前扶住她，将水桶接了过来，开玩笑地问："这是哪儿来的小丫头啊？"

郑冬至甜甜地笑着，礼貌地叫了声："陆爷爷好，我叫郑冬至。"

陆奶奶也走上前，用胳膊肘撞了陆爷爷一下，提醒道："是苏慧新家的姑娘。"

陆爷爷脸上的笑容瞬间变得有些僵硬，不知该说些什么好，讶然地看向愣在一旁的孙子。

郑冬至顺着他的视线，转头看到了陆尔白，高兴地跑了过来，一头撞进他的怀里，抱住他："尔白哥哥，想我没有？"

旁边的二老被她的举动吓了一跳，但最震惊的非陆尔白莫属。

他呆呆地望着她，良久才找回了神志，将她从他身上推开，红着耳根没好气地问了声：“你怎么来了？”

“苏阿姨说你今天生日，我来给你过生日啊！顺便看一下爷爷奶奶，我还没有见过他们呢！”郑冬至自然地挽住陆尔白的手解释道。

陆尔白板着脸，不说话。

陆奶奶不知他们是什么情况，看郑冬至待陆尔白这样，还暗自松了口气，想着苏慧没挑错人，新家的孩子挺接受陆尔白的，那就可以了。

郑冬至来的时候，给二老买了很多吃的，还跟陆奶奶聊了很久的天。陆奶奶本来还挺怕有钱人家的孩子，就担心他们脾气不好，难伺候。但她挺喜欢郑冬至的，觉得这孩子挺活泼，挺逗的，一进来就叫她奶奶，一点都不避讳。

“都愣着干什么？进去吃饭了。”陆爷爷突然发号施令，一张老脸还因为郑冬至那声甜甜的“爷爷”而红着。

陆尔白不想让爷爷奶奶担心，所以即使心里对郑冬至突然到来心存怀疑，却也没有表露出来。

陆爷爷家比较简陋，连凳子都比较老旧。

陆奶奶看着郑冬至身上那件雪白的皮毛外套，不用问也知道价值不菲，她怕弄脏了那衣服，就让陆爷爷去邻居家借张好凳子。

陆爷爷闻言要出门，陆尔白拦住了他，准备自己去，郑冬至却一脸无所谓的样子，直接坐在了陆尔白坐过的那张长凳上，笑道：“没关系，我跟尔白哥哥坐一起就好。”

陆爷爷跟陆奶奶面面相觑了一会儿，最后还是陆尔白先出声，道：“吃饭吧。”

郑冬至往旁边坐了点，伸手拍了拍自己身旁，示意陆尔白坐过来。

陆尔白定定地看了她一眼，无奈地叹了口气，坐到了她身旁。

他一入座，她就又贴了上来，放在桌下的小手趁陆爷爷、奶奶不注意，直接塞进了陆尔白的棉服口袋里，那儿暖和。

陆尔白伸手要将她的手拿出来，指尖不小心触碰到她的手，一股冰凉袭来，他莫名地心软了，放弃了，由着她去了。

刚拿起筷子，郑冬至想起苏慧让她带过来的蛋糕，惊叫一声，站起来要去拿。

陆奶奶让她坐下，帮她拿了过来。

她动作熟练地拆开蛋糕盒，放上蜡烛，然后四处寻找点火源。

陆爷爷见状，从口袋里掏出抽烟用的打火机帮她把蜡烛点了，四周很是安静，他还以为自己做错了，小心翼翼地问郑冬至："点得对吗？"

郑冬至点点头，小心翼翼地捧着蛋糕送到陆尔白面前，催促道："尔白哥哥，快吹蜡烛许愿。"

陆尔白看着她，没动。

她焦急地又催了他一下："快点呀！"

旁边观看的陆爷爷也跟着起哄，朝陆尔白道："赶紧的，男孩子家，爽气点。"

陆尔白目光沉静地望着郑冬至，温暖的烛光将她的小脸映得通红，烛火在她的眼中跳动着，那双眸子明亮又动人。

心脏又跳快起来，陆尔白慌乱地将目光从郑冬至的脸上移开，落在那滴泪的蜡烛上。他深吸一口气，吹灭了烛火。

郑冬至催着他闭眼睛许愿，他被拉着闭上了眼睛，在心里默默地许了一个愿望。

那是他人生中唯一一次过生日，也是唯一一次许愿。

很多年后，陆尔白都还清晰地记得十八岁那天，他亲口许下的愿望，那愿望是那么美好。

【4】

吃完饭，陆爷爷叼着烟在院子里晒太阳，陆奶奶去剖鱼，陆尔白收拾好碗筷去水池边洗碗，只有郑冬至一个人没事干。她去陆爷爷那边陪他聊了一会儿天气预报，又去看陆奶奶剖了一会儿鱼，最后还是去找了陆尔白。

她来的时候，陆尔白已经把碗洗得差不多了，正在刷一把筷子。

郑冬至突然出现，从他身后探出头来，“哇”了一声吓唬他。

他毫无反应，她的脚步很轻快，她没来他就已经听到了，所以早有了心理准备。

郑冬至觉得无趣，背靠着水池，别过头看他，问：“你什么时候回我家？”

陆尔白不答。

郑冬至转过身，跳了起来，脸凑到他身前，差点又撞上他的脸。陆尔白成功地被吓到，手中的筷子全滑进了水盆里，漂浮在水面上，他有些泄气。

郑冬至对着他坏笑道：“你就这么怕我喜欢你？所以才一直躲在这儿不回我家。也对，到了我家，跟我住一块儿，说不定……我就更喜欢你了。”

她越说越起劲，陆尔白被她说得面红耳赤，最终恼羞成怒地扔掉手中的抹布，红着脸对她呵斥道："这玩笑一点都不好笑。"

"为什么你觉得我是在跟你开玩笑？我又不是谁都喜欢，你可是我表白的第一个人呢，你应该感到荣幸才对。"见他端着碗盆要走，郑冬至急急地跟了上去，在他身后嘀咕道。

她的话像轻风拂过他的脸颊，挠得他心痒痒的，陆尔白猛地顿住脚步，脸上烫得厉害。

郑冬至见状，心里一乐，赶紧跑到他身前，直截了当地拆穿他道："呀，你是在害羞吗？"

陆尔白别过头，不愿看她，直接绕过她继续往前走，耳后全是郑冬至猖狂的大笑声。

看他洗完碗筷回来，陆奶奶叫住了他，指着蹲在远处笑得眼泪都要出来的郑冬至，好奇地问了一声："你们聊什么呀？聊得这么高兴。"

陆尔白被奶奶一问，脸更加红了，哽了一下，有点紧张地回："没聊什么。"

下午，陆尔白跟陆爷爷继续去钓鱼，郑冬至没有要走的样子，也要跟着他们一起去。

陆奶奶看她身上穿得那么漂亮，怕她弄脏，把她给拦住了。她说没关系，硬要走，最后还是陆尔白出声喝止了她，让她待在家里陪奶奶说话。

郑冬至不乐意，但听到陆尔白对她说了句"听话"，她莫名地觉得他板着脸用严肃的语气对她说这两个字的感觉特别好，心里高兴，也就不闹了。

陆尔白他们走后，郑冬至坐在陆爷爷躺过的藤椅上晒太阳。

乡下的风光真好，屋口就是小河，河边是掉光叶子的柳树。微风吹过，细细的柳枝在空中摇曳，像少女们晃动的麻花辫。河对面是一片农田，入冬了，田里一片荒凉，偶尔能看到几只小鸟飞过。

陆尔白跟陆爷爷就站在对面的河岸上钓鱼，郑冬至眯着眼，懒洋洋地帮他们数着钓上来的鱼。下午鱼好像都学乖了，躲着不愿上钩。她数了许久也没数到几条鱼，很是无聊。

陆奶奶走了过来，手里拿着一本老旧的相册，相册上放着一包“洽洽”香瓜子。她把瓜子给了郑冬至，又从屋口扯了张小椅子过来，坐到了郑冬至的身边，给她看相册。

相册里几乎都是陆尔白的照片，那都是陆奶奶的宝贝。陆奶奶嫁给陆爷爷之前，是一家新闻报社的记者。婚后的陆奶奶喜欢用她的老旧相机给家里人拍照片，一开始她的模特只有陆爷爷，后来变成了她儿子，之后就成了陆尔白。

相册里是婴儿时期的陆尔白；全裸着坐在浴盆里洗澡的陆尔白，学走路的陆尔白，背着小书包去幼儿园的陆尔白，戴着小红花的陆尔白，小学毕业的陆尔白，升初中的陆尔白，第一次拿奖的陆尔白……

陆奶奶轻轻地翻过一张张照片，如数家珍地跟郑冬至介绍着每张照片的来源，嘴角噙着自豪的笑容。她浑浊的双眼偶尔看向河对面，望着认真钓鱼的爷孙俩，脸上满是幸福的笑意。

郑冬至吃着瓜子，安静地听陆奶奶讲述陆尔白的成长史。老人嘴里的陆尔白让她觉得很新鲜，她听得渐渐入了迷，最后连瓜子都不吃了，缠着陆奶奶问：“后来呢？李爷爷有没有发现陆尔白偷他们家的桃子？”

“发现了，还告诉了我们，他爷爷知道后气得不行，拿烧火条把他狠揍了一顿。”

“真看不出来，原来陆尔白也干过这种偷鸡摸狗的事。”郑冬至道。

陆奶奶笑：“可不是，他小时候可皮了，跟现在完全不是一个样。都说女孩越长越文静，怎么男孩也这样？”

“男孩才不叫文静呢！”郑冬至不以为然地嗤了声，吐了一嘴的瓜子皮，“那叫闷骚。”

陆奶奶可听不懂“闷骚”是什么意思，但她还是望着一脸纯真的郑冬至，脸上露出慈祥的笑来。

真是个讨人喜欢的丫头！

郑冬至陪着陆奶奶聊了一下午的天，傍晚时分，陆奶奶忙着烧火做饭，让郑冬至去喊在河对面钓鱼的爷孙俩回来吃饭。

郑冬至欣然答应了，蹦跳着跑向河对面，却只在那儿找到了陆爷爷一个人，不见陆尔白。

郑冬至觉得奇怪，问陆爷爷：“陆尔白去哪里了？”

陆爷爷一边收起钓鱼工具，一边指着临河几里远的坟场，回道：“他去祖坟看他爸了。”

郑冬至了然地“哦”了一声，那双灵动的眸子望向远处隐在枯黄的芦苇荡后的坟地，皱着眉头纠结了一会儿，最后还是对陆爷爷道：“爷爷你先回去吧，我去找陆尔白。”

“哎……”陆爷爷想叫她别去，那地方脏，又晦气，她一个干净的小姑娘去那儿干什么。

他刚要开口阻拦，郑冬至已经朝着那芦苇荡飞奔而去，全然不顾田地里扬起的泥土弄脏了她那双好看的红色皮靴。

她一口气跑到了坟场，在破败的门口站了一会儿，只觉得里面几道阴风袭来，她冷得缩了缩脖子，探头探脑地往里面看了一眼，搜寻着陆尔白的影子。

陆父的坟就在坟地第二排的位置，郑冬至一眼就看到了安静地站在墓碑前的陆尔白。望着那少年瘦削孤寂的背影，她松了口气，壮着胆子朝陆尔白走了过去。

陆尔白正望着墓碑上他爸的遗像出神，听到脚步声，他警觉地往后看了一眼，正好看到郑冬至伸开双手，张大嘴巴要吓他。

估计已经被她吓习惯了，在这种地方看到突然出现的郑冬至，陆尔白的脸上竟然没有露出任何惊讶的神情来。他只是淡淡地扫了她一眼，沉默地转过身，朝着墓碑蹲了下去。

墓碑前放着一篮子新鲜的小鲫鱼，陆尔白蹲下身，将鱼篓拎了起来，准备离开。突然瞥到墓碑旁边几株新生的苜蓿，他脚步顿了一下，弯下腰，伸手去拔草。

他拔得很认真，郑冬至在旁边看着他，觉得他这人有强迫症。

站了一会儿，她觉得累，索性也蹲下来，双手托着腮，歪着头毫不掩饰地盯着他看了挺长一会儿。在陆尔白拔完最后一根草的时候，她突然伸出手来，摸了一下陆尔白的眼角。

温热感突然袭来，陆尔白被她惊到了，脚步踉跄，往后退了几步，恼怒地望着她道：“你干什么？”

“你刚才哭了吧？”郑冬至跟着他站起身来，咧嘴干笑地问道。

陆尔白别过头去，没有回她。

他越是不说话，郑冬至就越是觉得自己没看错。她立刻坚定了自己的猜想，走过去，拍着陆尔白的肩膀表示理解：“你肯定要说你没哭，是风太大了。其实你哭也没什么，那刘德华都唱‘男人哭吧哭吧不是罪’呢，何况你还只是男孩，算不上是男人。”

她说这话的时候，一副少年老成的模样，陆尔白静静地望着自说自话的她，一句话都不想说。

虽然这一点听起来很没同情心，人家悼念亡父掉眼泪本来就是挺让人同情的事，但是发现陆尔白也会哭，这还是让郑冬至觉得新鲜又好玩。

她颇有自豪感地又拍了几下陆尔白的背算是安慰，然后转头对着陆琪的墓碑一本正经地拜了几下，表情严肃认真地道："陆叔叔，你放心，我会照顾好陆尔白的。"

陆尔白一直在旁边沉默地看着她，眼神很是复杂。

郑冬至跪拜完陆琪回头，就看到陆尔白一脸呆滞地在看她，她被看得有些纳闷，觉得别扭地伸手挠了挠头，心直口快地问道："你干吗这么看我？难道我祭拜错了？难道这墓碑下面的不是你爸？"

陆尔白本来内心还有点动容的，听她这么一说，他那刚滋生出来的感动瞬间消失殆尽。他黑着脸瞪了郑冬至一眼，拎着鱼篓转身就走。

他腿长，走得快，郑冬至一路小跑才能追上他。

"你怎么又生气了呀？是我说错什么了吗？那下面是你爸吧？"她一头雾水地追着陆尔白问。

陆尔白被她吵得头疼，一路上一直黑着脸不说话，旁边的郑冬至却叽叽喳喳像只麻雀。

不知不觉就走回了奶奶家，陆奶奶一见他们，就招呼他们进屋吃晚饭。郑冬至蹦蹦跳跳地率先走进了门。

陆尔白站在门外看着跟陆奶奶撒娇的她，神情有些恍惚，耳边一直回荡着郑冬至刚才在路上朝他嚷嚷的话。

她说："除了我妈，我还是第一次祭拜别人！陆尔白，你看，你在我心里多重要！”

假的吧？

他告诉自己，心却一次又一次因她的撩拨而动摇着。

【5】

晚饭吃得很早，吃完，陆爷爷主动收拾起了餐桌，没让陆尔白插手，挥着手催促他道：“你赶紧回去，别等天黑了路不好走。”

陆尔白的手停在半空中，随后落了下来，对奶奶说：“那我先走了，明天再来看你们。”

陆奶奶从屋内拿了条灰色的围巾出来，给他围上，握着他的手道：“别来了，都快过年了，路上车子多，不安全，你还是多留在家里陪陪你妈。”

陆尔白沉默着，没应声。

见他要回家，郑冬至最是激动，赶紧跑过去，一把挽住他的手臂，对着二老告别道：“陆爷爷、陆奶奶，我也走了，下次我再跟尔白哥哥一起来看你们。”

陆爷爷被她叫得红着脸憨笑，连连点头说：“好的好的，爷爷欢迎你。”

陆奶奶则去房内拿了几盒郑冬至带来的西洋参，硬是要还给她。

郑冬至不要，躲在陆尔白身后将手藏了起来。

陆奶奶无奈，故作生气地道：“这孩子，来就来了，还买什么东西，这让我们如何是好。”

“哎呀，奶奶你就收了呗，你是尔白哥哥的奶奶，也就是我的奶奶，我给爷爷奶奶买吃的有什么关系？”

“不行，这东西太贵了，我不能收。”陆奶奶还要塞给她。

郑冬至大叫，一边向陆尔白使眼色，一边嚷嚷着：“大不了我下次不买了，这次你就收了吧。”

陆奶奶脸上的表情很是为难，最后还是陆尔白开口说：“收下吧，下次不买就是了。”

陆奶奶这才作罢，拉着郑冬至又说了几句体己话。陆尔白走去院子里推他的自行车。看到他推车过来，郑冬至自然地跳上了车后座，一手环在了他的腰上，一手挥舞着跟二老说再见。

陆尔白由着她，等她说完，他才淡淡地对陆爷爷他们说了一声：“走了，你们别送了。”

二老虽点着头，但还是站在门口看了他们很久，直到两人的身影消失在小路的尽头，才恋恋不舍地回了屋。

小镇的街道很是寂静，路上只有零星几个人，陆尔白载着郑冬至一直骑到镇中心才感觉人多了起来。

听说陆尔白要回家，郑冬至心情很好，坐在后座上高兴地哼着歌，时不时地跟陆尔白说着话。

全程都是她在说，陆尔白一声不吭，似乎已经渐渐摸清楚那人的性格，郑冬至并没有因此而生气。

说话间，郑冬至没有忘记问陆尔白借寒假作业抄，快年底了，郑林忙完工作就要回来检查她的作业了，她还一个字都没写呢。要说她为什么不写？那是因为她冥冥之中有种感觉，陆尔白肯定会把作业给她抄。要说她哪里来的自信？她也不知道，只是觉得那个人好像对她挺好的。

一道冷风吹来，郑冬至冷得抖了一下肩膀，抬眼望着少年瘦削的脊背，心里不由得荡漾了下。她朝他的背贴过脸去，头还没有靠到他的身上，车突然停了下来。

“下车。”陆尔白低声说道。

郑冬至感到很是纳闷，下意识地朝四周张望了一番，看到不远处的大超市，她以为陆尔白是要停车买东西，赶紧后知后觉地跳下车，好奇地问：“你要买什么？”

陆尔白扫了她一眼，没答，也下了车。他静静地等在路边，郑冬至不明所以，但还是乖乖地陪他一起等着。

天黑了，冬天的夜晚总是来得很早，道路两旁的路灯亮了起来。

郑冬至仰着头在发呆，手臂突然被人拽住。她惊讶地抬头，看着陆尔白，刚想说些什么，目光却落在了停在身前的出租车上。

陆尔白对司机说了几句话，然后打开车门，将她推进了车里，并关上了门。

等郑冬至反应过来，司机已经落了锁，车朝前开了过去。她坐在车内往后望去，陆尔白又一次跳上了自行车，神情沉静地朝前骑着。

“小姑娘，是去紫园吧？”司机问她。

郑冬至回头，道：“等一下，帮我跟着后面那辆自行车。”

“怎么跟啊？刚才那小帅哥让我送你去紫园，钱都给了。”司机很是为难。

郑冬至从口袋里掏了张一百块的纸币的出来，冷着脸道：“够了吗？跟着他，不够我再补，你给我打表！”

司机收了钱，仍不忘提醒她：“我们四个轮子在前，他两个轮子在后，不好跟啊！我要先停在路边等他过来，他不就发现你跟着他了吗？你们是小情侣吗？闹别扭了？”

“你不会先拐进前面的十字路口等他吗？走远了他看不到我们，不就不会发现我们跟着他了？”郑冬至朝他翻了个白眼。

“哎，开得慢耗油伤车呀！”司机继续抱怨。

郑冬至又甩了张一百的出来，霸气地道：“我就问你这单你接不接？”

做生意的，只要有钱赚，谁不爱赚。

司机看到钱，当即不再废话，连声道：“接接接，你想去哪儿就去哪儿！”

就这样，郑冬至坐在温暖的出租车里，一路跟着陆尔白朝市区的方向前行着。

夜色越来越黑，那少年的身影在昏黄的路灯下忽明忽暗，车内的空调很暖，车外的冷空气打在车窗上形成了浓厚的雾气。都不用开窗户，郑冬至就能感觉到车外有多冷。她能清晰地看到前方疾行的陆尔白嘴里呼出的白色雾气。

一开始她还以为陆尔白是怕她冷，所以让她坐车，自己骑车回郑家。但到了市中心，她才恍然明白陆尔白压根儿就没有打算跟她回家，他骑的路线完全就不是回紫园的路。

郑冬至坐在车内一路跟着陆尔白来到了他们就读的高中附近，看着他将车停在了学校外的那家旧书店门口，她下意识地眯起了眼。

那边陆尔白将车锁好后，拿钥匙打开了书店外的铁链门，然后轻车熟路地走了进去，又把门关上，再也没有出来过。

“我们现在要去紫园吗？”司机问郑冬至。

郑冬至望着那扇紧闭的铁链门，又拿了一张一百的纸币出来，道：

“你今晚我包了，再等一会儿。”

“就三百块钱，包我整夜生意怕是不够吧。”司机边收钱边说道。

郑冬至冷冷扫了他一眼：“你当我没打过车啊，这一路过来撑死了就二十块钱，给你三百块我都给多了。”

司机没再吭声，陪着她继续等着。

约莫等了半个小时，铁链门又被拉开来，陆尔白拎着个热水瓶走了出来，锁好门后走去了附近的烧烤摊，打算借一些热水。

烧烤摊的老板似乎认识他，一见他过去，就指着身旁的炉子让他自己去烧。

陆尔白客气地道了声谢，就坐在炉子边烧起水来。

外面很冷，他蹲在地上，双手对着炉子不停地搓着，嘴里不时地呼出白色的热气，两只耳朵冻得通红。

郑冬至坐在车里静静地看着他，心里有些发酸。

烧完热水，把水壶装满，陆尔白见老板在忙着给客人烤串，也就没打扰他，在炉子旁放了一个硬币，然后拎着水瓶回到了旧书店。在店门口，他看到了等候在那里的郑冬至。

他停下脚步，目光沉静地看着她，没说话。

郑冬至径直朝他走去，目光落在他冻得通红的脸上。她定定地望着他，咬着牙问：“你不回我家，也不住你爷爷奶奶家，就住这里对吗？这里没有吃饭的地方，没有床，甚至都没有热水，你怎么活呀？”

“不用你操心。”他淡淡地瞥她一眼，从她身旁走过，手臂突然被一把拉住。

“这里根本就没法住人，你妈要是知道你住在这里肯定会伤心的。你跟我回家吧，顶多我以后不戏弄你了，好吗，陆尔白。”郑冬至双眸明亮地望着他，眼眶有些发红，语气里带着难得的恳求。

她是谁，郑冬至啊！何时这么低声下气过！这会儿她却求着陆尔白回家！

因为她心疼他。

她一向是个很纯粹的人，她的爱恨都很简单。她会因为苏慧进入郑家，跟着她哥一起讨厌陆尔白，也会因为那次在小巷中他救了她而喜欢上他。

她承认，她起初撩拨他是为了气陈昭言，可是这并不代表她不喜欢陆尔白啊！她要不喜欢他，怎么会去撩他？她是多么骄傲的一个人啊，怎么可能去表白一个不喜欢的人！

"跟我回家吧。"她紧紧地拉着他的手，再次恳求道。

陆尔白沉默地望着手臂上那只纤细的小手，良久，他伸出手来，一点点掰开了它。

郑冬至一脸惶然地看着他。

他也在看她，眼神黯淡，声音冷得不带一丝温度。

"那不是我家，我是不会跟你回去的。"

"为什么你宁愿住这里都不愿跟我回家？"

"因为我很讨厌。"

"讨厌什么？"

"讨厌看我妈讨好你们的样子，讨厌看她小心翼翼的模样，讨厌你哥的自以为是，讨厌你爸老好人的样子，讨厌我自己明明不被欢迎却还死皮赖脸地赖在那里。"陆尔白一直是个很会隐忍的人，他习惯将所有心思隐藏起来，这是他第一次说出自己的感受。

郑冬至愣愣地看着他，许久，她红着眼，喉咙干哑地问了一声：

“那你是不是也很讨厌我？”

“是。”他紧紧地盯着她，说道。

郑冬至冷笑一声，很是气愤地伸手推了他一把，从背包里拿出一个用丝带打着蝴蝶结的卷轴画扔给了他，大骂道：“谁要你喜欢！祝你以后生日都没有人给你过！浑蛋！”

骂完她还不解气地抬腿踢了他一脚，不等他回嘴，便气呼呼地跑向了停在路边的出租车。

陆尔白的小腿被她狠踹了一下，他疼得蹲下身来，目光静静地望着掉落在地上的卷轴画，愣了一会儿，才伸手将其捡了起来。

黑色的蕾丝带打的蝴蝶结很结实，他费了很大的劲才拆开，里面是一幅铅笔画，画上是穿着工作服低着头调咖啡的他。

画的人明显用了心思，就连他衣服上别着的名牌都画得很是精致。

画的底端是用铅笔署的郑冬至的名字，以及一行小字——To（致）白，生日快乐！

心像被电流击中，他愣怔地望着那几个字，张了张嘴，却发不出一点声音。

【6】

跟陆尔白分开后，郑冬至一个人气冲冲地回到了紫园。

苏慧跟王婶两个人正坐在客厅里边看电视边聊天，看到她回来，苏慧率先起身迎了上去，朝门口张望了一番。见没有人再进来，她眼神失落地看向郑冬至，忍不住问道：“冬至，尔白没有跟你一起回来吗？”

郑冬至抬头，望着苏慧那张柔弱的脸，眼前浮现的是陆尔白蹲在路边借人家炉子烧热水的狼狈模样。她鼻尖一酸，不知道该怎么跟苏慧解释陆尔白的事，只是闷声嘟囔道：“你自己问他吧。”

说完，她低着头，匆匆跑上楼，躲进了自己的房间。

苏慧讶异地望着她离去的背影，本就有点发闷的心情更加沉重了，她拿起手机给陆尔白打了电话。

电话没人接，苏慧很是担心，又给陆奶奶打了电话，才得知陆尔白没回紫园的那几日并没有住在爷爷家。

二老不知道陆家的情况，以为陆尔白每日吃完晚饭离开是回了苏慧那里，也就没有多问。听苏慧这么一说，陆奶奶以为是两个孩子还没到家，安慰苏慧可能是孩子贪玩，在哪里逗留了。

苏慧心里急得很，却又不想让婆婆担心，没有说儿子几日没回家的事，只是简短地问候了几声后就挂了电话。

陆尔白没有回郑家，也没有睡在爷爷奶奶家，那他这几日都睡在哪里？

挂断电话后的苏慧心急如焚，抬眼望着郑冬至紧闭的房门，想上去找郑冬至问个明白，又怕触怒了她，使得这个家好不容易恢复的平静被打破。

正当苏慧纠结不已的时候，手机又响了，是陆尔白打电话过来了。

他刚才在书店外头洗衣服，手机放床上了，没有听到。

怕王婶听到，苏慧拿着手机走到了院子里才按下接听键，一听到陆尔白的声音，她就劈头盖脸地问他：“你在哪儿？”

苏慧此刻的声音很冷，陆尔白知道母亲是生气了。面对母亲的质问，他没有任何隐瞒，只是心平气和地跟苏慧说了自己的所在，然后静静地等待着苏慧的怒火。

听到“旧书店”三个字时，苏慧整个人都僵住了，冷意自她的心底蔓延开来，流窜至四肢百骸。她冷不丁地打了个哆嗦，双眸刹那间红了。

她不明白为什么自己说了这么多，儿子还是不懂她的心，硬是要搬出去。她嫁给郑林留在郑家，顶着后妈的头衔，忍受着郑林那双儿女的刁难，出门都要被人指指点点，憋着一肚子的委屈，这些归根结底是为了谁？还不是为了让陆尔白生活得好一点，不再像以前一样，因为家里穷而被同学看不起。

作为一个母亲，她已经尽了自己最大的努力，给了儿子她以为最好的生活，却从来不曾想过，这样的生活陆尔白想不想要。

夜色已黑，黑夜里弥漫着厚重的雾气，屋外很冷，并不适合苏慧这样一个刚小产完的女人久待。

王婶担心苏慧，出了别墅到院子里寻她，看到她一个人站在院子中央的树下捂着脸啜泣。

女人最了解女人，特别是王婶这样历经风雨的女人，她都不用上前问，就能猜到苏慧为什么伤心，无外乎是因为孩子。

苏慧听到脚步声，赶紧擦了把脸回头，看着王婶一脸和蔼地对着她笑，她尴尬地对着王婶扯了一下嘴角，可实在是笑不出来。

王婶了然地对她点点头，劝道：“进屋吧，外面冷。”

苏慧没动，站在原地，咬了一下发白的嘴唇，苦笑一声，道：“王姐，我出去一会儿。”

王婶悲悯地看着她。

这样的眼神看得苏慧很是难受，她别过脸去，解释道：“我去接尔白回家。”

“回家”这两个字被她咬得很重。

王婶从屋内拿了苏慧的羽绒服跟背包出来，送苏慧出了别墅的铁门。她没有再说话，就怕多问苏慧一句，那个柔弱的女人会再度流泪。

跟苏慧通完电话后，陆尔白继续干自己的事。

他一直是个很冷静的人，情绪不易受外界影响，这一点跟苏慧完全不像。

挂断电话，他将洗好的衣服一一挂好，晒在书店门口的晾衣绳上，然后进屋拿拖把拖地。

收拾完屋子，他拿了一本王国维的《人间词话》坐在角落里的那张小木床上，一边看书一边等苏慧。

床头的小台灯发着微弱的黄光，翻了几页书，他转了个身，胳膊压到了什么硬物，他下意识地起身，又看到了郑冬至留下的那幅画。

整个书店里留给他的私人空间很少，他没有藏东西的地方，所以随意地把画扔在了床上。

目光定定地看着那幅画，陆尔白没有伸手，眼前不禁浮现出郑冬至愤怒离去的身影，清隽的脸上露出恍惚的神情，原本平静的心突然划过几丝涟漪。

他也不知道自己怎么了，闭上眼睛，强迫自己不要去想那个人，可郑冬至那张倔强又美丽的小脸一直在他的眼前萦绕不散。

最后，陆尔白长长地叹了口气，将那幅画藏在了枕头底下，继续看书，只是一颗心再也静不下来。

他想，一会儿不管苏慧说什么，紫园他是肯定不会再回去了。

他玩不起郑冬至的游戏，但是躲得起啊。

当陆尔白想着怎么说服苏慧让自己离开紫园时，坐在出租车里的苏慧突然接到了一个陌生来电，对方称是郑林的朋友——润滑厂的副厂长沈谦，他告诉苏慧，郑林被人打伤头昏迷进了市人民医院，让苏慧赶紧过去。

沈谦这人苏慧见过，但一直没怎么说上话，况且人在电话里的声音跟平时又有点不一样，所以苏慧一开始还以为是诈骗电话。因为郑林跟她说他去深圳要钱了，也没说今天回来，怎么这时会进医院？

虽心里有疑问，但她还是让司机改了方向，朝着市人民医院的方向开去。

沈谦在电话里跟苏慧解释说郑林去深圳要钱没要到，厂里的工人们又都聚集在一起等着郑林回去发工资好回家过年。

郑林连夜赶回D市，连家都没回，就赶去了厂里安抚工人。工人们一听到工资发不出，要等到年后，就都不淡定了，立刻闹了起来。

郑林跟厂里的几个高层忙着解释劝慰，但工人们都听不进，有几个激进分子开始当场砸机械设备。郑林在阻拦他们的时候，不慎被打伤了头，出了血。他本就有高血压，受不了刺激，当场就晕了过去。沈谦带着人将他送到了医院，还好抢救及时，没什么大碍，但是得留院观察，医生让通知家属，所以沈谦才打电话给苏慧。

等苏慧弄清楚整个过程，医院也到了。

她匆匆付了钱，下车一眼就看到了早就等候在门口的沈谦。

沈谦将苏慧带到了郑林的病房。

郑林的后脑勺被砸了个洞，缝了二十三针。苏慧到那儿的时候，麻药还没退，他躺在病床上还没有醒来，厂里一起送他过来的两个车间主任正守着他。

看到苏慧过来，两人皆起身打了个招呼，苏慧礼貌性地朝他们点了个头，然后扑到郑林的床边。望着郑林裹着厚重的白纱布的脑袋，她的眼泪忍不住往下掉。

沈谦上前安慰了苏慧几句，苏慧这才抹了泪，神色凝重地坐在郑林的病床边。

没过多久，医生过来查房，苏慧找医生问了一下郑林的状况，直到医生亲口对她说没什么大问题后，她才真正放下心。

估摸着四十多分钟过去，郑林才悠悠转醒，看到守在床前的苏慧，他先是诧异了一下，而后目光瞥到站在苏慧后头的沈谦，赶紧激动地要坐起身来。

苏慧扶着他起身，拿枕头垫在他身后。

“老沈，厂里现在怎么样啦？”都这样了，郑林还心系着厂里的事。

苏慧在一旁无奈地叹了口气。

沈谦躬身上前，抓着郑林的手安抚道：“你先安心养伤，厂里还有我们大家呢。不就是钱吗，想想办法就有了。我已经让黄婷去银行取钱了，先把工人的工资给结了。”

“别别，老沈，这钱用不着你垫，我有。”郑林赶忙拦住沈谦。

“老郑，咱们兄弟都这么多年了，你有什么事是我不知道的，前阵子厂里引进新设备，你把现有的可调动的钱都拿了出来，杭州的材料商催着要材料费，你一拖再拖。若不是钱不够，你怎么可能会欠着他们，更别说是拖工人的工资了。老季都跟我说了，跟我们长期合作的几个拿货商突然接二连三地说我们厂里的润滑油质量有问题，借此拖着不给钱。质量上的问题我已经让人去查了，很快就会出结果。眼看就要过年了，这阵子你就好好养伤，厂里有我照看着。虽然说这厂是你开的，但你出钱请我给你当副厂长，我也不好只在厂里好的时候获利，厂里出了问题就置之不理，这要是传出去，旁人还不知道怎么说我沈谦呢！”

沈谦都把话说成这样了，郑林也就不好再推辞，只是神色难堪地对着沈谦一再道谢，不知该说些什么好。

厂里的工人还没有散去，郑林又伤了头，需要静养。有苏慧在这儿照顾，沈谦便没有在病房里多逗留，他又寒暄了几句，然后就跟郑林他们告别，回厂里去处理工人工资的事。

沈谦一走，苏慧一脸阴郁地坐在郑林的病床前，红着眼眶嗔怪道：“厂里出这么大的事，你先前怎么一点都没跟我提过？”

“又不是什么好事，有什么好说的。你刚小产完，身子又不好，跟你说这些只会让你伤神。何况事情也没你想的那么严重，就是厂里流动资金一下子周转不开。那些商家说我们的润滑油有问题，不过就是他们想拖欠钱的借口。我们厂的润滑油都是十多年的老品牌了，质量是有保证的。我已经让质检局的人重新去检查了，回头等质检报告一出来，给他们看了，他们就没话说了。”郑林握着苏慧的手，耐心地安抚道。

关于郑林生意上的事，苏慧向来不怎么过问。郑林说什么，她就听什么。虽然知道郑林嘴上说得轻松，但有可能是在骗她，她也无可奈何。

一是她没钱，二是她文化水平也不高，实在帮不了郑林什么。她所能做的，只是在郑林受伤的时候，尽心地照顾他。

苏慧陪着郑林又坐了一会儿，郑林觉得脑袋疼，她便伺候着他睡下。刚给郑林盖好被子，苏慧就听到口袋里的手机在响，她拿起来一看，是儿子打来的。

陆尔白一直在旧书店等着苏慧，但苏慧一直没到，他担心母亲路上出了什么事，不放心，所以打电话过来询问一下。

苏慧拿着手机在走廊里跟陆尔白通电话，如今她因为郑林受伤而惴惴不安，实在也没心情再去责问儿子从郑家搬走的事。

她简短地跟陆尔白说了一下郑林被打的事，让他抽时间到医院来看望一下。

郑林平素待他们不薄，陆尔白来探望一下也实属应当。

陆尔白应了声好，苏慧也就没再劝他搬回紫园。

她不说是因为郑林刚跟她提起想把郑昼景现在住的那套小公寓卖了来还沈谦垫付的工人工资，不管公寓卖不卖，没剩几天就过年了，郑林再怎么说都不会让儿子在外头过年，肯定会叫郑昼景回紫园。

到时候郑昼景搬回来，看到陆尔白住在那里，指不定又要闹出什么幺蛾子。

苏慧虽然心疼儿子独自住在外头可怜，却又实在是怕郑昼景。

之前郑林好好的，郑昼景要闹，他爸还能喝止住他，现在郑林都住院了，不知道什么时候才能出院，郑家就再也没有管得住郑昼景的人了。她这么一想，还不如让陆尔白住在旧书店。

苏慧嘴上没有明说，但陆尔白也知道母亲的考量，他并不怪母亲，而是认真地听着苏慧的吩咐，直到苏慧挂了电话他才挂。

苏慧打完电话回到病房，发现郑林并没有睡着，而是睁着眼躺在床上，望着头顶的天花板发呆。

苏慧知道他心里有事睡不着，坐在一旁陪他谈心。

两人聊了一会儿，苏慧问郑林要不要先告诉王婶一声，好让郑冬至他们也知晓一下。

郑林想了想，叹了口气：“都这么晚了，还是明天再说吧，让他们睡个好觉。”

毕竟是亲生的，会心疼。

苏慧郁郁地想，随口提了一句：“尔白说明天来看看你。”

郑林“嗯”了一声，没有多说，继续呆呆地看天花板。

苏慧本想跟他说一下陆尔白搬出去的事，最终还是忍住了。

她心里感到有些酸涩，但脸上没有表露出来。

不管嘴上说得多么好听，亲生的跟非亲生的，到底还是不同的。

第五章
你看起来有点甜

• • •

郑冬至就像一朵盛放的玫瑰，有刺，却娇艳美好。

【1】

第二天一大早，郑冬至从王婶那儿得知郑林受伤的消息后急忙赶到了医院，坐在郑林的病床前，一直抓着她爸的手不说话，大眼睛红红的，像兔子。

郑林看她这副模样，忍不住打趣道："我们家冬至真是长大了，知道心疼人了，都说女儿是父母的贴心小棉袄，真的一点都没错。"

瞧这话说的，明白人一听就知道他这是因为儿子没来医院看他而耿耿于怀。

但这也怪不得郑昼景，最近他因为陈昭言一直堕落着，过着日夜颠倒的生活，每天醒来都是日上三竿。郑冬至打他电话的时候他还在睡觉，手机没电自动关机了，所以还不知道郑林出事了。

等他睁开眼，给手机充上电，看到郑冬至打来的几十通未接来电立刻回过去时，都已经是中午了。

郑冬至当着郑林的面先把她哥给臭骂了一顿，然后才说起郑林受伤住院的事。

郑昼景听完，立刻挂了电话，火急火燎地从同学家爬起来，赶去了医院。

看到郑昼景来了，郑林虽面上摆着一张冷脸，心里却早就乐开了花。他装模作样地数落了儿子几句，然后又叮嘱他要开始担起家里长子的责任，孝敬父母，善待兄弟姊妹。他名下的那些产业早晚有一天都要传给郑昼景，但郑昼景得像个人，他才敢让他接手。

这些话都是老生常谈了，郑昼景听得耳朵里都要长老茧了。他心里很明白郑林对自己寄予厚望。

可能是郑林之前在儿子心目中的形象太过伟岸，郑昼景一直觉得他爸无所不能，不管他跟冬至闹出多大的事，都有他爸在上面顶着，所以现在看到躺在病床上那个脑袋被纱布裹得像粽子似的父亲，他才会感到异常难受。

郑昼景难得安静地站在他爸的病床前，由着郑林训了他一个多小时也没还嘴。最后还是苏慧开了口，打断了这段无休无止的父子对话，说医生来查房了。

苏慧伺候郑林起身，配合医生做检查，郑氏兄妹也在一旁帮忙。

检查完，郑林躺在床上休息，一双儿女陪在他的床前。

苏慧默不作声地拿着热水瓶离开了病房，出去打水。临走的时候，她还能听到身后病房里传来的欢声笑语，回头看去，郑林灿烂的笑容明晃晃地映入她的眼帘，这是苏慧见他住院后第一次笑。

再也没有比这种时刻更让苏慧清晰地觉得自己像个外人了。

陆尔白是临近中午才去的医院，因为苏慧跟他说上午郑林要休息。

他买了点苹果，拎着去了医院，还没进郑林的病房，就看到了独自站在走廊里暗自垂泪的苏慧。

苏慧背对着他，头靠在走廊尽头的窗边，不停地抹着眼泪。

陆尔白静静地站在原地，没有上前喊她。

郑林的病房就在他的左手边，他只要一抬手就能推开那扇门，但他没动。

病房内，郑林笑得很开心。

沈谦带着厂里的一群骨干来探望他，郑林忙着给他们介绍自己的那双儿女。说到郑冬至就是个疯丫头时，郑冬至立刻发出不满的叫声，旁边的郑昼景笑着安抚妹妹，自我介绍说他是郑家的熊孩子。

一群人有说有笑的，恭维的话不少，从头到尾不见有人问起苏慧，更别说提起苏慧带来的孩子了。

陆尔白默不作声地站在病房外，拎着苹果的手慢慢地握紧。他眼神悲凉地望着不远处默默流泪的母亲，心里一片苦涩。

他看得出来母亲的不快乐、母亲的委屈，还有母亲的一再隐忍。他也知道，她承受这些是为了谁。就是因为他太过聪明，什么都看得懂，所以他才那么想要离开郑家。

他不想成为母亲的累赘，不想成为她不快乐的源泉。

如果可以，他恨不得立刻长大，变成一个可以独当一面的男人，以此来告诉母亲，其实她并不需要依附任何人给他什么。不管是人还是感情，那都不该是靠卑微讨好得来的。

他陆尔白想要的，可以靠自己的努力去得到。虽然出生、成长环境都是他无法选择的，可他的人生还可以改变，他可以去选择一个自己想要的未来。

陆尔白离开就跟他的到来一样，悄无声息，无人察觉。

病房里的那些大人就爱拿她开玩笑，郑冬至待久了觉得有些闷，借口出去买东西吃，顺便到外头透透气。

她从病房里出来的时候，正好撞到进门的苏慧。

郑冬至诧愕地看了她一眼，发觉她眼睛红红的。正犹豫着要不要问些什么，王婶拎着一大包东西朝着病房走来，远远地就朝她们喊道："快过来搭把手！"

苏慧赶紧迎了上去，将王婶左手里的东西全接了过来，看到一袋散装的苹果，她微愣了一下。

虽说是保姆，但王婶在郑家这么多年，也算是过惯了好日子的人，买东西都是挑好的买，拿给郑林吃的水果都是精品礼盒包装好的进口水果，什么时候买过这种。

王婶偷偷瞥了一眼苏慧，边喘着粗气边解释道：“我刚才在医院大门口碰到尔白，这苹果是他买的。我让他一起进来看一下老郑，他说他还有事，先走了，我怎么喊都喊不住。”

苏慧听完，没说话，拎着东西转身就走，只是握着那袋苹果的手有些颤抖。

王婶看了她一眼，没有多嘴，想到郑冬至让她带的零嘴，她抬头找郑冬至，可四周哪里还有那丫头的影子。

郑冬至早在听到陆尔白的名字的一瞬间就跑出去找陆尔白了，她才不是想见他，而是想问问他，他到底是什么意思？她爸住院了，他竟然连病房都没进，招呼都不打一声就走了。她爸平时对他多好，他怎么能这么不讲情义！

亏她郑冬至自诩火眼金睛，妖魔鬼怪她一看便知，以为陆尔白是只呆板的绵羊，谁知竟是条冷血无情的白眼狼。

郑冬至气冲冲地追出医院，正好看到马路对面的陆尔白推着车要走。

眼前还是红灯，她急着要穿过马路，一辆卡车从远处疾驰而来，她吓得忘了闪躲。

还好郑昼景及时出现，将她一把扯到马路边，不然后果真的不堪设想。

“冬至，你找死吗？”郑昼景气急地朝妹妹吼道。

郑冬至脸色发白地望着生气的哥哥，吓得说不出话来。

她转头看向马路对面，陆尔白早就没影了，她的眼眶涨红，“哇”

的一声哭了。

郑昼景被她吓了一跳，以为是自己语气太冲，吓着她了，赶紧哄道："冬至啊，是哥不好，哥不该骂你！哥就是紧张，就是急！刚刚那车撞过来，哥的心都快跳出嗓子眼了，哥是怕你出事，知道不！"

郑冬至埋在她哥的胸口号啕大哭，她哭的原因很复杂，一是刚才真的被那卡车吓到了，二是她看到陆尔白朝她看了一眼，明明看到她差点被车撞了，却没有停下来，而是直接没了影子。

虽然人家陆尔白早已亲口对她说过讨厌她，但郑冬至还是因为他对自己的置之不理伤了心。

她长这么大，除了她哥以外，这还是她第一次主动亲近一个人，却被狠狠地推开了。

对郑冬至而言，这不仅仅是一种自尊心上的受挫，还有，她失恋了。

在郑冬至躲在她哥怀里哀悼自己的初恋时，陆尔白已经骑车到了十字路口，交通信号灯正好从绿色跳为红色。他没注意，一直到了斑马线中间才猛地急刹车，差点撞到身旁的行人。

顿时耳边全是路人的谩骂声，他听不到他们在骂什么，耳朵里全是心脏剧烈跳动的声音。

从郑冬至差点被车撞到的那一刻开始，他的心跳就没正常过，跳得他的胸口都疼了。

先前那种烦躁的感觉又来了，试图将他吞噬。

他无力地深呼了一口气，恍惚地望着重新变回绿色的信号灯，停留了一会儿，才重新骑车上路。

【2】

新年的鞭炮声如期而来，那个新年对郑家的所有人来说，并不算是个好年。

郑林的伤使他过年都得留在医院，作为妻子的苏慧自然得陪着他。

虽然在沈谦的帮助下，润滑厂的工人暂时都拿到了工资，但材料商那边还是催款催个不停。

郑林不想欠沈谦太多人情，就让郑昼景去银行拿了公寓楼的房契出来，把房子便宜卖给了之前想要这套房的一个朋友，先垫付了一部分材料费，才勉强安抚住了那些材料商。

没了公寓可住的郑昼景搬回了郑家别墅，开始洗心革面，好好做人，在积压成山的寒假作业中度过了他人生中第一个没有压岁钱收的新年。

同样没有压岁钱收的郑冬至也谨遵郑林的吩咐，忙着准备新年过后就要开始的艺考，整天关在房间里不停地画画，都没有时间为陆尔白而伤心。

对郑氏兄妹来说，这是他们度过的最悲惨的一个新年，因为向来有钱的他们突然没有了钱。

虽然这种贫穷只是暂时的，对于大部分人来说，他们依旧是有钱人家的少爷跟小姐，但这足以让他们感觉到恐慌。

比起他们的焦虑，郑林润滑厂的危机对陆尔白的生活并没有多大影响。

新年，跟往年一样，他依旧是在乡下过的。除夕夜，他陪着爷爷奶奶守岁，陆奶奶包了饺子，他很给面子地吃了两大碗。

陆奶奶见他爱吃，很是高兴，让他回郑家的时候带点回去，给苏慧他们也尝尝。

提起苏慧，陆奶奶自然又想到了郑冬至，笑着问陆尔白，说不知道冬至这孩子喜不喜欢吃饺子。

陆尔白没有回答她，因为他也不知道。

自苏慧嫁入郑家后，他与郑冬至也算相识两年了，对于她的喜好，他一概不清楚。只知道她很喜欢她哥，很爱她爸，很讨厌苏慧跟他，讨厌到她突然说喜欢他，他都觉得是假的。

不知从何时开始，“郑冬至”这三个字就像是魔咒一般缠绕着陆尔白。他光是听到这个名字，就忍不住心悸。

失神间，陆尔白不慎咬到了舌头，舌尖一阵刺痛，随之而来的是浓重的血腥味。他皱着眉头嗤了一声，停下筷子，舔了舔咬伤的舌头，没了继续吃下去的心情。

陆奶奶嗔怪了他几声“不小心”，随后拿了西瓜霜喷雾过来要给他上药。

陆尔白受不了那种味道，拒绝了，抿着嘴出了小屋。

晚饭过后，乡下的小道上三五成群地站着不少村民，有的在陪孩子放鞭炮，有的等着人组织牌局。

一条道上跟陆尔白同龄的孩子本就没几个，还都是女孩。陆尔白在路边晃荡了一会儿觉得无趣，最后还是回了陆爷爷家，躺在卧房内临时搭的小床上，拉上床帘，躲在里面看他从旧书店里带回来的书。

他看书很容易入迷，一看就是几个小时，连二老何时睡下的他都没有察觉。

不知不觉到了半夜十二点，窗外爆竹声起，家家户户都起床开始放鞭炮迎新春。陆爷爷他们也起床出去了，就留陆尔白一人在房内。

枕头边的手机突然传来好几条短信声，陆尔白拿起来一看，都是班干部群发的新年祝福短信，一路往下翻，内容也都大同小异。

他刚要把手机关了，屏幕上跳出来一条最新短信，发件人“未命名”，内容是：白眼狼，新年快乐。

陆尔白愣愣地看了那条短信许久，手指按在回复键上，迟疑了半晌，回了两个字过去：同乐。

“嘁，什么嘛！”郑冬至站在阳台上望着手机里刚回过来的短信，不满地嗤了声，嘴角却不经意地扬起一抹笑来。

郑昼景在楼下的院子里帮王婶放鞭炮，抬眼看到郑冬至在笑，朝妹妹挥了挥手，嚷嚷道：“冬至，下来，咱们一起迎新。”

郑冬至将手机藏进新大衣的口袋里，高兴地跑下楼去，从她哥手里接过点燃的烟火棒，高高地举向空中。

郑昼景弯着腰，将剩下的烟花一个个整齐地摆放好，点燃。

在热闹的爆竹烟花声中，他们迎来了新的一年。

【3】

新年一过，陆尔白跟郑昼景都回到了学校继续上课，郑冬至则跟着老师去全国各地参加美术艺考。

郑林还没出院，苏慧得留在医院照顾他，而王婶要操持家里，所以郑冬至是他们那批一起集训的学生中唯一一个没有家长送考的考生。不过这对于从小就没有母亲的郑冬至来说并不是什么大不了的事，她虽是个娇小姐，但生活自理能力方面，单亲家庭出身的她要比很多女孩强很多。

只是艺考不同于平常的高考，经历过艺考的学生都知道，其实艺考要比普通高考艰难很多，也累很多。考生不仅要参加所在省组织的艺术联考，还得参加每个报考学校组织的校考。

由于现在参加艺考的学生变多了，所以学生之间的竞争也变大了。为了能保证至少被一所学校录取，大部分考生参加了十多所甚至是二十多所学校的专业考试。

因为报考的学校不同，考点也不同，很多考点分布在不同的省份，可能今天这个考生还在北京考试，明天就得赶去南京参考。

各地的环境、气温相差很大，加上一直在路上奔波，郑冬至虽能保证自己有吃有穿，但毕竟不像那些有父母跟着的孩子一样被细心周到地照顾好。

刚出去考试没几天，她就因为忽冷忽热的天气和水土不服生病了，半夜肚子疼得被老师送去医院，验了个血，医生说她得了急性肠胃炎，外加病毒性感冒，被留在医院挂了一夜的水，依旧不见好转。

天一亮，老师还得带着学生去考点考试，问郑冬至要不要让她家长过来接她回家。

郑冬至想了想，摇摇头拒绝了。

离家之前，她答应过郑林会好好考试的，这会儿生点小病就回去，那也太没用了。

老师象征性地表扬了一下她的坚强勇敢，然后就把她一个人留在了医院，说好考完试来接她。

病床边有床铃，有什么事只要一按，护士就会过来帮忙。

一开始郑冬至还觉得挺好的，她的点滴一直打到了早上七点，药效上来后，她的肚子也没那么疼了。

挂完水，护士给她送了早餐过来，她挑挑拣拣地吃了点菜粥后，就困得窝在病床上睡着了。不到中午，她又被疼醒，医生过来给她检查了一下，给她开了药，让她继续挂水。

她的静脉本就细，左手昨晚挂了一夜水，手背已经青肿了。医生建议她挂右手，她想起还得继续参加考试，如果两只手都肿的话就不好画画了，于是强烈要求继续挂左手，结果手背上被插了三针才插出血来，她当场就哭了。

之后，委屈就像涨潮时的海水一般汹涌而来，在陌生的城市，一个人坐在阴冷的输液大厅挂水的郑冬至哭得像个被人抛弃的孩子。

她无助又恐慌地拿着手机要打电话给郑林，想让他派人来接自己回去。可是刚翻到她爸的电话，她的眼前就浮现出郑林受伤住在医院还在为厂里的事烦恼的样子，她不忍心再让他操心，咬了咬嘴唇，可怜兮兮地掉了一会儿眼泪，然后打电话给她哥。

郑昼景正在上数学课，手机被调了静音放在抽屉里，听到振动声，他的手刚伸进抽屉还没来得及把手机掏出来，一只肥壮的大手先他一步把手机拿了出来。

他讶然抬头，正好对上数学老师那森森的死鱼眼。

郑昼景倍感绝望，耳边响起男老师不带任何感情的声音："没收。"

郑昼景的电话没打通，郑冬至也没感到多大意外，本来她就是随便打的，又不是双休日，她哥得上课的。

她低着头坐在大厅里，一边翻看着手机一边抹眼泪，那惨兮兮的小模样连监护室的护士姐姐都看不下去了，走过来关心地问她是不是哪里疼。

郑冬至嘟着嘴不说话，只是“呜呜”地哭着。

护士小姐姐看到她青肿的手背，以为她是手疼，便去给她拿热毛巾。看到小姐姐走了，郑冬至又觉得自己被抛弃了，难受得大哭了几声。耳边突然传来陆尔白的声音，郑冬至震惊地止住了哭声，循声望去，惊愕地发现自己竟然不小心按到了陆尔白的手机号，并且拨打了出去。

电话显示在通话中。

“郑冬至？”略带沙哑的嗓音，是陆尔白没错。

郑冬至猛地回过神来，手忙脚乱地将手机放到耳边，吸了吸鼻子，瓮声瓮气地问出声：“你怎么能接电话啊？好学生都不上课的吗？”

那头突然没了声音，郑冬至以为他把电话挂了。可陆尔白的声音又响了起来，他似乎换了个地方，之前手机里传来的杂音没有了。

“我在外面考试，不在学校。”

没有料到他会跟自己解释，郑冬至有种受宠若惊的感觉，一时间不知道该说些什么，只是笨拙地说了一声：“哦。”

气氛又一次沉闷下来，停顿了片刻，难得陆尔白主动开口询问她道：“你哭什么？”

“没有啊！谁说我哭了！我怎么可能会哭！”明明眼睛都哭肿了，刚刚还在伸手擦鼻涕，郑冬至却死要面子地跟陆尔白撒谎。

“你的电话拨出十分钟了，而你跟我讲话才三分钟，之前的七分钟你都在哭。”那头，陆尔白毫不留情地拆穿她。

郑冬至“呃”了一声，脸颊有些发烫，转移话题道：“你在外头考什么试啊？”

“一所大学的自主招生。”

“哦，就是你们好学生考的啊！陈昭言有去吗？”她的语气变得有些酸。

陆尔白没有接这个话茬，反问道：“你今天没考试吗？”

“嗯。”她有气无力地回道。

“怎么了？”

“肚子疼，肠胃炎，还感冒了。”听出了他言语中的关心，上一秒还在傲娇的郑冬至下一秒就开始撒起娇来，添油加醋地把自己说得格外可怜，恨不得求个爱的抱抱。

陆尔白静静地听着，等她哭诉完，才淡淡地问了句：“你现在在哪个城市？”

“南京。”

“南京？”

“有什么问题吗？”

“哪家医院？”

“医科大学第二附属医院。”郑冬至对照着自己病历单上的医院名字念了一遍，然后觉得奇怪地笑着调侃他道，“怎么了？难道你也在南京？”

“嗯，你待在那儿别乱跑，我这就过来。”

他简短地说完，郑冬至有点不相信自己的耳朵，当她想要追问陆尔白时，他已经把电话挂了。

听着电话里的“嘟嘟”声，郑冬至的心紧张地乱跳着，没有了再次拨打的勇气。

她有点怕刚才都是自己幻听，其实陆尔白根本没说要过来看她，毕竟他不久前还亲口对她说，他很讨厌她。

想到这儿郑冬至就有点丧气，一边骂自己活该，谁叫她先喜欢的人家，一边又忍不住想陆尔白。

一个女孩在异乡生病本就是一件很可怜的事，何况郑冬至从小就是在宠爱之下长大的，遇到这种事令她更加脆弱，需要人疼。所以这个时候，当听说陆尔白也在南京时，她要比任何时候都渴望见到他。

陆尔白刚挂掉电话就后悔了，明明他已经下定决心不再搭理郑冬至了，可是一听到她哭，他就忍不住心软起来，竟然主动说要去找她。

不过懊恼归懊恼，他还是给自己找了个很好的理由。

他对自己说，不管他跟郑冬至相处得如何，不管她对他存有什么歪心思，在法律与名义上，她都是他的妹妹。他作为哥哥，明知道她在南京生病了，还放任她一个人待在医院，在情理上也说不过去。

陆尔白是提前交卷出来的，怕郑冬至等不了到处乱跑，他都没来得及知会老师跟同学，就匆匆离开了考试的学校。

自从听说陆尔白要来，郑冬至就一直坐在输液大厅里等着。

她等了很久，一瓶点滴都已经挂完，又换了新的，他还没有来。

她的心情忽上忽下，从一开始的惊喜变成了一片死寂，望着输液管里慢慢滴下的液体，她心里一遍遍地数着“他会来，他不会”。数了很久，她终于不耐烦地踹了一下身前的垃圾桶，撇着嘴骂了声“骗子”。

当她快把陆尔白的祖宗十八代问候个遍时，输液大厅的门终于再度被推开来。

郑冬至几乎是条件反射般朝门口望去，看到来人时，她原本暗淡的双眼瞬间亮了起来。

“陆尔白！”她激动地对着他大叫一声，不顾周围人的注目，激动地朝他挥着手。

陆尔白一路上都没有耽搁，推门的时候，额头上还挂着细汗。

本来听她在电话里哭得那么惨，陆尔白以为她病得很严重，结果他一推开门，就看到一个对着他手舞足蹈的郑冬至，他感到很是无奈。

深吸一口气，他朝她走了过去，在离她几步的地方停了下来，尴尬得不敢与她对视，只盯着她输液的手瞧。目光扫到她青肿的手背时，他不由得皱紧了眉头。

“你怎么现在才来？”耳边传来郑冬至不满的抱怨声。

他有些愧疚地道歉：“路不熟，坐过站了。”

说完，他抬眼对上郑冬至发红的眼眶，心里一紧，怀疑是否自己的回答太过冷淡而伤害了她时，郑冬至突然一头撞进他的怀里，双手紧紧地抱着他，拿头蹭着他的胸口说了声：“陆尔白，你能来真好。”

陆尔白讶然地垂眼看郑冬至，她也在仰头看他。

她的眼里一片澄澈，还有泪光闪烁，他能清楚地看到她眼里的自己。心跳有一瞬间的漏跳，她突然踮起脚来，红着脸吻了一下他的脸颊。

陆尔白愣在当地，瞪大眼睛看着她，说不出话来。

在他发火之前，郑冬至先伸出两只手抱住他，脑袋埋在他的胸前，小声地念叨着他的名字：“陆尔白，陆尔白……”

她的声音小小的、低低的，带着些许撒娇，还有些许哀求，听得陆尔白整颗心都像是泡在温水里，彻底软了。

冷情的话含在嘴里，最终他还是没能说出口。

陆尔白僵直着身子，任由她抱了许久，才慢慢伸出手，轻轻地拍了拍她羸弱的脊背。

【4】

三月的初春，万物都是慵懒的模样。

温暖的阳光透过输液大厅灰蓝色的窗户，在冰冷的大理石地板上投射出一道道细碎的剪影。

厅里零星坐着几个病人，大多闭着眼睛小憩。唯独郑冬至，像打了鸡血似的，一双大眼睛睁得圆圆的，一刻也舍不得从陆尔白的脸上移开。

就算是低着头，陆尔白也能感受到头顶那火辣辣的目光。他被看得双耳通红，却还是不停地拿毛巾蘸着护士拿来的热水，小心翼翼地擦拭着郑冬至被针插红的手背。

一旁巡视的小护士一直在偷看着他们，眼里满满的都是羡慕。

墙壁上的挂钟“嘀嗒嘀嗒”地响着，在静谧的空间里显得尤为突兀。

郑冬至有些恼火地抬头瞪了一眼钟表，有点冲动地想拿东西把它给砸了，好让时间静止下来。这样的话，陆尔白就能多陪她一会儿了。

可事情总那么不遂人愿，分针才转出个小锐角，陆尔白口袋里的手机突然振动起来，随之响起的是他最爱的英文歌设成的铃声。

陆尔白停下拿毛巾的手，掏出手机，看了一眼屏幕上跳动的陌生号码，犹豫了一下才接了起来。

是陈昭言打来的，问陆尔白在哪里。

其他同学都考完了，负责送考的老师正在点人数，发现陆尔白不在，就让同学四处找他。

她问一同去考试的陆尔白班里的班长刘成要了电话，尝试着打了。

陆尔白下意识地转头瞥了郑冬至一眼，正好撞到她在偷瞄他的手机。一听到手机里传来陈昭言的声音，郑冬至脸上的笑容就不见了，一张小嘴顿时噘得老高。

她突然伸手推了陆尔白一把，没好气地问道："她为什么会有你的电话？"

陆尔白示意她别出声，背过身对陈昭言说道："你帮我跟老师说一下，我有事赶不回去，你们先回学校吧，回头我自己坐车回去。"

"这样好吗？我怕老师不会同意你一个人留在这里。要不你告诉我你在哪里，我跟老师说过去找你，然后我们一起回去。"陈昭言提议道。

陆尔白还没有回答，旁边的郑冬至就忍不住地插话道："不行！"

她还没说完，陆尔白伸手捂住了她的嘴，将躁动的她按在胸前，对着手机继续道："没事，你不用过来了，一会儿我自己打电话给老师解释。"

"我好像听到了冬至的声音？陆尔白你是不是在跟……"

没等陈昭言继续说下去，陆尔白便把电话给挂了，原因是郑冬至在咬他的手。

他吃痛地松开捂住她的嘴的手，皱着眉头问："你咬我干什么？"

"你说干什么？陈昭言怎么会有你的手机号？你告诉她的？"郑冬至从他怀里挣脱出来，气呼呼地再度质问道，语气酸得像藏了几年的陈醋。

陆尔白莫名其妙地看了她几眼，后知后觉地发现她这是在吃醋。

顿时，他心里滋生出一种奇怪的感觉，愣了片刻，他才反问一句："那你是怎么有我的手机号的？"

反被质问的郑冬至脸上露出心虚的表情来，她目光闪躲地看向别处，假咳了几声，撒谎道："你妈告诉我的。"

她才不会承认自己是偷看来的呢！

"我妈才不会告诉你呢。"陆尔白直接拆穿她。

要怪就怪郑冬至之前跟着她哥把陆尔白欺负得太狠了，苏慧一直怕郑氏兄妹跟陆尔白接触太多自己的儿子会吃亏，所以她才不会告诉郑冬至陆尔白的手机号呢。

郑冬至被他说得脸有点红，但她还是厚着脸皮，抵死不承认道："我不管，反正就是苏阿姨告诉我的。"

她噘着嘴嘟囔的样子有点可爱，陆尔白看得愣了一下神，突然妥协道："好了，不跟你争了。"

估计连他自己都没注意，他刚说话的时候嘴角不经意地上扬了一下，正好被郑冬至看到。当即她就像哥伦布发现了新大陆似的，一脸惊喜地望着陆尔白，激动得话都说不出来。

陆尔白刚才是笑了吗？

认识陆尔白两年，这还是她头一次见他笑。

原来他笑起来的样子这么好看。

被她的举动吓了一跳，陆尔白一头雾水地伸手摸了一下自己的脸，不解地问道："我脸上有什么东西吗？"

郑冬至摇了摇头，不说话，只是一个劲地朝他傻笑。

陆尔白怀疑她不仅是肠胃炎，还可能发烧了，把脑子给烧坏了，刚想伸手摸她额头的温度，她却又一头撞进他的怀里，紧紧地抱住他的腰，高兴道："陆尔白，我真是越来越喜欢你了。"

这不是郑冬至第一次撩陆尔白，陆尔白听得渐渐有些免疫了，本想像之前那样训斥她别乱开玩笑的，可是目光对上她澄亮的双眸，他沉默了。

郑冬至仰着头直视他，眼神是他从未见过的真挚，一点都不像是在撒谎。

陆尔白被她看得心里有点发慌，他已经习惯了郑冬至的恶作剧，却不知该怎么回应她的认真。

他像个傻子似的愣在原地，不知道过了多久才回过神来，瞥了一眼郑冬至手边的点滴架，逃避地说道："点滴快没了。"

他逃一般扔下郑冬至跑去护士站叫护士过来拔针，走的时候，耳朵到脖子的皮肤一片粉红。

郑冬至坐在椅子上，望着他仓皇离去的模样，笑出声来。

她发现，陆尔白原来也是个心口不一的人，嘴上说讨厌她，其实心里喜欢得紧吧？不然为什么一听她说喜欢他就脸红成那样，之前陈昭言明着暗着向他传达爱意，只见他装傻，可不见他脸红的。

郑冬至越想越得意，心里就跟吃了蜂蜜似的。

【5】

趁护士给郑冬至拔针的间隙，陆尔白出了输液大厅，站在走廊里给送考的老师回了个电话，解释了一下缘由。

老师已经事先从陈昭言那儿知道了点经过，也没有多加责怪陆尔白，只是让他自己回去的时候在路上小心，别在南京逗留太久，别忘了第二天他们还得上课。

陆尔白应了几声，挂了电话，准备回去看郑冬至，却看到输液厅的大门被人从里面推开，郑冬至一脸慌张地跑了出来，焦急地四下找他。发觉她没看到自己，他正准备出声喊她，她突然转身跑进了另一条走廊。

陆尔白愣了一会儿，紧张地追了过去。

那条走廊是医院的急救通道，人很多，陆尔白一路挤着走到了尽头，都没见到郑冬至的身影。

一连找了好几条走廊，最后在医院大门口，他找到了郑冬至。她垂着头，颓然地坐在台阶上。

陆尔白暗自松了口气，捏了把手心的汗，朝着她走了过去。

头顶突然多了一片阴影，郑冬至后知后觉地抬起头，看到陆尔白弯着腰站在她的身前，朝她伸着手。

她目光定定地看了陆尔白一会儿，突然起身一把拽过他的手，张嘴就咬了上去。

手背上传来一阵刺痛，陆尔白倒吸一口冷气，由她咬着，另一只手顺势揽在她的腰上，将她从台阶上抱了起来。

她松开嘴，生气地拿拳头捶他，委屈地埋怨道："我还以为你丢下我走了呢。"

陆尔白被她打得蒙了一会儿，伸手抓住她躁动的小手，笨拙地安抚道："我走的话会跟你说的。"

郑冬至噘着嘴不说话，打了他几拳后，撒娇似的一头埋进了他的怀里。

陆尔白已经渐渐习惯了她这种突然亲昵的行动，怕她干出更出格的事，所以就懒得说她了。

南京的初春，白日的气温很暖和，微风轻轻拂过脸颊，带着轻微的暖意，像孩子的手在心上调皮地撩拨着，有点痒。

医院门口进出的人很多，怕挡着别人的道，陆尔白将郑冬至拉到了一旁的花坛边。

她依旧抱着他不愿放手，他无奈地叹了一口气，一动也不敢动。

时间静静地流逝着，就这样过了许久，当陆尔白以为郑冬至要靠在他怀里睡着时，她突然道：“陆尔白，我困了。”应该是药效上来了，又因为哭过，郑冬至一边说话一边打起了哈欠。

陆尔白将她从胸前推开，问：“你住哪儿？我送你过去。”

明明已经跟老师约定好了，郑冬至要留在医院里，等着老师陪同学们考完试再来接她。可听到陆尔白这么问她，郑冬至当即就把跟老师的约定抛到了脑后，想都没想就报了居住的酒店地址。

陆尔白拉着她到马路边拦了辆出租车，送她去了酒店。

南京的打车费要比他们D城贵，郑冬至一上车就靠在陆尔白的肩膀上睡着了，陆尔白默默地望着计时表上不断上升的数字，心里计算着身上带的钱，暗自庆幸年前去咖啡馆打了工，身上才多了点零花钱，虽然这钱也被郑冬至坑得没剩多少了。

到了地点，陆尔白付了钱，将郑冬至喊醒，送她到了酒店大堂，便没有跟着她再往里走。

时间不早了，他还要赶回D城。南京到D城得坐五个小时的大巴，车次又有限，他明天还得上课。

虽然陆尔白嘴上没说，但郑冬至也知道他急着回去，纵使内心不舍，她也没有强留他。只是在分开的时候，她拉着他的手，可怜兮兮地询问道：“陆尔白，你回去之后不会就不理我了吧？”

是不是女生生病了都爱撒娇？陆尔白望着装可怜的郑冬至，有些无奈地将手从她的手中挣脱出来，道：“不理你有用吗？”

估计连她自己都觉得很好笑，郑冬至忍不住捂着嘴偷笑了一会儿，然后霸道地要求道：“反正我不管，你已经被我贴上标签，以后就是我的人了。回去以后，你不能趁我不在就跟其他女生讲话，特别是陈昭言，绝对不能搭理她。然后还要每天跟我保持联系，要回我的短信，也要接我的电话，当然，上课可以不用理我。还有，你不能再说讨厌我，要每天在心里默念一次郑冬至是这个世界上最可爱的人……”

她絮絮叨叨说个不停，陆尔白不懂她怎么突然有这么多矫情的小情绪，忍不住插嘴问道：“为什么我是你的人？”

“因为……”郑冬至有点害羞地红了脸，但还是厚着脸皮解释道，“他们都说事不过三，我亲了你三次，你都没有拒绝，说明你也喜欢我，我们已经是这么友好的关系了，你不是我的又是谁的？”

说完，她又傲娇地推了他一把，以此来掩饰自己的羞涩，一双大眼睛却紧紧地盯着他，期待着他的回答。

陆尔白不知道她从哪儿来的那么多歪理，她亲他，第一次是自行车倒了意外碰到，第二次是郑昼景来咖啡馆跟陈昭言吵了之后，她故意挑衅陈昭言，第三次就是在医院大厅。

以上三次都不是他不想拒绝，而是事发突然，他来不及拒绝。

不过有一点她没有说错，任何一件事，都不可能毫无缘由地发生三次。

他紧紧地盯着她，似乎要将她看出一个洞来。

郑冬至被他看得浑身都不自在起来，表情别扭地看着他，略带委屈地说道：“你不会以为我谁都亲吧？我是谁啊！我可是郑冬至呢！”

对，她是郑冬至，骄傲的郑冬至，是不会随便表白一个人的。

可正因为她是郑冬至，所以她一再主动地撩拨他，才让陆尔白感到更加不安。他不怕郑冬至像以前那样找他麻烦，不怕她讨厌、憎恨他，可就怕她真的喜欢他。

他很清楚自己在郑家是一个多么尴尬的存在，他心里也已经做好打算，高考一结束，借着去外地上学的机会离开郑家，所以他跟郑冬至是不会有好结果的。

他不知道郑冬至为什么会喜欢上他，但是他知道，作为兄长，他理应告诉郑冬至，像他们这样的准高三毕业生，谈情说爱是大忌，好好学习才是本分。他们是重组家庭的孩子，虽是没有血缘的兄妹，但两人若产生感情，必定要受到舆论阻挠，而且郑林跟苏慧肯定也不会让他们在一起。别说他们了，就说郑昼景吧，他要是知道的话，肯定第一个跳出来，说不定还会狠揍他一顿。

他可以列出无数条理由来扼杀掉她对他的喜欢，可是话到嘴边，却成了这样："郑冬至，那三次都不叫亲吻。"

郑冬至"啊"了一声，表示没听懂。

下一秒，陆尔白欺身上前，伸手捧住了她的脸，俯下头吻住了她。

她的唇很软，跟他想象的一样，他闭上眼，慢慢地加深了这个吻。

这样过了很久，他才放开她，神情淡定地伸手擦了擦她通红的嘴唇。

郑冬至一脸呆滞地望着他，半晌才找到自己的声音，惊愕地问："你刚刚在做什么？"

陆尔白没有直接回答她，而是伸手摸了摸她的头，道了一声："好好休息，我走了。"

说完，他背着书包转身离开了酒店。

等郑冬至从震惊中回过神时，他已经走得没影了。

望着酒店大厅的玻璃柱上满脸通红的自己，郑冬至下意识地伸手摸了摸自己滚烫的脸颊，娇羞地用手捂住了双眼。

她这是被陆尔白反撩了吗？

【6】

陆尔白打车到车站的时候，正好赶上了回D城的末班车。他匆匆买了票上车，坐在角落的位子，反思着自己对郑冬至的举动。

很明显他是鬼迷心窍地冲动了，但他并不感到有多震惊，内心反而要比之前都来得平静。

他知道，就算他今天不冲动，日后还是会忍不住去吻郑冬至的。毕竟他也是个正值青春期的少年，一直被郑冬至这么撩拨着，说不动心是不可能的。虽然他也试过逃避，躲郑冬至远远的，哪怕说伤人的话推开她，但一点用都没有。

郑冬至就像一朵娇艳盛放的玫瑰，他明知她有刺，可是只要她一靠近，他就会忍不住被她吸引。

其实他自己也不是很清楚自己喜欢她什么。

因为她漂亮？不，他没那么肤浅。

因为她性格好？不，她应该算是他认识的女孩子中性格最坏的了，刁钻任性，心眼还贼多。

因为她聪明？全校排名一直没离开过倒数二十，算脑子好吗？

什么都不是。

他想，也许是因为她够真实吧。

她的好与坏，就像白纸上的黑字，清晰地显露在他的面前，没有一丝伪装。她讨厌你时，可以想出各种办法来让你难受；她喜欢你时，又会千方百计来接近你。虽然这一点看起来很幼稚、很孩子气，但恰恰也说明了她是个很简单纯粹，爱恨很分明的人。

想起与郑冬至的种种过往，陆尔白的嘴角不禁又上扬了起来。

即使他知道他这冲动的一吻让他陷入了不可挽回的境地，他跟郑冬至的关系一旦曝光，那么未来等着他们的将会是一场腥风血雨。他不知道他们能不能携手走到最后，但他知道，此刻他的心情是无比愉悦的，他从来没有这么任性过，也从来没有这么畅快过。

这样的他，都不像是陆尔白了。

或许是郑冬至改变了他，或许这才是他原本的天性，只是一直被他压制着，不得释放。

大巴出了南京市区上了高速，经过第一个收费站的时候，他口袋里的手机振动了一下。

上车了吗？是郑冬至发来的。

当郑冬至还在纠结着给他手机备注“尔白哥哥”“尔白”“小白白”时，陆尔白早就将她的手机号从“未命名”改成“郑冬至”，简明扼要的三个字，却是他手机里除了爷爷奶奶和苏慧外，唯一的名字。

前方是隧道，陆尔白还没来得及回短信，手机的信号就没了。

几分钟后，巴士从隧道口驶出，金色的光线透过车窗的玻璃照射到人的身上，暖洋洋的。前座的人开了窗户，微风徐徐地吹进车内，吹乱了他额前的黑色碎发。

他仰起头，用手遮眼，阳光穿过他指间的缝隙刺入他的眼睛，带着微微的刺痛，但很美。

一连串的短信声接踵而至，均来自一个人——

在干什么？

怎么不回我？

不会是睡着了吧？

喂喂喂！

你刚到底是什么意思？

我可不可以理解为你也喜欢我？

…………

明明说是困了的人，竟然还这么闹腾。

陆尔白无奈地摇了摇头，手指摩挲着手机屏幕上的短信，嘴角噙笑地打了四个字发了过去——

专心考试。

“什么嘛，避重就轻，回得又那么像老师！”嘴上虽嫌弃，但郑冬至还是躺在床上，拿着手机听话地回了个“哦”字，脸上的笑容止也止不住。

他不回答也没关系，以他的性子，主动吻她就已经说明一切了。

郑冬至自以为是地想着，又发了几条短信过去。陆尔白都没有回她，她有些悻悻，不过也知晓他生性如此，没有跟他一般见识。正好陪考的老师打电话过来，问她身体好点没有，准备去医院接她。她跟老师道了谢，说自己已经回酒店了。

老师让她好好休息，准备明天的考试，郑冬至应了，挂了电话躺在床上玩了一会儿手机，一直没有睡意。

陆尔白的那个吻带给她的冲击太大，她需要时间来好好缓冲一下。

反正睡不着，她索性爬起来，拿着画板坐在窗户前画起画来。这一画，就画了个通宵，她一点都不觉得困。

早上五点刚过，她给新画的油画结了个尾，然后去卫生间洗了把脸。都没怎么休息，陪考老师就打电话过来喊他们起床去酒店大厅集合，他们要赶早班火车去武汉考点。

郑冬至的艺术联考一直持续到三月底，这段时间，她几乎跑了整个中国，把所有能参考的考点都跑了个遍。

每天不是练习就是考试，忙得她连跟陆尔白聊天的时间都没有，只有赶去新考点的时候，坐在车上才能抽时间给陆尔白发短信询问近况。那段时间陆尔白都在上课，所以她从来没有及时收到过陆尔白的回信。

陆尔白的手机一直被他扔在宿舍里，从不带去教室。等晚自习结束，他回到宿舍才会看到郑冬至发来的信息。他一般都是严肃刻板地回她几句“好好加油”“别偷懒”之类的话，一句甜言蜜语都没有，让郑冬至很是泄气。但一想到他愿意回她总比不回来得好，郑冬至就又来了精神。

比起陆尔白的高冷，郑昼景倒腻歪得很，他不爱发短信，隔三岔五就给妹妹打个电话，唠叨一下学校里的趣事，然后问郑冬至什么时候回家，他怪想她的。

从小到大，他们兄妹俩都没怎么分开过，郑冬至突然走了一个月，郑昼景一开始觉得没什么，后来就整天失魂落魄的。在学校看到一个女生，就念叨起他家冬至来，跟他一起玩的同学都看不下去了，笑着调侃他说“不知道郑冬至是你妹妹的话，别人都以为你喜欢的是她，而不是陈昭言”。

对此，郑昼景总是回他们一个“你们没有妹妹你们不懂”的嫌弃眼神。

至于陈昭言，郑昼景被她拒绝后，没有再去找过她。不是说不喜欢了，而是自尊心上过不去。陈昭言当着他兄弟的面把话都说得那么绝了，他再觍着脸缠着人家可是会被笑的。

何况高考迫在眉睫，像陈昭言这样的好学生都在为考名牌大学参加各种各样的竞赛，哪有时间浪费在谈情说爱上？

对于陈昭言的脾气，郑昼景算是比较了解的，在这种时候，他越是死缠烂打，陈昭言只会越烦他，他还不如识相点让她静心学习。

虽然先前陈昭言对郑昼景说过她有喜欢的人了，郑昼景一开始也怀疑她喜欢的人就是陆尔白。因为陈昭言以前从不打工，怎么陆尔白去咖啡馆兼职她也去了，不过后来他也暗地里观察过这两人，离开咖啡馆后，就没见他们私下见过面。就算是开学了，在学校里，除了每周五晚上为竞赛生特别设立的尖子班特别培训课外，也不见两人有任何互动。之前他还见陈昭言去学校食堂吃饭，新学期开学后就没见她去那儿吃过了。

仔细一想，郑昼景觉得陈昭言应该是在骗他。她其实就是不想他缠着她，所以才骗他说有喜欢的人了，好让他死心。

不过他若能死心的话，早就死心了，何必等到现在。

在爱情面前，郑昼景跟郑冬至真不愧是兄妹，他们看似玩世不恭，其实对待感情比谁都认真、执着，甚至可以说是一根筋。要么不喜欢，一旦喜欢上了，那别人说什么都是没用的。

就像郑冬至觉得陈昭言不适合她哥，郑昼景也还是要喜欢陈昭言。郑昼景不待见陆尔白，可郑冬至还是喜欢上了陆尔白。

真可谓是当局者迷，旁观者清。

时间过得很快，三月转瞬即逝。

郑冬至考完最后一场坐火车回D城的那天，是苏慧来车站接的她。

下车之前，她就收到了苏慧发来的短信，说郑林厂里忙，走不开，没时间来接她了，她跟司机老李在9号出站口等她。

离家这么久，郑冬至原本以为她爸会来接，得知郑林不来，她虽有些失望，但还是在看到苏慧的那一秒，装出一副高兴的样子，甜甜地朝她叫了一声："苏阿姨。"

苏慧微笑地应了声，顺手帮她拿过了行李。

回家的路上，郑冬至向苏慧询问了一下郑林的身体情况。苏慧一五一十地告诉她，说郑林前天刚出的院，在家都没待半天，就又去了厂里。年后有新材料进厂，他们要测试新买的设备，要忙的事情很多，郑林放心不下，一直在厂里看着，都没回过家。

"我爸也真是的，再忙也得注意身体啊！厂里又不是就他一个管事的，沈叔叔他们也在，他有什么好不放心的？"郑冬至一脸不满，然后转头看向苏慧，问道，"那我爸今晚回来吗？我昨天打电话给他他都没有接，发短信他也不回，他知道我今天回来吗？我都出去这么久了，他怎么都不想我？"

"你爸怎么会不想你呢。平时他最疼你了，他这两天是真的忙，所以才没接你的电话。今晚他估计也不会回来了，不然他不会让我来接你。"苏慧安慰她道，目光却有些闪躲。

她没有告诉郑冬至，郑林没来接她并不是因为厂里忙，而是他走不了。之前他们润滑厂送去质检局重新检查的那批润滑油的检查结果出来了，说是质量不达标。郑林刚办完出院手续，还没有出医院，就被质检局的人给带走了，到现在都没回过家。

郑林的润滑厂是D市最大的润滑厂，创办已经有十年之久，以前的产品虽然都是抽检，但从来没有被查出有质量问题，商家使用后的反馈都很好，只是去年年底才有商家因为质量问题拖欠款项。

郑林向来对厂里的润滑油很有自信，所以他才会自己要求质检局重新检查，万万没想到会是这样一个结果。

厂里的材料源、生产顺序以及每种润滑油的配剂成分等生产环节都是郑林亲自把关的，这会儿突然冒出来说他们的润滑油质量不达标，别说其他人觉得匪夷所思，就连郑林自己也实在想不通是哪个环节出了问题。

这还不是最糟糕的，有一家机械租赁中心购买了郑林润滑厂的发动机润滑油，用在了三菱的发动机上，导致六台大功率发动机悉数发生了发动机主轴瓦黏连曲轴现象，向法院起诉了郑林的润滑厂，要求其赔偿损失近两千万，这无疑是一笔极为巨大的款项。

这件事，郑林连苏慧都还没告诉，就怕她会承受不住。

苏慧只知道润滑油的质量被查出有问题，郑林被带去问时让她先别告诉孩子们，免得他们担心，所以她就瞒着郑冬至。

不明真相的郑冬至听信了苏慧的话，以为郑林是真的忙所以才没法回家。她嘴上埋怨了郑林几句后，也就没再把这事放在心上。

眼下她还有其他烦心事，那就是陆尔白已经连续三天没有回过她的短信了，打他的电话也一直处于关机状态。

郑冬至不明白他到底是什么意思。

第六章
只是刚好喜欢你

· · ·

我们不顾一切地去爱，才显得格外动人。

【1】

王婶听闻郑冬至回来，买了很多菜。苏慧一到家，先帮郑冬至把行李拿到了楼上，然后就去厨房帮王婶。

郑冬至放完东西下楼，在别墅里找了一圈，别说不见陆尔白了，就连她哥的影子她也没见到。

她一脸悻悻地走去厨房，戳在门口，朝里面问道：“家里其他人呢？”

苏慧以为她是在问郑昼景，赶忙回她道：“小景去数学老师家补课了，要晚上才回来。”

“我哥竟然还补课？”郑冬至像是在听天方夜谭，惊讶地说道，“他什么时候这么上进了？”

“估计是看妹妹都这么努力，想着做哥哥的也不能落后吧。”王婶侧过头来，眯着眼调侃道。

郑冬至耸了耸肩，依旧没走，若有所思地站了一会儿，最终还是忍不住佯装随意地问了声：“尔白哥哥呢？今天是周六，他也没回来吗？”

听她问起陆尔白，苏慧愣了一下后还是微笑着回她说：“几个名牌大学的教授来咱们市图书馆做学术交流，尔白被他们老师叫去图书馆帮忙了，这周应该是不回来了。”

“这样啊。”郑冬至了然地“哦”了一声，得到了她想知道的答案后，总算舍得离开厨房，上楼回到了自己的房间。

坐在床上把玩着手机，郑冬至犹豫再三，还是给陆尔白打了个电话。如她所想的那样，他的手机依旧是关机状态。

她有些恼火地将手机往床头一砸，拿起枕头边新买的言情小说拆开来看了没几页，最终还是静不下心来，拿着手机出了房间。

王婶正好端着菜从厨房出来，见郑冬至又下楼来，赶紧叫住她说："冬至，你打个电话给你哥，问他什么时候回来，我们要吃饭了。"

说完，王婶的目光触及郑冬至身上背着的包，她感到奇怪，又问了一声："冬至，这个点你要去哪儿？"

郑冬至此刻心烦意乱的，满脑子都是陆尔白突然失联的事，根本没有心情理会其他。她面色凝重地朝王婶挥了挥手，道了声："你们先吃，我出去一会儿。"

说完，不等王婶她们阻拦，就跑出了别墅。

D市图书馆内，学术交流会已经结束，各所大学的教授们正汇聚在会议室外的走廊里闲聊，几个市教育部的官员负责接待他们。市一中的校长跟老师也都在，千方百计想跟教授们多说几句话，只留下一批学生在打扫会议厅。

将厅内的垃圾全部清扫完后，其他人忙着收拾桌椅，陆尔白拎着垃圾筐下楼去倒垃圾，回来的时候，他在楼梯口碰到了早已等候在那儿的陈昭言。

"陆尔白。"陈昭言唤了他一声，然后朝他走近。

陆尔白习惯性地皱了一下眉头，表情困惑地问了一声："有事？"

陈昭言被他问得有些尴尬，但她还是硬着头皮走到他的面前，黑亮的双眸紧紧地盯着他，鼓足勇气道："我想跟你谈谈。"

"大家还在等我。"陆尔白淡淡地说道，显然并不想与她交谈。

见他抬腿要走，陈昭言赶紧叫住了他，急忙道："是关于郑冬至的事。”

陆尔白的脚步停了下来，他转过头去，沉默地望着陈昭言。

“那天在南京，你后来是去见郑冬至了吧。”陈昭言凑到陆尔白面前，直截了当地说道。

陆尔白没有回答，只是将手中的垃圾筐放在地上，一手插进了裤兜里。

“我知道我跟你说这些话可能不大合适，但是陆尔白，作为同学，我还是有必要提醒你一句，你不要相信郑冬至的话，她是在戏弄你。我打小就认识冬至，郑叔叔跟郑昼景一直很宠她，所以她从小就很自私任性，做什么事从来都不顾及别人的想法，只看她的心情。她不怕伤害任何人，因为除了她哥跟她爸以外，她从不在意别人。你也知道的，她跟郑昼景兄妹之间的感情特别深，她可以为了昼景做任何事。”

“所以，这些跟我有什么关系？”陆尔白突然打断了陈昭言的话。

陈昭言惊愕地望着他，紧张地抿了抿嘴唇，最终还是鼓足勇气继续道：“因为我喜欢你，从我第一次见到你时，我就关注你了。我知道你喜欢西城男孩，我知道你喜欢去学校外面的那个旧书店看书，我知道你喜欢喝茶，而且只喝竹叶青。你的很多方面都跟我很像，所以我很早就喜欢你了。可你是知道的，昼景他从小就喜欢我。冬至知道我喜欢你的事，不想她哥伤心，就故意接近你，然后逼着我远离你。我并不是怕冬至会对我怎样才不敢继续靠近你，我是因为知道你不喜欢我，所以不想把自己搞得太狼狈，不过这并不代表我能任由自己看着冬至欺骗你。我不清楚你对冬至是怎样的心思，但有个东西我一定要给你看，郑冬至她亲过你是不是？”

陆尔白的眼睛突然亮了一下，眯着眼睛看向陈昭言。

看出他眼里的迷惑，陈昭言从口袋里掏出手机，把郑冬至发到她邮箱里的那张亲吻照拿给陆尔白看。

“这是冬至发给我的，为了逼我远离你。她如果真的喜欢你，怎么会故意让人拍这种照片？显然，她是在利用你来气我。陆尔白，你离冬至远一点吧，她会害死你的。”陈昭言激动地说道。

陆尔白沉默地看着陈昭言手机上的照片，那照片上的场景还历历在目，他还记得夜色有点昏暗，风有点凉，天气很是阴冷，郑冬至的嘴唇却很柔软。

她仰着头看他，眼里似有星光在闪烁。

“甜吗？”她调皮地问。

他没有回答，因为他知道，这是个甜蜜的陷阱，这是个谎言。

而今他更加确信了自己的猜想，郑冬至果然是在玩他。

虽然早有心理准备，陆尔白还是觉得胸口闷得很。

他长长地呼出一口气，插在裤袋里的右手用力地攥紧，再松开，抬眼，目光清明地看向陈昭言，淡淡地说了句：“知道了。”

然后就没有然后了。

陆尔白重新拎着垃圾筐上楼，留下陈昭言一脸震惊地站在原地，望着他孤冷的背影说不出话来。

他就一句“知道了”，不恼也不怒，就这样走了。

对于陆尔白的反应，陈昭言一时间感到无法理解，但很快她就释然了。

他的反应越冷淡，才越像陆尔白。

他不生气、不发火，说明他也没有把郑冬至放在心上。

想到这里，陈昭言就心理平衡了，陆尔白不喜欢她陈昭言，也没有喜欢上其他人啊！

最起码，她陈昭言没有输给任何人。

不过陈昭言误会了，陆尔白不是不生气，他只是不知道该怎么表达自己的生气，而且生气有用吗？他从一开始就知道郑冬至接近自己是为了郑昼景，可是愿不愿意被吸引是他的事。如果他不是故意放水，郑冬至能接近到他吗？

只是他知道归知道，跟被人拆穿是两码子事。

陆尔白回到会议厅的时候，其他同学也都整理完毕了。

“陆尔白，你怎么去了这么久？”刘成朝他走了过来，惊奇地问道。

“垃圾场有点远。”陆尔白撒谎道，然后将垃圾筐放好，跟着刘成一道出了会议厅。

教育部的人带着老师跟教授们去酒店吃饭了，剩下也没其他事了，陆尔白他们可以回家了。

背着书包离开图书馆的时候，刘成突然想到了什么，朝陆尔白伸出手来：“上次你说手机坏了，我哥这周回来了，你把手机给我，我让他给你修。”

陆尔白的脚步停顿了一下，他道了声：“不用了。”

刘成奇怪地看他一眼，恍然道：“哦，你肯定买新的了。也对，你怎么说也是郑林的继子，郑林有钱，早该给你换新手机了。”

陆尔白没有点头也没有摇头，刘成就当他默认了。

说话间，两人不知不觉走出了图书馆。

刘成要去赶公交车，跟陆尔白挥手告别。

陆尔白目送他离开后，去附近的停车场取他的自行车。刚推着车从门口出来，余光突然瞥到一道身影，他还没来得及躲闪，肩上就被人用力地拍了一下，耳边随即响起郑冬至清脆的声音。

“陆尔白！”

【2】

陆尔白回头，愣怔地望着突然蹦出来的郑冬至。

三月底的D城，冷空气还未完全散去，夜晚的霜露依旧让人觉得寒冷。

郑冬至只穿着一件白色小熊衬衫，外面套着一件黑色小皮衣，下身是水蓝色的牛仔裤，裤脚被故意卷了起来，露出白皙纤细的脚踝，脚上是耐克板鞋，完全一副春天的打扮。

一见到陆尔白，郑冬至吸了一下冻得发红的鼻子，疾步朝他冲了过去，伸手就在他的胸口捶了一拳，半委屈半恼怒地质问道：“你怎么现在才出来！等得我快冷死了！”

陆尔白安静地看着她，没有出声。他该生气的，可是面对郑冬至本人，他都不知道该怎么生气。

骂她还是打她？都不能。

他只能无奈地在心底叹了口气，弯下腰把她挽起的裤脚给放下来，遮住了那裸露的皮肤。

郑冬至见状，急得在他的头顶咋呼：“这裤脚放下去就不好看了，你别给我弄下来啊！”

陆尔白抬眼瞪她，声音微冷地道：“你要好看的话就不要喊冷。”

郑冬至立刻噤声，等陆尔白站起身来，她才偷偷地看了一下他的脸色，幽幽地问道：“你为什么不接我的电话，也不回我短信了？”

陆尔白本来不想回答的，但望着郑冬至那可怜兮兮的眼神，他的心又软了下来，实话实说道：“手机坏了。”

“那我给你买部新的。”郑冬至一把挽住他的手臂，殷勤地说道。

陆尔白侧头冷冷地瞥她一眼，正要拒绝，就听到身后有人喊他。

“陆尔白！”

是陈昭言。

她还没有走，推着车从停车场出来，正好看到郑冬至在纠缠陆尔白，便担心地走了过来。

没想到陈昭言也在这里，郑冬至感到有些意外，很快，她就摆起脸色来，护在陆尔白身前，不让陈昭言靠近他。

“冬至，你怎么会在这里？你艺考考完了？”陈昭言假装什么事都没发生过似的，微笑着问郑冬至。

郑冬至觉得她这是在明知故问，当即白了陈昭言一眼，紧紧地拉住陆尔白的手，宣誓主权般道：“我的尔白哥哥在这儿，我当然是来接他一起回家吃饭的啦。倒是你，会议都开完了，你怎么现在才走？你也不怕你这么晚不回家，你妈在家等着急了？”

陈昭言瞥了一眼陆尔白被郑冬至拽着的手，眼神生冷，嘲讽道：“你知道陆尔白是你哥哥就好，冬至，希望你好自为之。”

郑冬至被她说得一脸莫名其妙，松开了陆尔白的手，几步上前，拽过陈昭言瘦弱的肩膀，板着脸质问道：“你什么意思？你给我把话说清楚点！”

陈昭言毫无惧色地正视郑冬至，冷静地反问道：“你心里不清楚吗？”

说完，她看向默立在一旁的陆尔白，问道："陆尔白，你要不要跟我一起走？我家跟学校正好顺路。"

陆尔白没说话，推着车就要走。

郑冬至回头看了一眼陆尔白，又转头看向冷笑的陈昭言，瞬间有些明白是怎么一回事了。

她脸上的表情立刻变得凶狠起来，眯着眼，眼神阴冷地盯着陈昭言，逼问道："你是不是告诉他了？"

陈昭言不答。

郑冬至轻笑了一声，把头凑到陈昭言的耳边，低声道："我是不是说过，让你不要再招惹陆尔白！"

"冬至，你不要再这么蛮不讲理了！"陈昭言气愤地看向郑冬至，没等她继续说下去，郑冬至扬手就扇了她一记耳光。

清脆的巴掌声响起，陈昭言捂着被打的左脸，一脸震惊地望着盛怒的郑冬至，眼眶顿时泛红。

"郑冬至你！"陈昭言气急，不敢相信郑冬至真的会打自己。就算看在徐帆的分上，郑冬至都不该动她。小的时候，郑冬至没妈照顾，一直是徐帆带着她跟郑昼景。她也算是徐帆的半个女儿，怎么可以忘恩负义到这种地步。

望着一脸肃杀的郑冬至，陈昭言惊恐得说不出话来。

郑冬至正在气头上，挥手就要扇陈昭言第二个耳光，举在半空中的手突然被人一把拽住，她惊诧地回头，就看到了陆尔白。

"够了，郑冬至！"陆尔白黑着张脸将郑冬至从陈昭言面前拽开，呵斥道，"向陈昭言道歉！"

他的力气很大，郑冬至的手腕被抓得有点疼，但她还是倔强地抬头看向陆尔白，不知悔改地大声道："我为什么要道歉！我已经警告过她了！是她先不遵守游戏规则的！"

陆尔白气得要伸手打她，但还是忍住了。

"你是流氓还是混混？！你凭什么警告人家？！游戏？！你是把什么当游戏？！是把我的人生，还是你自己的人生当游戏？！"他咬着牙，表情森冷地对郑冬至训斥道。

郑冬至被他骂得眼眶红了起来，她不是这个意思，她只是气不过陈昭言表面看起来装清高，背后却给她捅刀子。

是，她打人是不对，那陈昭言就全对了吗？

什么手机坏了不回她的信息，都是借口吧！是因为陈昭言跟他说了什么，所以他才故意不理她的吧！他觉得自己玩弄了他，但他有没有想过陈昭言说的并不是全部。对，她承认，她一开始接近他确实是别有用心，可是她后来的喜欢是真的呀！

他为什么不来问问她，就直接不与她联系！

郑冬至越想越愤怒，陆尔白握着她的手腕的力气很大，她感觉骨头都要碎了。但看到一脸可怜兮兮躲在陆尔白身后的陈昭言，她又气得不知道该怎么办才好。

要是这里只有陆尔白跟她，她也愿意放下脸面跟陆尔白认错，但就是因为陈昭言也在这儿，她不愿意让陈昭言看笑话，于是死要面子活受罪地反击陆尔白道："是不是游戏你自己没感觉吗？你要觉得我在戏弄你的话，那你亲我干什么？"

没料到她会直接当着陈昭言的面说这些，陆尔白的脸瞬间有些发红，他又羞又恼地望着郑冬至，哑然。

是的，错的是他，明知不可当真的事还是当了真，明知不该动心还是放任自己沉沦。

一旁的陈昭言并不清楚陆尔白与郑冬至进展到哪一步了，听到陆尔白主动亲吻了郑冬至时，给她的打击是无法用语言来形容的。

她起初还以为陆尔白对郑冬至不上心，可是若不上心的话，以陆尔白的性子，怎么会主动接近郑冬至呢？

他怎么能和郑冬至表白呢！

郑冬至年少不懂事，他难道不懂吗？

他们是怎样尴尬的家庭关系，他喜欢她，得需要多大的勇气，下多大的决心啊。

若非他真的喜欢她，他怎么可能做出这样的行为？

不，陈昭言不愿相信这是真的。

为什么郑冬至这样的人会有人喜欢？！

为什么这么优秀的陆尔白会喜欢上这么自私的郑冬至？！

不，这是骗人的，这是假的，一定是冬至在撒谎，一定是她勾引陆尔白，给他下了什么迷魂汤。

想到这儿，陈昭言突然正义感爆棚，仿佛郑冬至是那恶毒的巫婆，而她自己是正义女神，她必须将邪恶的郑冬至从陆尔白的身边驱逐出去，她不能让郑冬至毁了陆尔白。

她不允许。

所以，她勇敢地站了出来，主动走到陆尔白身前，直视着郑冬至，以一个姐姐的身份，以一个智者的身份来批判郑冬至："冬至，你已经不是小孩子了，做什么事都要有分寸。我知道你是为了你哥，但感情的事不能勉强。你不能因为不想我跟陆尔白在一起，就故意去接近他。你明知道他在你家尴尬的处境，还拿来威胁过我，但事情到了你身上，你怎么没有为他想一下，这事要是被你爸他们知道，他们会怎么对待他……”

“你闭嘴！你算哪根葱，我喜欢谁关你什么事？你怎么确定我就不是真心的！”没等陈昭言说完，郑冬至怒气冲冲地对她说道。

“好，你说你是真心喜欢陆尔白的，那你敢立刻去告诉你哥和你爸，说你喜欢陆尔白吗？你敢把你对他所做的事全说给你家里人听吗？你敢的话，我就信你！你若不敢，那你就是在撒谎。”陈昭言咄咄逼人地说道。

郑冬至被她逼得一时无话可说。

她喜欢陆尔白是真的，但她的确还没有做好准备要告诉家里人这件事。她虽任性，可不是没脑子，她知道这事一旦爆出来，别说她哥第一个会跳出来闹，她爸以及苏慧都不会同意她跟陆尔白在一起的。

陆尔白将郑冬至的犹豫与纠结一一看在眼里，她手足无措的样子让他看得有些心疼。最后，他无奈地叹了口气，将两人分开：“这件事到此为止，你们回家吧。”

“陆尔白，你不能由着冬至她……”陈昭言还想说下去，陆尔白却打断了她。

“这不关你的事。”

一句话让陈昭言瞬间寒了心，她突然觉得自己很可笑，她这是在干什么？自取其辱吗？

理智告诉她，她该走了，继续待下去，她就不再是那骄傲的陈昭言。可是情感上，她又放不下陆尔白，心里很难受，可双脚就像被定住了似的，迈不开步子。

就连陈昭言都听得出来他对郑冬至的维护，郑冬至却听不出来。

郑冬至脑子里一团糟，耳边有嗡嗡声起，传出去的声音都不像是她自己的。

陆尔白把话都说到这个份上了，可她还是红着眼再度逼问陆尔白："你为什么要亲我？还跟我表白！你是在玩我吗？还是在报复我？"

这几句话要比郑冬至之前所有的所作所为都让陆尔白生气，这真的彻底激怒了陆尔白。他顿时气不打一处来，面无表情地看着开始无理取闹的郑冬至，颓然地道："你非要这么想也可以。"

旁人都听得出来陆尔白的言不由衷，只有郑冬至听不懂，她的眼泪瞬间掉落下来，但又不想被陈昭言嘲笑。她连忙伸手慌乱地擦了把脸，一把推开了挡在她跟陈昭言之间的陆尔白，蛮横地踹了一脚陈昭言停在一旁的自行车，头也不回地跑了。

陆尔白僵立在原地，双手攥紧成拳，望着郑冬至离去的身影，略显无力地闭上了眼睛。

【3】

陈昭言来不及躲闪，被郑冬至踹倒的自行车直接倒在了她的身上，她吃痛地叫了一声。车筐上面的钢丝在她光滑的手背上刮了一道五六厘米长的口子，血汩汩地往外流。

陆尔白听到叫声转过头去，看到陈昭言手背上的鲜血，连忙朝她走过去，伸手帮她按住还在流血的伤口道："去医院包扎一下吧。"

"只是皮外伤而已，买点红药水涂一下就可以了。"陈昭言还在因陆尔白帮郑冬至的事而耿耿于怀，虽然内心很委屈，但她还是坚守着自己的自尊心，拒绝了陆尔白的好意。

陆尔白也没有勉强，将自己的车停在图书馆门口，然后推着陈昭言的车，陪她去附近的药店买了治伤的药。

帮陈昭言清理完伤口后，陆尔白又骑着车送陈昭言回家。

这一次，陈昭言没有拒绝。

陆尔白这么做的原因并不是他对陈昭言有多少好感，而是陈昭言是因郑冬至才受伤的，于情于理，他都该给郑冬至收拾这个烂摊子。

陈昭言终于如愿以偿地再一次坐在了陆尔白的车后座上，心情却是五味杂陈。

一路上，她一直克制着自己不要再自取其辱地去过问陆尔白与郑冬至的事，可最终她还是忍不住问陆尔白："你是不是真的喜欢郑冬至？"

陆尔白正在专心骑车，听到她突然问这些，迟疑了一下。

陈昭言已经隐隐猜到了答案，当她希望陆尔白不要回答时，陆尔白却诚实地"嗯"了一声，没有否认。

陈昭言一颗心瞬间沉到了谷底，她实在无法理解陆尔白为什么会喜欢上郑冬至。郑冬至到底哪里比自己好？为什么郑冬至的性格明明那么讨人厌，可还是有很多男孩喜欢她，难道就是因为她长得漂亮吗？

她很想向陆尔白问个清楚好死个明白，可人家已经把态度放得这么明显了，她再不知进退下去，就显得她太小家子气了。

她陈昭言素来自视甚高，何时这么卑微过？所以最后她也只是避重就轻地多问了一句："那你打算怎么处理对冬至的感情？这事如果被郑叔叔他们知道了，一定会反对你们在一起的吧。以昼景的性子，你跟你妈妈在郑家的日子都不可能好过下去了。"

她说的都是实情，陆尔白心中早就有了考量。他本打算等高考结束后再好好审视他与郑冬至的关系的，该向大人说明白的就去说，该请求他们理解的就去求。其实他不怕被刁难，也不怕在郑家日子不好过，只要郑林不迁怒于苏慧，他只身离开郑家也无所谓。可是这一切，都得看郑冬至的态度。

任何一段感情都不是一个人的事，如果郑冬至的心不够坚定，就算他为了她与全世界战斗，她最终也会抛下他离去。

他对这段感情设想过无数的阻碍，也想出了相应的应付对策，却从来没有想过那个最基本的问题——如果，如果郑冬至并没有那么喜欢他，那该怎么办？如果她的爱不够深，又该怎么办呢？

而他呢？

他到底有多喜欢她，是否已是深爱？

答案只有时间才知道。

因为还没有继续往下走，所以这会儿他没法回答陈昭言。也许今晚一过，郑冬至可能再也不会理他了，那样的话，陈昭言的担心也就是多余的了。

思索再三，陆尔白的车已经骑到了陈昭言家公寓楼下。

陈昭言从车上跳下来，手捂着被纱布包扎好的伤口，站在陆尔白的身旁。

陆尔白帮她把车停在了车库，然后抬起双眸正对着她，表情诚恳而又真挚地请求道："我跟她的事，你能不能先帮我保密一下？"

不是"我们"只是"我"，陆尔白在以他个人的名义请求陈昭言。

这对陈昭言来说，是多么过分的请求啊！

他明知道她喜欢他，却请求她为他喜欢上别人而保密。

陈昭言当场委屈得要流泪，但她还是强忍着眼泪，一脸倔强地对陆尔白说道："你知道吗？这种时候我特别讨厌自己跟你相像，不管什么时候都太冷静理智，因为这会让我忍不住去理解你，再答应帮你。不过陆尔白，我可以暂时不跟任何人说这件事，但也请你明白，我并不是个爱没事找事的人，我之所以放下我的骄傲与自尊心来提醒你当心冬至，那是因为我是真的很喜欢你。"

陈昭言说完这段话的时候，眼眶已经通红。

陆尔白愧疚地对她鞠了个躬，神情淡漠地说了一声："对不起。"

三个字，这是他所能给陈昭言的唯一回答。

一直忍着眼泪的陈昭言最终还是哭了，她站在楼道口，望着陆尔白渐渐远去的身影，眼泪慢慢模糊了她的视线。

这是她第一次喜欢上一个男孩，也是第一次因为他而流泪。

青春里，多的是求而不得的爱情，有时候正是因为有了缺憾才让人觉得更加刻骨铭心。

从景盛花园离开之后，陆尔白又回到图书馆取了自己的车，然后骑车回了学校，并没有回紫园。

整个宿舍楼里就只有他一个人，其他人都放假回家了。他独自回到宿舍，拿白天热水瓶里打好的热水泡了碗泡面当晚饭。

那水不够热，面条都泡不软，但他还是将就吃着，脸上看不出多少悲喜。手边的茶壶里放着新泡的竹叶青，黄绿色的茶叶沉在壶底，像休眠的海草。

面才吃了一半，陆尔白突然听到有人敲门。这种时候除了楼下的宿管阿姨，就没人会来找他了。

陆尔白放下手中的泡面碗去开门，来人果然是宿管阿姨。阿姨告诉他，他妈打电话找他。

陆尔白的手机坏了，谁也打不进来，他还没来得及跟苏慧说这件事。苏慧联系不到他，就只好打了他们宿管处的电话。

宿管阿姨是认得陆尔白的，也大致从其他同学嘴里知晓些陆尔白家里的情况，她是打心眼里心疼这个孩子，所以找到陆尔白后，她直接把自己的手机借给了他。

陆尔白感激地接过手机，背过身去打电话。宿管阿姨见状，识相地找借口说自己楼下还有事，一会儿再过来拿手机，然后就先走了。

陆尔白熟练地按了苏慧的手机号拨打了出去，电话很快就被接通，里头传来苏慧焦急的声音。

“你去哪儿了，手机怎么打不通？你在干什么呀？”苏慧劈头盖脸地质问道。

“手机坏了。”陆尔白心平气和地回答道。

苏慧闻言，语气才变得缓和了些，嗔怪儿子道：“手机坏了那这周你怎么不回来？你拿同学的手机打电话给我说要跟老师去图书馆帮忙的时候怎么不说手机坏了？尔白，你要妈妈跟你说多少遍你才明白，我跟你郑叔叔现在是一家人了，这里再怎么说也是你的家。昼景跟冬至对咱们的态度也不像以前那样了，你回来住没什么大不了的。你为什么就是不能像其他孩子那样，活得糊涂点呢？你郑叔叔厂里现在出了事，妈一个女人家帮不了他什么，心里很乱，也找不到说话的人，这时候你要是住在家里的话，妈心里就会好过多了。”

“知道了，妈。”听苏慧越说越激动，陆尔白赶紧出声附和道。

“知道了，知道了，你要真知道的话，就多回来看看妈。妈也懂你，要实在不想搬回来也没关系，但你要好好照顾自己。该吃的吃，该买的买，别舍不得花钱。明天我去店里给你买部新手机，反正是周日，你也不用上课，就回来一趟拿手机。”

“嗯。”陆尔白无奈地应了声，然后问，“妈，你找我还有其他事吗？”

“哦，你不说我差点忘了，我就想问问你，冬至她有没有来找过你？吃饭前，她说出门有事，直到现在都没回来。打她的手机也不接，不知道这孩子怎么了。王婶已经让小景去找她了，也没个回信过来，我就是有点担心，随便问问你。你叔叔这两天没法回家，嘱咐我照看着点家里，这两个孩子要是出了什么事，我都不知道怎么办了。”

“应该……不会有什么事的，你放心吧。”陆尔白虽嘴上安慰着苏慧，但心也不由得跟着提了起来。

想起郑冬至消失前的样子，他眉头蹙起，脸上的表情有些慌了。

苏慧看不到他，也没指望陆尔白能给她一点郑冬至的消息，毕竟连她哥都找不到她，陆尔白又怎么可能知道她在哪里。所以又简短地叮嘱了儿子几句后，苏慧就挂了电话。

陆尔白下了楼，将手机还给宿管阿姨后又回到了自己的寝室。

被放在一旁的半碗泡面已经胀了，没法吃了。

陆尔白也不觉得饿，在床上呆坐了一会儿，最后还是忍不住站起身，拿着外套出了门。

【4】

郑冬至从市图书馆离开后，在马路边随手拦了一辆出租车，拉开车门坐了进去。

一上车，她也不说要去哪里，就扔给司机一百块钱，让他先在市中心兜圈子。

兜了好几圈后，郑冬至的心情还是很糟糕，只要一想到陈昭言跟陆尔白还待在一块儿，她就抑制不住体内的怒火。最后，她实在受不了，给一直暗恋她的沈楷峰打了个电话。

郑冬至对沈楷峰素来避之不及，她会主动打给他，只会因为一件事，那就是找他帮一个连郑昼景都无法帮她的忙。

郑冬至打电话的时候，沈楷峰正跟朋友们在市区新开的一家量贩式 KTV（歌唱厅）里唱歌，听到手机响，他看到屏幕上的“郑冬至”三个字时，当即激动得从沙发上跳了起来，拿着手机到走廊里接电话，一开口就向郑冬至表达自己有多惊喜。

郑冬至完全没心情听他讲他有多高兴，直接在电话里把用意给挑明了，让沈楷峰请几个人去找陈昭言的麻烦。

陈昭言的名字对沈楷峰来说并不陌生，他是沈谦的独生子，因为父辈的关系，他自幼就认识郑氏兄妹，跟郑昼景又是好哥们儿，所以不仅知道有陈昭言这个人，更知道这陈昭言还是郑昼景喜欢了多年的姑娘。因而在听到郑冬至说要去找她的麻烦时，他吓了一大跳，赶紧劝阻郑冬至道：“冬至啊，你可别跟我开玩笑啊！我知道你一直不喜欢陈昭言，但你也用不着请人去找她的麻烦吧。而且认识你哥的谁不知道这陈昭言是你未来的嫂子，谁敢找她的麻烦啊！这事要被昼景知道了，指不定发多大的火呢！”

“你唠唠叨叨个不停干什么？谁说她是我未来嫂子的？谁给判定的！经过我的同意了吗？这事要能被我哥知道的话，我有必要来找你吗？”

“冬至，你先别生气，我不是这个意思。你跟她是不是吵架了？女孩吵架很正常的，你若是真不喜欢她，别理她不就行了。反正我听我爸说你都艺考完了，学校也没必要再去了，你见不着她，她也恶心不到你，咱们也就没必要找人去打她吧。”沈楷峰小心翼翼地帮郑冬至顺毛道。

郑冬至这会儿一肚子的火，哪里听得进这些话，大小姐脾气一上来，冲着沈楷峰发火道：“谁让你去打她了？我是让你去吓她一下，让她以后离我哥和我家的其他人都远点就行了，反正她也不喜欢我哥。好了，你就别再跟我废话了，我就问你一句话，这忙你帮不帮？”

“我帮你是可以，但是冬至，我能不能提个小小的条件。”

“什么？”

“今天我生日，我朋友他们都在帮我庆生，我们在‘棒棒糖’唱歌，你能不能过来一起玩一下，也算是陪我过生日了。”沈楷峰低声下气地请求道。

有事求人，当然不能不低头。

郑冬至就算是再不想见沈楷峰，这个条件她都得答应。

何况沈楷峰对她确实挺好的，她每年过生日，能不邀请就不邀请他，他也没生过她的气，照样每年都给她买很贵的生日礼物，托郑昼景带给她。而她别说从没给他买过礼物了，就连他什么时候生日她也不知道。

毕竟男孩不像女孩，每年生日都像是过新年，恨不得昭告天下，越热闹越好。像沈楷峰跟郑昼景他们就很少过生日，一般都是想起就过一下，忘了也就算了。

“我去可以，但这么晚了，我可没工夫给你去买礼物。”郑冬至傲娇地说道。

沈楷峰高兴得连连说“好”：“你能来对我来说就已经是最好的生日礼物了。”

明明是很肉麻的小情话，郑冬至却听得起了一身的鸡皮疙瘩。

果然甜言蜜语这种东西，还是得喜欢的人来说才显得动听。

郑昼景刚从补课老师家出来，还没到家就接到了王婶的电话，说郑冬至出门很久了都没有回家，手机也打不通，让他去找人。

他通知了手下所有的兄弟，把郑冬至可能去的地方都找了个遍，才发现这跟在大海里捞针没什么不同。

其他女生放假了还会去朋友的家玩，但郑冬至班上的同学都不喜欢她，她也没一个可以谈心的朋友。郑冬至日常的娱乐活动除了郑昼景带她出去玩，就是在她的公主床上看那些无脑的言情小说。

郑昼景问遍了所有可能知道郑冬至下落的人，唯独漏了陈昭言跟沈楷峰。因为他知道郑冬至有多不喜欢这两人，她就算无聊到一个人去商场逛街，也是不会去找他们的。至于陆尔白，郑昼景根本就没他的联系电话，也没打算问他。

若不是有人正好看到郑冬至跟几个男生在“棒棒糖”玩，告诉了郑昼景，郑昼景就算是找到天亮也想不到郑冬至会跟沈楷峰在一起。

接到消息后，郑昼景跟朋友们火急火燎地离开环球大厦去 KTV 找人。经过中央公园的时候，他们正好看到上次欺负冬至的陈恺跟他的小弟在操场上打篮球。

郑昼景让司机直接靠边停车，然后给王婶打了个电话，让她派老李去 KTV 接郑冬至，自己则带着一帮兄弟穿过马路，去操场那边找陈恺的麻烦。

陈恺打篮球打得正欢，耳边全是围观的女生刺耳的尖叫声。他骄傲得完全摸不着东南西北，根本没有注意到危险的来临。等他发现时，郑昼景已经带着人将他们给围了起来。

陈恺内心大叫一声“不好”，丢下篮球就要跑，郑昼景伸手一把拽住他的后衣领，将他拽到自己面前，二话不说抡起拳头就打。

其他人都不用等命令，也纷纷动起手来，篮球场上顿时乱成一团。

陆尔白骑着车从学校里出来，沿着大街小巷找了一圈，都没有见到郑冬至的影子。

这样漫无目的地找下去也不是个办法，最终，他决定先回紫园看看，说不定郑冬至已经回家了。

陆尔白到紫园的时候，王婶刚跟郑昼景通完电话，在跟苏慧商量谁去 KTV 接郑冬至。老李的女儿生病住院了，这两天晚上他都在医院照顾女儿，所以王婶她们不想麻烦他。

看到陆尔白进门，苏慧很是惊讶，但很快就迎了上来，询问儿子：“你怎么回来了？吃饭了没有？”

陆尔白点了点头，假装随意地撒谎道：“宿舍突然停电了。”

“哦。”苏慧了然地应了声，回头跟王婶继续商量郑冬至的事。

王婶年纪大，又没怎么去过 KTV 这种地方，跟她说了她也不一定找得到地方，因而苏慧让她留在家里，自己去接郑冬至。

王婶看陆尔白回来了，苏慧又刚出月子不久，晚上寒露重，就让苏慧留下来陪儿子，她去接。反正是打车去，就算她不认得地方，那开车的师傅总归是认得的。

两人你推我搡之际，在一旁的陆尔白突然开口，沉声问道：“是要去接郑冬至吗？她在哪里？”

苏慧跟王婶都停下来，看向陆尔白，然后相视一笑，最后决定让陆尔白去接。王婶刚说完 KTV 的名字，陆尔白就匆匆出了门，骑着车离开了紫园。

苏慧追出门，忍不住担忧地叮嘱道：“尔白你慢点，路上注意安全！”

回答她的只有陆尔白渐渐没入黑夜中的背影。

【5】

郑冬至坐在包间最中间的位子，右手边坐着大寿星沈楷峰，左手边坐的是一个脸上长着小雀斑的女孩。身前的大理石茶几上放着十几个空啤酒瓶，一群人在她眼前晃来晃去。

有人嚷嚷着：“郑冬至再喝，你迟到了就得再喝。”

郑冬至耷拉着头，难受地闭着眼，摆摆手，哭丧着脸，大声说：“我不要喝了，啤酒一点都不好喝，我要吐了。”

“那不行，郑冬至你必须得喝，咱们楷峰生日，你从来都不来，他那么喜欢你，你不喝就是不给我们这些人面子！”有人醉醺醺地叫板道。

郑冬至的胃里难受极了，她烦躁地推开那些在她眼前乱晃的手，一边说“不要”，一边摇晃着身子要出 KTV 的门。

那些人不依不饶地挡在了门口，不让她出去。

她有些生气了，黑着脸，伸手要打人。

沈楷峰及时站了起来，拉住躁动的她，连哄带笑地对朋友道：“我替她喝！我喝成吗？你们别闹她了！”

“哟，沈楷峰这就是你的不对了，咱们忙着给你敲边鼓，你怎么自己给自己下套了？她这还没成你的人呢，你就这么急着跑出来护短。”有人一脸奸笑地嘲讽沈楷峰。

沈楷峰乐呵呵地笑着，一手抱着郑冬至，一手接过啤酒瓶帮她挡酒。郑冬至被沈楷峰圈在怀里，鼻子里都是他身上那浓郁的香水味。她闻得胃里更加恶心了，当即一把推开沈楷峰，撞开了挡在门口的那群人，捂着嘴跑出了包间。

之前坐在郑冬至旁边的雀斑女孩见状，连忙跟了出来，追上在走廊里乱撞的郑冬至，一脸担忧地问：“郑冬至，你还好吗？”

郑冬至难受地扶着墙壁，眼神迷惘地看着来人。她隐约觉得眼前这个女生有点眼熟，但就是叫不出名字来。

对方倒是看出了她眼底的疑惑，自我介绍道：“我是张冉，跟你哥哥是一个班的，我跟沈楷峰是表兄妹。你是不是胃里不舒服，想去洗手间，又找不到路，我带你去好吗？”

郑冬至定定地看了她一会儿，点了点头。

张冉扶着郑冬至去了洗手间，郑冬至在里面吐，她在走廊里等着。

没多久，沈楷峰找了过来，看到等在外头的张冉，小声地问道：“冬至呢？她还好吗？”

“吐得挺厉害的，你那些朋友真过分，明知道她不会喝酒，还一个劲儿地灌她喝。你也真是的，都不拦着他们。现在她醉成这样，一会儿可怎么回家啊！”张冉有点生气地指责沈楷峰道。

沈楷峰不以为意地笑笑：“我想拦也拦不住啊，你又不是第一次认识他们，他们只是爱开玩笑，也不会真把冬至怎么样的。何况有我在呢，她喝醉了，我可以送她回家啊！”

“你倒想得美！郑昼景要是知道你带他妹妹喝酒，指不定要发多大的火呢！好啦，你先在这儿等一会儿，我去附近的便利店看看有没有醒酒药卖，给她吃点，说不定她会感觉好点。”

“要不我去买吧？”

“还是别了，你也喝了酒，我看你站都站不稳了。”张冉在沈楷峰的背上用力地拍了一把，然后笑着走了。

她说得没错，沈楷峰的确有点虚。他也不会喝酒，一喝酒就脸红，刚半杯啤酒下肚，他就觉得全身都在发热。论酒量的话，说不定还不如郑冬至呢。毕竟郑冬至一开始喝两瓶就跟喝白开水似的，一股脑喝下去面不改色。

张冉一走，沈楷峰就站不住脚地摔坐在洗手间外面的走廊里，背靠着冰凉的大理石墙壁，身上却还是觉得热，也不知道是酒劲上来了还是怎么的。

郑冬至在洗脸盆那儿吐了很久，把胃里的东西都吐光了，才感觉好受点。她对着墙上的镜子洗了把脸，又漱了一下口，整理了一下仪表后出了洗手间。

虽然脑子清醒了许多，但身体里的酒劲还没有完全散去，她这会儿走路还是歪歪扭扭的。

看到一屁股瘫坐在地上的沈楷峰，郑冬至就气不打一处来，想都没想就抬脚踹了他一下，大着舌头咒骂道：“沈楷峰你个王八蛋，我好心过来给你过生日，你竟然给我下套，让你朋友灌我的酒！你是不是活得不耐烦了！”

沈楷峰被她踹了，非但不觉得疼，还呵呵笑着从地上爬起来，一边伸手要抓郑冬至，一边委屈地嚷嚷道：“冬至，我哪儿敢啊，我就算给其他人下套，也不敢给你下啊！”

郑冬至本能地避开他的手，摇摇晃晃地往前走，嘴里气呼呼地道：“我要回家了。”

她的双腿还有些发软，走不快，没走几步就被沈楷峰给追上了。

沈楷峰从后面一把抱住郑冬至，滚烫的脸贴在她白嫩的脖颈上，像有把火在他的身体里燃烧似的，他全身都烫得厉害。

双手一触碰到郑冬至的脸，就像碰到了冰凉的水，他再也舍不得放开，张嘴就要往她脸上贴，嘴里难受地叫着：“冬至，你别动，别动！”

郑冬至被他吓得不轻，顿时酒全醒了，连忙伸手推他。但他的力气很大，她根本推不动。

她吓得哭了，张嘴朝着沈楷峰的手臂狠狠地咬了上去，趁着他吃痛之际，一脚用力地踩在他的脚背上，慌张地往前跑。

没跑多远，沈楷峰又追了上来，整个人就像发疯了似的，红着眼一把扯过郑冬至的衣领，随手推开一个包间的门，就将她推了进去。

包间里一片黑暗，正好没人。

郑冬至尖叫着拼命挣扎，一边哭一边骂他：“沈楷峰你个王八蛋，你干什么！我要报警！”

混乱间，郑冬至一巴掌用力地打在了沈楷峰的脸上。

沈楷峰顿时愣了愣，眼神变得清明了些，他神情恍惚地看着沙发上一脸狼狈的郑冬至，顿时慌了，惊恐地解释道：“冬至我……我也不知道我怎么了……我……我不是故意的……”

没等他说完，郑冬至黑着脸，表情阴狠地又给了他一巴掌，然后推开他，从沙发上爬了起来，双手紧紧揪着被撕坏的衬衫领子。

沈楷峰急急地追下沙发，跪在地上，拉着郑冬至的手道歉：“冬至对不起，我真不是故意的，我就是喝醉了，你原谅我吧。”

郑冬至满脸泪痕地瞪着他，恶心地甩开了他的手，绝情地道：“别忘了你答应我的事，还有，短期内，我再也不想见到你！”

【6】

陆尔白骑车从紫园出来后，到了附近最近的公交车站，将自行车锁在了路边的围栏上，然后伸手拦了一辆出租车。

一上车，他就急切地向司机报了王婶告诉他的 KTV 名字。

他从没去过那种地方，与其骑着车慢慢地找，还不如直接打车来得省时间。果然司机一听就知道那家 KTV 在哪里，立刻发动车子朝前驶去。

D 市的司机都爱聊天，在路上，司机缠着陆尔白话家常。

陆尔白因为担心郑冬至而显得有些心不在焉，不过他还是礼貌性地回了几句，眼睛一直紧紧地盯着窗外，生怕郑冬至在路上走会被他错过了。

已经过了下班高峰期跟饭点，路上的车子并不是很多。没过多久，陆尔白就看到了“棒棒糖量贩式 KTV”几个荧光大字高高地挂在商场的墙壁上，下面是还在营业的肯德基。

前面是单行道，司机将车停在了 KTV 对面的马路边。

陆尔白付了钱，连找零都忘了拿，直接下了车，匆匆穿过马路，坐电梯到了六楼的KTV。从电梯里出来，他才想起王婶没告诉他郑冬至在哪个包间。

陆尔白估摸着也不是王婶没说，而是她也不知道。

问前台也没用，郑冬至又不是大明星，并不是每个人都认识她。无奈之下，陆尔白只好一个个包间地找。

还好，在当时那个年代，“KTV”这种新兴的娱乐场所都是有钱人才会去的地方，还没到宾客满座的地步。陆尔白一连找了好几个包间，除了一两个包间里有人唱歌外，其他都是空的。

虽然唱歌的人少，但这家KTV还是很大，一个个找也要费不少工夫。他又推开了一个包间，包间里有一对男女正在做事，看到陆尔白进来，女的吓得连忙护住身体大声尖叫，男的则气得拿起桌上的红酒瓶就朝着陆尔白砸了过来。

陆尔白红着脸一边道歉，一边关上门。

酒瓶砸在门边上，当场碎裂开来。

陆尔白的脸被碎玻璃碴刮了几下，立刻出血了。

他顾不得擦脸，直接走向下一个包间。

若不是遇到张冉的话，陆尔白估计还得找很久。

张冉出去给郑冬至买药回来，正好看到陆尔白在走廊里一个个包间地找人。

陆尔白在市一中也算是个名人，张冉一眼就认出了他。

念及他与郑家的关系，她第一时间就想到了陆尔白是来找郑冬至的，便赶紧追上去，叫住了陆尔白。

听到有人喊自己的名字，陆尔白惊愕地回头，于是便看到了张冉。

张冉是她那个的班长，陆尔白是自己班的数学学习委员，张冉的班主任跟陆尔白他们班的数学老师是在一个办公室，所以两人没少在办公室里见面。

陆尔白认得张冉，却叫不出她的名字，他有些局促，不知道该说些什么。

倒是张冉看出了他的焦急，主动问道：“你是来找郑冬至的吧？”

陆尔白愣了一下，点点头，急声问：“你知道她在哪里？”

“之前她去洗手间了，这会儿应该回包间了，我带你过去。沈楷峰是我表弟，今天是他生日，图高兴就请了一帮朋友来这儿玩。那群人挺能闹的，竟然还喝了酒，郑冬至也喝了，我还担心结束后她该怎么回去，还好你来了。”张冉一边解释一边带着陆尔白到了沈楷峰订的包间。

两人推开门一看，所有人都喝得醉醺醺的，一个男生抱着啤酒瓶在唱张学友的《吻别》，却不见郑冬至跟沈楷峰。

张冉蹙着眉头，回头看向神色凝重的陆尔白，咧着嘴道：“可能还在洗手间没回来，冬至她喝多了。”

“洗手间在哪里？”陆尔白冷着脸问，没有多看一眼包间内乱糟糟的景象。

张冉手指了指左手边的走廊：“这里过去，转个弯就是了。”

陆尔白没再多说，扔下张冉转身朝着洗手间的方向走去。

正好看到有个女生从洗手间出来，陆尔白想都没想，拉住她的手臂问道：“请问一下，您有没有看到里面有个女孩在吐，她看上去十七八岁的样子，穿着件黑色衬衫、牛仔裤。”

那女生一脸奇怪地看着陆尔白，摇了摇头：“没有，里面就我一个人。”

“谢谢。”陆尔白放开了那个女生，有些丧气地在洗手间外的走廊里站了一会儿，然后准备回包间找张冉。

他刚走没几步，就听到身后有人喊“郑冬至”的名字。

他下意识地回头，正好看到另一条走廊的一个包间里走出来一个衣衫不整的女生，身后一个同样衣衫不整的男孩追了出来，拽着她的手在道歉。

陆尔白的双脚像被定住了似的，再也走不动。

“沈楷峰，你不要再碰我！我要走！你放手！”郑冬至愤怒地朝沈楷峰吼道，挣扎着要从他的手中挣脱。

突然，她感觉有一道目光在紧紧地盯着她。

她警觉地抬起头朝前看去，看到来人时，她震惊地睁大了眼睛，再也说不出话来，含在眼眶里的眼泪刹那间掉落下来。

像是做坏事被逮到的孩子，她本能地伸手护住自己被撕坏的衬衫，一种莫名的羞耻感席卷了她。

第一次，她那么不想见到陆尔白。

陆尔白的眼睛自郑冬至出现的那一刻起，就没有从她的身上离开过。

他快速地将她扫视了一番，微凉的目光掠过她被撕坏的小熊衬衫领口，最后停留在她裸露的皮肤上几处朱红色的痕迹上，眼神顿时冷冽下来，此刻的脸色黑得不能再黑了。

“他是谁？”气氛冷至冰点，沈楷峰一脸醋意地看着陆尔白问郑冬至。

郑冬至趁机挣开了他的手。没等她回答，陆尔白已经走到了她的面前，面无表情却又干脆利落地脱下身上的运动服外套直接套在了她的身上。

郑冬至红着眼静看着他，眼泪又一次在眼眶里打起转来。

她不知道该跟他说点什么，是撒娇地叫一声“尔白哥哥”，还是说一声“对不起”。

不管她想说什么，对陆尔白来说都不重要。

他大力地一把将她拽进怀里，微冷的唇瓣贴在她的耳畔，说了一句：“我们走。”

说完，他揽着郑冬至瘦弱的肩膀，转身就走。

沈楷峰见状，连忙追了过来，挡在他们面前，不依不饶地问陆尔白：“你到底是谁，凭什么带走冬至？”

陆尔白什么话也没说，直接抡起拳头就往沈楷峰身上揍。都说了，他从小就是个练家子，拳头比谁都硬。沈楷峰才挨了几拳，鼻子就开始出血，嘴里大声地喊“救命”。

郑冬至怕沈楷峰引来他的朋友们，到时候会对陆尔白不利，连忙拉住失控的陆尔白，哭着拦道：“别打了，我们走，尔白哥哥，我们回家。”

听到郑冬至哭了，陆尔白才住手，攥着沈楷峰的衣领，发狠地威胁道：“你再敢碰她，我就杀了你。”

沈楷峰被打得瘫软在地上，哪还有力气回他。

陆尔白没再看他，拉过在一旁瑟瑟发抖的郑冬至，将她搂进怀里，带着她离开了 KTV。

电梯里，郑冬至的脑袋被陆尔白的手用力地按在他的怀里，她的脸贴在他的胸口，眼泪润湿了他那件有些旧的灰色衬衫。他的胸膛很温暖，手却很冰冷。

郑冬至哭了一会儿，不哭了，双手紧紧地抱着他的腰，抬起头，睁着一双水汪汪的大眼睛，声音沙哑地说："陆尔白，你的手在颤抖。"

"别说话。"陆尔白闭着眼，没有看她。

电梯门开了，没有人出去，四周静得只有他们彼此的呼吸声。

"陆尔白。"郑冬至忍不住又叫了一声，伸手小心翼翼地握住了他垂在身旁颤抖的手。

十指相扣的一瞬间，他终于肯睁开眼看她了，那双澄澈的眸子里似乎有泪光在闪烁。

他看着她，不说话，只是别开了眼。

他不知道该说什么，心里说不出是什么感觉。

很难受，很痛，连开口说话的力气都没有。

他想骂她，却更心疼她。

看他这样，郑冬至心里也不好受，但她还是强装出一副开心的样子，微笑地踮起脚，凑到他的耳边，哽咽着说："你不要怕，我没有受伤。我还是很干净的，我知道你不喜欢脏东西，就算为了你，我也不会弄脏自己的。你不要嫌弃我，也不要闭着眼睛不看我。"

她的眼泪落在了他的脸上，像是刀刺在了他的心上。

他忍不住伸手给她擦眼泪，问："郑冬至，你真的喜欢我吗？"

郑冬至红着眼眶抽泣，仰起头看他："如果我说是你信吗？"

"你说的我都信，只要你说。"

"陆尔白，我喜欢你是真的。你呢？你喜欢我吗？"

陆尔白没有回答，俯下身，温柔地帮她擦去了眼角的泪，最后吻住了她翕张的唇。

这就是答案。

第七章
悲伤是不能去爱

· · ·

她的爱情就跟她这个人一样，看似天真浪漫，却又十分伤人。

【1】

郑冬至的衬衫被撕破了，皮衣又被她落在了包间里没有拿，从KTV出来的时候，她的身上还穿着陆尔白的那件灰色运动服。如果就这样回去的话，免不了又要被家里人盘问。

还好离KTV不远处有个购物中心还没有关门，陆尔白牵着郑冬至的手，带着她去里面一楼的平价女装店买了一件红白相间的格子衬衫。

郑冬至觉得土，站在镜子前看了一会儿，不满意地噘着嘴偷瞄陆尔白。

陆尔白没说话，沉默地将她领口处故意敞开的两粒纽扣系上，然后拿着钱包去柜台付账。

哪有男朋友会给女朋友买这么便宜的衣服？看陆尔白一脸严肃刻板的模样，又听到郑冬至喊了他一声“尔白哥哥”，店里的两个导购小姐都以为他们俩是兄妹，收钱的时候，对着陆尔白笑着说：“你妹妹长得真漂亮，把我们的衣服穿得都好看了！”

陆尔白转头瞥了一眼在镜子前转来转去的郑冬至，嘴角微微上扬，没有辩驳。

从店里出来，两人站在路边等出租车。

降温了，外面的风吹在身上有点冷。

郑冬至穿着新买的衬衫，外面套着运动服，瑟缩着脖子偎依在陆尔白的身旁，双手紧紧地抱着他垂在一旁的手臂，目光掠过他身上单薄的白衬衫，忍不住心疼地问道：“陆尔白，你冷吗？”

郑冬至只会在撒娇或者求饶的时候才叫他“尔白哥哥”，陆尔白已经摸清楚了她的套路。

听到她问，他伸手将她搂紧了些，摇摇头说：“不冷。”

知道他是在嘴硬，郑冬至在内心窃笑了一声，一头埋进了他怀里，害羞地道：“那我冷，你再抱紧点。”

陆尔白忍不住发笑，任由她在怀里乱蹭。

那是多么亲密而又心动的距离啊，两颗心贴得很近，一时之间，他的鼻尖全是她好闻的头发香，让人舍不得推开。

等了一会儿，当郑冬至都快靠在陆尔白怀里睡着时，终于有车过来了。陆尔白拉着她上了车，报了紫园的地址。

别墅区内禁止出租车进入，他们在大门口下了车。郑冬至折腾得累了，可怜兮兮地说脚疼。陆尔白无奈地弯下腰，让她趴到背上，嘴角挂着宠溺的笑。

这是他第一次背她，也是最后一次。

郑冬至一直记得陆尔白背她时的情景。那晚月亮很大，银色的月光洒了一地，脚下的鹅卵石路像被仙女撒上了金粉。她像童话里的公主，趴在骑士宽厚的背上幸福地微笑着，内心祈祷着这条路永远都不要有尽头。

正陶醉间，突然一道黑色的人影蹿至她的眼前，是穿着巫婆蓑衣的陈昭言。她拿着黑色的魔法棒向她发出诅咒，说：“郑冬至，你会有报应的！”

郑冬至吓得猛地打了个寒战，松开手从陆尔白的背上掉了下来，摔在地上，满脸无助。她从幻想中惊醒，才发现根本就没有什么陈昭言。

陆尔白紧张地回头看她，伸手拉她起来，担忧地问：“摔疼了没有？”

郑冬至从地上爬起来，望着陆尔白那双不带一丝瑕疵的眸子，吞吐了许久，才鼓足勇气，认真地问道："陆尔白，如果有一天你发现我不是一个善良的好女孩，你还会喜欢我吗？"

陆尔白蹙起眉头，表情疑惑地望着她，不是很明白她的意思。

是他之前在电梯里回答得还不够明确，所以她才要再度确认一下他对她的感情？还是说郑冬至突然有了自知之明，也知道她不算是个好女孩了？

他好笑地摸了摸郑冬至的头，没有回答她的话，只是道了声："傻瓜，到家了。"

别墅内，苏慧跟王婶听到外面的响声，都跑了出来。

看到是陆尔白他们，苏慧重重地松了一口气，目光瞥到郑冬至身上套着的陆尔白的运动服，她的脸色顿时变得有些难看。她讶异地看了儿子一眼，欲言又止。

倒是王婶，一来就闻出了郑冬至身上的酒味，长辈似的嗔怪郑冬至道："冬至，你这是喝酒了？这要是被你爸知道，还不知道要怎么训你呢！你说你女孩家家的，学什么不好，学人家喝酒？沈楷峰这孩子怎么能让你喝酒呢！对了，你出去时穿的皮衣呢？怎么穿的是尔白的衣服？"

王婶一边说一边伸手要脱郑冬至的外套，郑冬至怕被她看到脖子上的痕迹，赶紧护着胸口慌张地道："我的皮衣忘记拿了，外面冷，尔白哥哥怕我冻着，就把自己的衣服给我穿了。王婶你别扯了，扯坏了你赔啊！"

"哟，你也知道要爱惜人家的东西啊！"王婶和她开玩笑，催促她进门，让她赶紧洗澡，把身上的酒味给去了。

他们到家的时候，郑昼景还没有回来。苏慧她们也不知道他在外头干吗，郑冬至见问不出个结果，也就听了王婶的话，乖乖去洗澡了。陆尔白则在苏慧的陪同下，回到了自己的房间。

虽然有一段时间没回来住了，但陆尔白的房间依旧保持着他离开时的样子。他坐在床边，从枕头底下拿了一本《复活》出来，从书签的位置继续翻看着。

苏慧在他的房间里忙活，帮他换了床薄一点的春被后，又从衣柜里拿出一套干净的睡衣递给他。

陆尔白接过睡衣，合上书，准备去洗澡。苏慧叫住了他，他讶然地回头看着母亲。

“尔白，你跟冬至之间，是不是有事瞒着我们？”苏慧有些纠结地咬了一下嘴唇，最后还是忍不住盯着儿子问道。

陆尔白不答，低头看了一会儿地面，然后抬眼直视苏慧：“妈，你想说什么就直接说好了。”

苏慧本也只是猜测，但看到陆尔白如此坦然的态度，她内心的猜测更加确定了几分，有些心慌起来。

陆尔白是她的儿子，再也没有谁比她更了解他了。

他从小都是个清冷的性子，不见他对任何人、任何事有多上心。可是现在，苏慧发现他要么不回来，回来后，他的目光总是越来越多地追随着郑冬至。最让她接受不了的是，她看到陆尔白笑了。

她不是不希望儿子快乐，可是自从陆琪离开后，她就再没见陆尔白笑过。但是今天，就在郑冬至跟王婶吵闹的时候，她看到他笑了。

那笑不是嘲讽，而是一种很宠溺的微笑。

苏慧也曾年轻过，陆尔白看郑冬至的眼神，她再熟悉不过，那是一个男孩喜欢一个女孩时才会有的温柔的眼神。

她本想直接斥责儿子为何这么糊涂，喜欢谁不好，为什么偏偏是郑冬至！但这里是郑家，并不适合谈论这些，所以她纵使内心波涛汹涌，愤怒无比，面上还是强装冷静地朝陆尔白走近，压低声音劝诫道："尔白，妈不想骂你，但你是学生，学生该有学生的本分。等你考上大学，你想谈恋爱还是怎样，妈都管不着。但是妈就一句话，那个人，绝对、绝对不可以是郑冬至！"

她的语气十分坚决，没有任何商量的余地。

陆尔白看着母亲，没有为自己的感情辩驳，垂在身侧的双手攥得很紧。他哑然地开口，问苏慧："为什么不可以是她？"

"因为她是你妹妹！"苏慧近乎咬牙切齿地回他，声音被她压得很低。

"又不是亲妹妹。"陆尔白反驳道。

苏慧气得忍不住伸手打了他一巴掌，怕王婶她们听见，却又抑制不住内心的怒火，低声对陆尔白威吓道："你说的是什么胡话，真是要气死我才开心！你要眼里还有我这个妈的话，就听我的话，不然你就别认我这个妈！我已经把话放在这里了，今晚你早点睡，明天一早你就回学校去吧，高考前都不要再回来了。反正冬至艺考也结束了，她现在都在家里。你们俩给我隔开，趁着这事还没闹开，我不管冬至对你是什么心思，反正你这边给我早点断了念头。等高考结束，你要去打工，还是去外地，我都不管你。尔白，妈年纪大了，身体也不好，再也受不起打击了。你就别让妈求你了！"

说到最后，苏慧的眼泪都掉下来了。

陆尔白一直低着头，没有吭声，瘦弱的脊背微微颤抖。

是他把这事想得太过简单，以为只要互相喜欢，他就可以跟大人们商量，请求他们成全。却没有料到，自己的母亲会第一个出声反对他。

“尔白，你要真敢跟郑冬至在一起，妈就死给你看。”苏慧冷酷决绝地威胁道。

一句话就扼杀了他全部的爱情。

陆尔白红着眼看着母亲，眼泪簌簌地流下。

多年来，他从没有在人前哭过，就算是父亲的葬礼，他也是独自偷偷地躲着哭。可此刻的他，在苏慧面前，哭得就像个无助的孩子。

苏慧狠下心，开门离去。

卧室的门被关紧，陆尔白一动不动地站在原地，眼泪一滴滴地掉在深棕色的木地板上。

这是他第一次经历爱情，也是第一次懂得，这世界上最悲伤的爱情不是爱而不得，而是不能去爱。

【2】

郑冬至洗完澡，穿着她新买的粉色糖果睡衣，拿着一本言情小说离开了自己的卧室，准备去找陆尔白玩。

在楼梯口，她碰到正要下楼的苏慧。苏慧告诉她陆尔白在洗澡，让她别去了。

郑冬至有些悻悻，正好王婶抱了个哈密瓜从厨房出来，看到她们，伸手招呼她们下去吃瓜。

郑冬至跟着苏慧一块儿下去，坐在沙发上心不在焉地吃了两块哈密瓜，然后抬头看向三楼陆尔白的房间。

那扇房门一直紧闭着，不见有人出来。

“都这么久了，尔白哥哥应该洗完了吧，咱们要不喊他一块儿下楼吃吧？”郑冬至向苏慧她们提议道。

王婶自然说“好”，起身要去喊陆尔白，却被苏慧拦住了。

“还是别了吧，尔白洗完澡刷完牙后就不爱吃东西了。他明天还有事，这会儿应该上床睡觉了。”苏慧阴着脸说道。

“这么早就睡了？”王婶觉得奇怪，随意地瞥了一眼苏慧的脸色，还想说些什么，别墅的大门突然被人推开。

郑昼景穿着军绿色的风衣，背着书包走了进来，精致的脸上挂了几处彩。看到桌上切好的哈密瓜，他激动地扑了过去，拿起一块狠狠地咬了一口，含混不清地问道：“你们怎么都还没睡啊？在等我？不是说让你们别等我了吗？”

他自说自话了一会儿，忽然抬起头，朝郑冬至问道：“冬至，你什么时候回来的？沈楷峰的生日会好玩吗？你之前不是从不参加的，今天怎么去了？怎么着，有事求人家？什么事啊，说给哥哥听听！”

听到他提沈楷峰，郑冬至顿时变了脸色，停下吃瓜的手，含糊地道：“没什么事，正好回家后无聊，你又不在家，我就去了。倒是哥，你干什么去了？脸上的伤是怎么回事？你又去打架了？老爸不是说了吗，你再打架，他就把你的腿给打折了！你这让他知道的话，可怎么办呀？”

“他最近忙得都不回家，只要某些人不偷偷告密不就行了。”郑昼景说到“某些人”三个字的时候特意看了苏慧一眼。

苏慧被他看得有些尴尬，但还是假装没听懂似的，关切地问了郑昼景一声：“小景，除了脸你没伤到其他地方吧？要不要去医院把伤口处理一下。”

“就一点皮外伤去什么医院啊？我看你是巴不得我伤到哪里吧！”郑昼景依旧是句句话带刺，不给苏慧留丝毫颜面。

眼看气氛就要冷下来，王婶赶紧出来打圆场，催促着郑昼景回自己房间，然后递给了郑冬至一个医药箱，让她去给她哥擦药。

两人爬到了三楼，经过陆尔白的房间时，郑昼景扫了一眼门缝中透出的灯光，当即鄙夷地嗤了声，没好气地道：“我还以为他多有骨气呢！还不是回来住了，有本事别回来啊……”

郑昼景还要继续说下去，郑冬至伸手拉了他一下，板着脸，示意他别再说了。

郑昼景以为郑冬至是在顾及楼下的苏慧，所以让他别说了。他不以为意地哼了一声，随手推开了自己的房门，大步走了进去。郑冬至抱着医药箱紧随其后。

一进屋，郑昼景就把外套给脱了，一头栽倒在床上，嘴里嚷嚷着：“冬至，快来给哥按按肩，酸死我了。”

“哥，你又跟谁打架了？苏阿姨说你去补课了，我还以为你转性了呢！”郑冬至坐在床边，将药箱放在一旁，边拿药酒给郑昼景擦脸边问道。

“苏阿姨苏阿姨！冬至，你什么时候开始跟苏慧关系那么好的？她又怎么拍你马屁了？我不是跟你说过吗，她这种人最坏了，表面看起来无害，指不定在打什么坏主意呢，你可别被她给骗了。”郑昼景没好气地叮嘱郑冬至，药酒沾到伤口上，疼得他龇牙咧嘴的。

郑冬至将动作放轻了点，噘着嘴劝慰道：“哥，其实我觉得你对她太苛刻了，苏阿姨也没你说的那么坏。你不在家的时候，她对我一直挺照顾的。之前老爸受伤住院，也都是她忙前忙后地在照顾。那段时间，我看她人都瘦了不少，人家没有功劳也有苦劳吧。既然咱们已经是一家人了，你就不要老针对她了，我看她怪不好受的。还有陆尔白，他都不怎么回家住，难得回来一次，你就不要为难人家了，明知道他好脾气不会跟你吵。”

“哈！敢情他是好脾气，我就是在无理取闹了！”郑昼景气得从床上一跃而起，黑着脸瞪着妹妹。

“本来就是！”郑冬至嘟囔了一声，别过眼不敢去看她哥。

郑昼景把脸朝她凑过来，眯着眼，疑惑地道：“冬至，我怎么觉得你最近很不对劲啊！你之前不是也很讨厌陆尔白的吗？他不过就救了你一次，你就觉得他各种好，那我呢？从小到大，你哥身上的伤疤大半都是为你留的，你怎么就不觉得我好。”

听得出郑昼景嘴里的醋意，郑冬至笑着赶紧伸手抱了她哥一下，哄小孩似的哄道：“好啦好啦，哥哥最好了！我最爱哥了！”

有一段时间没见面的两兄妹闹得很欢，笑声一直不间断。别说隔壁屋的陆尔白听得见，就连睡在楼下主卧室里的苏慧也能听得很清楚。

相较于无忧无虑尽情打闹的郑氏兄妹，苏慧这对母子实在开心不起来。

苏慧烦躁地独自躺在主卧的大床上，心里一边想着儿子的事，一边为郑林担心。

冥冥之中，她有种不好的预感，未来的日子里似乎还有更多的磨难在等着她去经历。

陆尔白安静地躺在自己的床上，左耳回荡着母亲临走时对他的警告，右耳是郑氏兄妹张狂的笑声。两种声音混杂在一起，像有重物压着他的胸口，让他觉得窒息。

有那么一瞬间，他有种冲动，想要从床上爬起来，开门去找郑冬至，孩子气地质问她，为什么他都感觉要死了，她还可以笑得这么开心？但很快他就打消了这个愚蠢的念头。她快乐不好吗？明明可以有个人快乐，为什么非要两个人都痛苦呢？

他喜欢她，是想让她笑，不是让她跟着自己受苦的。

闭上眼，他努力强迫自己静下心来，他的耳朵里逐渐就只剩下她清脆的笑声，像风掠过风铃时刮出的声响，悦耳又动听。

一滴泪从他的眼角滑落。

苏慧说得没有错，趁着伤害还不够深之前，他就该早点结束这段不该发生的感情。这样的话，最起码，就算他从郑冬至的世界里消失了，她顶多只会难过一阵子，却不会丧失继续微笑的能力。

郑冬至从她哥的房间里出来的时候，已经是晚上十点多了，整栋别墅都陷入了一片安静。回自己的卧室之前，她蹑手蹑脚地走到陆尔白的房门前，低头看了一眼门缝，一片黑暗，没有灯光透出来。

她不死心地站在门口，像小猫一样，轻轻地呼唤了一声："陆尔白，你睡了吗？"

陆尔白还没有睡着，在黑暗中睁着一双清明的眸子，能清晰地听到她的声音，但他假装自己睡着了，没有回她。

窸窣的脚步声响起，她走了。

窗外皎洁的月光洒进房间，照在他清隽的脸上，有些悲凉。

【3】

郑冬至艺考结束了，现在只需要待在家里等成绩就行了，都不用再去学校上课。突然解放的她，把大部分的时间都耗在了看小说上。

昨晚从她哥那儿离开后，她回到自己的房间，看小说看到深夜三四点，才终于支撑不住地睡了。

第二天，她一觉睡到了大中午，等她起来的时候，郑昼景已经去老师家补课了，陆尔白跟苏慧也都不在家，只有王婶一个人坐在大厅里，一边剥花生一边看电视。

听见郑冬至下楼的脚步声，王婶抬起头朝她看了一眼，随意地问道："饿了吗？厨房里还有鸡汤，要不要我给你先去热一热？"

郑冬至打着哈欠，摇了摇头道："没胃口，暂时不想吃，苏阿姨他们呢？"

郑冬至其实心里最想问的是陆尔白的去向，但王婶并不知道她的小心思，听到她这么问，实诚地回答说："陆尔白的手机坏了，你苏阿姨带着他一早出门买手机去了，这会儿应该快回来了。你中午想吃什么？我去给你做。"

"随便什么都可以。"郑冬至无所谓地说道。

陆尔白不在家，她也没有了玩的兴趣，跟王婶闲扯了几句后，又回房看小说去了。

半个小时后，郑冬至听到王婶喊她下楼吃饭，说是苏慧回来了。

郑冬至一听，急忙奔下楼，却只看到苏慧一个人，不见陆尔白。

她惊讶地愣在楼梯口，朝苏慧问道："尔白哥哥呢？他怎么没有跟你一起回来？"

苏慧扫了她一眼，然后别开脸去，目光闪躲了一下，撒谎道："他作业落学校了，没带回来，先回学校做作业去了。你也知道的，他们实验班的作业一向比其他班多。"

“这样啊。”郑冬至信了苏慧的话，没有丝毫怀疑，只是神情显得有些失落。

苏慧装没看到，拐进厨房帮王婶端菜。

吃饭的时候，郑冬至又忍不住问了苏慧一句：“那尔白哥哥晚上回来吗？”

苏慧握着筷子的手顿了顿，面色有些僵硬：“不知道啊，说不定功课多就不回来了。”

郑冬至听完，神情有些失落。

一旁的王婶见她这副样子，笑着怂恿道：“冬至啊，你真要是想你的尔白哥哥，就自己跟他说，让他搬回来住。一家人嘛，要住在一起才叫一家人不是？”

说完，王婶朝苏慧眨了一下眼。

苏慧勉强干笑了一下，没说话。

郑冬至撇嘴，她倒是想啊，就是不知道陆尔白他愿不愿意。

下午，苏慧接到郑林从质检局打来的电话，说是今天会回家。

苏慧很激动，问他事情处理得怎么样了，郑林含混不清地说了几句后把话题转到了孩子身上。苏慧避重就轻地跟他讲了一下几个孩子的状况，绝口不提陆尔白对郑冬至的感情。

不知不觉间，两人对彼此都有了隐瞒。

郑林还有其他事要忙，便匆匆挂了电话。

苏慧放下手机后去找王婶，让她去买点好菜，晚上他们一家人好好庆祝一下。

王婶高兴地应了声，拿着小包出了门。

郑冬至在楼上看小说，耳尖的她听到郑林要回来的消息，兴奋地跑下了楼，睁大眼睛，向苏慧求证道："是我爸要回来吗？我去打尔白哥哥的电话，让他晚上回来一起吃饭。"

说完，她拿出手机就要拨给陆尔白，心里埋怨着陆尔白太过木讷呆板，苏慧给他买了新手机，他都不知道给她发条短信慰问一下，回头见到他，她一定要好好说说他，这样会没女朋友的。

郑冬至边想着边拨通了陆尔白的手机号，苏慧见状，突然伸手一把抢过她的手机，慌乱地把电话给挂断了。

郑冬至一脸惊讶地看着她，不解地问道："苏阿姨，你怎么了？"

苏慧双手紧紧地握着郑冬至的手机，抬起头，眼眶有些发红地看着她，声音颤抖着叫了一声："冬至。"

郑冬至茫然地站在一旁，等着她继续往下说。

苏慧的嘴唇哆嗦了一下，她咬了咬牙，好不容易下定决心准备跟郑冬至摊牌时，郑冬至的手机骤然响了起来。

看到屏幕上跳动的"沈楷峰"三个字，郑冬至的脸色顿时白了下来，怕被发现什么秘密似的，她赶忙从苏慧的手里抢过手机，转过身跑回了自己的房间，一把关上了门。

"我不是警告过你，不要再来烦我吗！"一坐到床上，郑冬至就没好气地朝电话里吼道。

另一头传来沈楷峰委屈的声音，他小声地道："对不起，冬至，我也不想烦你。我只是想告诉你一声，你让我办的事我办好了，你可以不再生我的气了吗？昨天是我不好，是我喝了酒冲动了，我真不是故意要伤害你的。我沈楷峰就算再喜欢你，我也不是个浑蛋啊！"

郑冬至没有理会他的道歉，冷着声问道："你没把她怎么样吧？"

“没有，我就按你吩咐的找人吓了她一下。”

“她认识你吗？”

“应该不认识，我怕昼景知道，所以故意不让人喊我的名字。不过冬至，陈昭言一直是个好学生，没什么仇家。我们威胁她离你们家的人远一点，她那么聪明，肯定一猜就知道是你叫的人，要是她告诉你哥，你怎么办呀？”沈楷峰有些替郑冬至担心。

“她不会找我哥告密的，不然她就不是那个骄傲的陈昭言了。而且，我就是要让她知道，是我找的人。我郑冬至一向说一不二，她若再无视我的警告，下次就不只是口头威胁那么简单的事了。”郑冬至眯着眼，眼神冰冷地说道。

“冬至，你冷静点，她再怎么说都是昼景喜欢的人啊。”

“够了，这不关你的事，你守好你的嘴就行了。”没给沈楷峰继续唠嗑的机会，郑冬至挂断了电话。

她其实并不是真的想对陈昭言怎么样，只是希望陈昭言能知难而退。

既然陈昭言不喜欢郑昼景，那也别来跟自己抢陆尔白。

自己跟陆尔白的事，因为中间夹了个她哥，本来就挺难搞的。如果再加上一个陈昭言的话，她都不知道该怎么办了。但要她直接放弃与陆尔白的感情，她又不愿意。

他们两情相悦，凭什么不能在一起啊？

郑冬至从小就是在万千宠爱之下长大的，她任性且自我，像生长在荆棘花园里的玫瑰花，虽然娇艳美丽，却带着攻击性。

她的爱情就跟她这个人一样，看似天真浪漫，却又十分伤人。

当然，这一点她自己并不觉得。

【4】

被沈楷峰的电话一闹，郑冬至忘了问苏慧为什么不让她打陆尔白的电话，她暗自想了一下，可能是苏慧不想她打扰陆尔白学习吧。

毕竟快高考了，陆尔白跟他们兄妹俩不一样，他是学校数一数二的尖子生，不仅苏慧对他寄予了很大的厚望，就连学校的老师们也都期望着他能考上清华、北大，替学校争光。

这么一想，郑冬至觉得自己确实不应该在这种时候烦陆尔白，反正日子还长，日后他们有的是时间腻在一起。

郑冬至把手机藏在了枕头底下，躺在床上又看起了言情小说。

傍晚，郑昼景补完课回紫园时，郑林还没有回来。苏慧有些担心，给郑林又打了个电话，却没有人接。

郑氏兄妹在楼上吵闹个不休，苏慧坐立不安地在院子里走来走去，王婶见她这副模样，跑过去劝慰她，让她别多想，一切都会好起来。

苏慧点了几下头，但心里一直松懈不下来，像有块巨石压着她的心脏一样，她感觉闷得慌。

一直到晚上七点多，天都黑了，老李才开车载着郑林进了别墅的院子。

郑冬至他们一听到汽笛声就激动地从楼上跑了下来，去迎接郑林，苏慧帮着王婶在厨房里热菜。

郑林边进屋边脱身上的西装，不过才几日没见，苏慧就觉得丈夫瘦了不少。她有些心疼地接过郑林手里的西装，帮他晾在了一旁。

郑林客气地对她说了声“谢谢”，直到看到有段时间没见到的女儿，他那神色凝重的脸上才露出了笑容，开口就问郑冬至：“考得怎么样？”

郑冬至就知道郑林见到她的第一件事就是问她艺考的情况，虽然成绩还没有出来，但她还是自我感觉良好地回答道：“还行吧，没有四五所学校，起码也会有两三所学校争着录取我吧。我觉得在我们那批考生中，我算能力比较强的。”

“瞧你那嘚瑟劲，我倒要看看到时有哪几所学校要你。要是一所都没录取，我看你怎么办！”郑林宠溺地捏了一下郑冬至的鼻子，微笑着说道。

“那如果有好几所录取我，爸你奖励我什么？”郑冬至抱着郑林的手臂撒娇。

“奖励什么？大学又不是给我考的，你们考得好，日后开心的也是你们。以后爸要是不在了，你们什么都得靠自己。小景，听到没有，妹妹考完了，你高考也加把劲啊！”

“怎么说来说去又说到我了？知道了爸，咱们赶紧吃饭吧，我都快饿死了。”郑昼景不耐烦地说道，从王婶手里接过碗筷，率先吃了起来。

郑林难得没有再训儿子，而是转头问苏慧：“尔白呢？今天又没回来吗？”

苏慧闻声，下意识地看了郑冬至一眼，发现郑冬至正在偷瞄她。她干笑了一声，像往常一样回复道：“他们实验班放假布置的作业多，他说要静心学习，就不回来了。”

郑林点点头，没有继续追问下去，好像刚才的问题只不过是他在客套一番罢了。苏慧心里有些失落，却没有表露出来。

倒是郑冬至，一听说陆尔白是自己不想回来时，一张小嘴噘得不能再高，暗自埋怨起陆尔白来。

浑蛋陆尔白，走了也不跟她说，不回来也不告诉她，他眼里到底有没有她这个女朋友啊！

当然，这些话郑冬至也只敢放在心里说，不敢真的拿出来讲。

心里有事，苏慧晚上没什么胃口，看到坐在主位的郑林一副心事重重的样子，忍不住问了一声："厂里还好吗？事情都解决了吗？"

郑林抬头乜了她一眼，恍惚了一下，沉声道："先吃饭吧，厂里的事回头我再跟你说。"

苏慧应了声，一顿饭吃完，她都没有再开过口。

吃过饭，郑林回卧房休息，苏慧跟着他一道上了二楼，两人关着门不知道在商量什么。

郑冬至跟郑昼景两个人站在楼梯上偷听了一会儿，也没听出个大概来，最后各自回到了自己的房间。

第二天一大早，郑昼景就起床了，小李送他去学校上课。郑冬至依旧睡到中午才醒，家里除了王婶又没其他人了，郑林跟苏慧两个人都去了厂里。

新买的言情小说又看完了好几本，郑冬至实在觉得无聊，就拉着王婶出去逛街，回来的时候又买了几本新的校园小说跟少女漫。晚上，她洗完澡，穿着睡衣坐在电脑前上网。

QQ 群的消息响个不停，美术补习班的女生正在群里商量着出国旅游的事，有人问郑冬至去不去。郑冬至粗略地看了一下，没有回复。陆尔白还在这里，她现在哪儿都不想去。目光掠过跳动的班级群，她随意点开看了一下，没有多少条信息。

他们班就她一个艺术生，其他同学还得备战高考，没有那么多时间闲聊。

往下翻了几条，看到有同学提到她，说：“好羡慕郑冬至啊，艺考考完就脱离苦海，不用再上课了。早知道这样，我也参加艺考算了。”

有人回他：“你以为艺考那么容易考上，竞争力一点都不比普通高考小。”

就是。郑冬至很是赞同地附和道。

页面突然跳了上去，一条最新的群消息跃入眼帘，是他们班的团支书发的，说是陈昭言生病了，没来学校。

按理说，学校那么大，一个同学生病请病假很正常，都没必要当成新闻放在班级群里说。但陈昭言也算是他们学校的名人了，知名度一点不比郑氏兄妹低。外加她难得生病请假，这事自然就成了值得一说的新闻。

郑冬至隐隐觉得陈昭言不去上课的原因跟她有关，她心知肚明，没有在群里宣传，而是默默地下了线，关了电脑。

临近十点，郑昼景上完晚自习回到家，连自己的房间都没回，就先敲开了郑冬至的门。一进门，他就一脸纠结地问妹妹：“冬至，陈昭言生病了，你说我要不要去看看她？”

郑冬至早猜到郑昼景来找她肯定是为了陈昭言的事，她有些恨铁不成钢地瞪着她哥，冷冷地道：“你又不是医生，你去看她有什么用啊！她又不喜欢你，你去了不是成心给她添堵吗？”

“不喜欢那也不至于讨厌我吧！我就是去看看她，又没想把她怎样。”郑昼景很是委屈地说道。

看郑昼景一副执拗的样子，郑冬至很是心烦。她倒不是担心郑昼景去看陈昭言后，陈昭言会对她哥说点什么。她就怕陈昭言把对她的怒气全发泄在郑昼景身上，毕竟恃宠生骄这种事又不是只有她郑冬至一个人会干。

郑冬至知道她哥的脾气，只要是郑昼景决定了的事，就算九头牛也拉不回来，所以她只好软下语气道："你也不用太担心，说不定她明天就去学校了呢。"

郑昼景听着觉得有道理，他还有作业没做完，就没继续在郑冬至的房间待下去。

他一走，郑冬至就关上了门，回到床上继续看小说。才翻了几页，她就没了兴致，满脑子都是陈昭言请病假的事。

不用想，郑冬至都知道陈昭言这次肯定又是在装病。她这么做无外乎就是想骗取别人的同情，日后好找机会来摆郑冬至一道。

郑冬至越想越气，开始有点后悔让沈楷峰去找陈昭言的麻烦了。

陈昭言不会跟郑昼景告状，却不代表她不会跟陆尔白说郑冬至的坏话啊！要知道照片的事也是她告诉陆尔白的。

陆尔白这个耳根子软的，不会又听她的话吧？

不过也没事，她就让沈楷峰带人吓唬了她一下，又没把她怎么样，陆尔白就算知道了，顶多也就骂骂她。她这会儿还巴不得他回家骂自己呢，总比老见不着他的人来得要好吧。

有时候，就连郑冬至本人都觉得自己挺贱的，不就是喜欢一个人吗？她怎么就可以这么不要脸呢？

可小说里那些爱情，不都是要主人公奋不顾身、不顾一切地去爱，才显得格外动人吗？

她又不是陈昭言，要那么多骄傲和顾虑干什么？

【5】

陈昭言一病就病了一周。

高考阶段，市一中的学生每天都跟打仗似的，只要一天不去学校，桌上就会有十几张卷子等着你去补。除非是真的病了，不然陈昭言是不会旷课这么久的。

周五晚上一放学，郑昼景就按捺不住去了景盛花园探望陈昭言。

郑冬至得到消息时，正坐在餐桌前等着吃晚饭。

王婶在旁边感慨了一句“陈昭言这孩子真可怜，这么关键的时候竟然生病了”，郑冬至听着，面上毫无波澜。

郑林从书房里走出来，背着公文包下楼，一副心事重重的样子。

苏慧见状，担忧地问了一声：“这么晚了，你去哪里？”

“约了张律师见面。”郑林简短地回道，然后不等苏慧追问，便匆匆地出了门。

苏慧望着他离去的背影，脸上的表情很是担忧。

她跟郑林在一起也快两年了，同床共枕那么久，虽不算十分了解丈夫，但郑林有没有心事，她还是一眼就能看得出来的。

郑林自从回家后，苏慧没见他睡过一天安稳觉。白天，他一直在外跑，晚上，苏慧看他躺在床上，侧对着自己，时不时地叹几口气。

前一天晚上苏慧问他怎么了，他也不说，只是呆呆地看着天花板。

怕惹他心烦，苏慧不敢多问，只有用力地抱住他，像哄孩子似的哄着郑林说：“睡吧，睡吧，睡一觉就好了。”

郑林听话地闭上眼睛，然后没过多久，又突然从梦中惊醒，“啊”

了一声，喊苏慧的名字，惨叫道："苏慧苏慧，快救救我啊，苏慧，我快喘不过气了。"

苏慧紧紧地抓着他的手，拍着他的背帮他顺气，流着泪安抚，哽咽着说："我在这儿啊，郑林，别怕。"

只有在深夜最安静的时候，郑林才会睁着他那双满是血丝的眼睛，跟苏慧讲一些厂里的事。

他原本只是以为产品质量出了问题，重新再做就好了，没想到整个厂的声誉都被影响了。不仅老主顾们纷纷退货，还有部分商家因为使用了他们家有问题的润滑油，机械设备出现了损坏，要求巨额赔偿。银行开始催贷款，原料商要求还钱，工人吵着要工资，厂里的高层怕惹纠纷，跳槽的跳槽，改行的改行。

不过短短一个月，郑林就从赫赫有名的润滑厂大亨，沦落成了人人喊打的无良商贩，从身家上亿，变成了现在的负债累累，辛苦经营了十几年的厂也面临倒闭的危险。而这一切，都是拜他的好兄弟沈谦所赐。

一开始，郑林一直搞不懂自己的润滑油为什么会有问题，直到沈谦突然从他的厂离职，跟他的妻舅合伙开了一家新的润滑厂，抢了郑林厂里大半的生意，郑林才明白这到底是怎么一回事。

沈谦是他的老友，他们在一起创业十多年了，他的润滑厂能有今天，也有沈谦一半的功劳，所以郑林从来没有想过有一天沈谦会背叛自己。

他太相信沈谦了，厂里的每一件事他都不会隐瞒沈谦。去年，他听了沈谦的建议，向银行贷款购买了新的设备，着手生产新一代的润滑油，把原来的老润滑油生产的事都交给了沈谦负责，他只做个盯梢。

却没想到沈谦会趁此机会，用一批劣质的润滑油把他的厂给搞垮。

整个生产环节，所有的书面文字都是郑林自己签的。因而就算现在郑林知道了是沈谦在搞鬼，除了怪自己识人不清外，他也不能拿沈谦怎么办。

如果只是厂倒闭了也就算了，他大不了可以从头再来。可如今他身上还被压了好几个大官司，背了好几千万的巨债。这一切都像沉重的巨石一般压在郑林的身上，让他喘不过气来。

就算是跟苏慧倾诉，郑林也只敢说点细枝末节的问题，不敢全盘托出。一是他怕苏慧接受不了这么大的打击，二是他还抱着期望，期待着自己能翻身。

然而他什么都不跟苏慧说，苏慧会担心。他说了，苏慧只会更担心。

即使身处泥潭，夫妻俩还是默契地达成了共识，在孩子们面前，谁也没有提那些不好的事。所以被保护得很好的郑冬至他们，依旧活在他们的乐天小世界里，丝毫没有意识到一场风雨的来临。

“我爸最近真奇怪，好像有人欠了他几千万似的，老摆着一张臭脸。”看到郑林离开后，郑冬至坐在桌前，忍不住向苏慧吐槽道。

苏慧漠然地看她一眼，实在没有心情强颜欢笑。

郑冬至也没在意，夹了个可乐鸡翅边往嘴里送边歪着头问苏慧：“这周尔白哥哥回来吗？”

“我不知道。”苏慧声音颇冷淡地回了她一句，看了一眼桌上王婶精心准备的饭菜，她实在没什么胃口，转身上了楼。

郑冬至脸上露出讶异的表情，转头问王婶：“我刚才有说错话吗？感觉苏阿姨不大高兴？”

王婶抬头看了一眼拐进主卧的苏慧，对着郑冬至摇了摇头，小声地劝慰道："冬至，你别闹了，你爸厂里出了问题，你苏阿姨心里也很担心。"

要换了以前，郑冬至这会儿肯定摔筷子发飙了。她爸的厂子出问题，轮得到苏慧给她甩脸子吗！但今时不同往日，看在陆尔白的分上，郑冬至不打算跟苏慧计较。

吃完饭，郑冬至回到了自己的房间，拿手机给陆尔白打了个电话。为了不打扰他学习，她已经有一周没找过他了，他倒好，她不主动找他，他也就真的不找她。

电话通了，却没有人接。

郑冬至有点生气了，但她想着他可能在忙，也许在图书馆看书，也许是出去吃晚饭了。她给他想了无数个理由，然后又耐着性子重新拨了过去，这一次，那边直接提示对方手机关机了。

郑冬至感觉很不对劲，连忙从床上跳起来，随便从柜子里拿了一件外套套在身上，拿着手机就出了门。

她刚走到大门口，正好碰到背着书包回家的郑昼景。

郑冬至跑得快，郑昼景又低着头，兄妹俩谁也没注意，直接撞在了一起。

郑冬至捂着鼻子叫了一声，脚步往后踉跄了几下，然后稳住双脚，抬头可怜兮兮地朝郑昼景打招呼道："哥，你回来了。"

郑昼景没回她，盯着她的眼神有些发冷。他一脸阴鸷地拽过她的手臂，表情凶狠地质问道："你对陈昭言都做了些什么？"

郑冬至早就料到他从陈昭言那里回来后肯定会跟她吵，亏她还以为陈昭言很清高，不会跟郑昼景打小报告，看来也不过如此。

郑冬至这会儿急着要去找陆尔白，没工夫跟人吵架。她皱着眉头，试图从郑昼景的手中挣脱开来，嘴里嚷嚷着："哥，你先放手，等我回来再跟你解释！"

"解释什么？你还有什么可解释的？"郑昼景红着眼睛朝妹妹吼道，他的力气很大，郑冬至的手腕都被他拽红了。

从小到大，郑昼景别说从没和她动过手，就连骂都舍不得骂她一句，所以第一次承受着哥哥怒火的郑冬至，顿时心里委屈起来。她红着鼻子，朝郑昼景哭喊道："你对我凶什么凶！不就是陈昭言吗！她是你谁啊？我可是你亲妹妹！你竟然为了她凶我！她跟你说什么啊，说我怎么欺负她了吗？对，我是请人去教训了她一下，但我又没有把她怎么样，你这么激动干什么……"

郑冬至话还没有说完，郑昼景突然发狠地扬手就朝着她的脸扇了过去。

清脆的巴掌声响起，所有人都愣住了。

睡在一楼客房里的王婶第一个听到动静，急忙跑出来。看到郑昼景打了郑冬至，她震惊地睁大了眼睛，朝着两个孩子扑过去，一把拉住哭着抬脚要踹郑昼景的郑冬至，将她拉到自己身后，然后板着脸朝郑昼景呵斥道："小景你在做什么？冬至是你妹妹！你怎么能打她！"

看到郑冬至白皙的小脸上那清晰的红掌印，郑昼景也心疼，少年的眼眶里也有了眼泪，但他还是倔强地咬着牙不道歉，手指着哭得崩溃的妹妹，颤抖地回答王婶："你问她！你问她到底对昭言干了些什么好事！她的心眼怎么就这么坏！我怎么会有这么恶毒的妹妹！"

苏慧早就听见了楼下兄妹的争吵，但碍于她尴尬的身份，又不敢下楼去劝解，只好打电话给郑林，问他什么时候回来。结果电话才说到一半，就听到下面闹得不可开交，她只好先挂了电话，出了卧室，下楼察看情况。

“我怎么害陈昭言了？我怎么就恶毒了？她一向自诩清高，不喜欢你也不待见我，却老盯着我们家的事不放，我让人去警告她一下，让她别管我们家的事很过分吗？”躲在王婶身后的郑冬至不服气地反问哥哥道。

“警告！你是这么警告的吗？”郑昼景看着她，冷声道。

“那你说，我是怎么警告她的！”郑冬至擦了一把眼泪，冷着脸回道。

“你……你……”郑昼景气得发抖，只要一想到将要说的话，他就心如刀绞，难以启齿。

“你倒是说啊！”郑冬至逼着他道。

苏慧凑上前来，拉住激动的郑冬至，对着她摇了摇头。

王婶在一旁做和事佬，说：“有什么话不能好好说的，小景你说冬至欺负了昭言，她究竟干啥了，你要这么骂她！”

郑昼景一脸痛苦地看向王婶，眼中充满了绝望。

他死咬着嘴唇，艰涩了许久，才恶狠狠地瞪着妹妹，吐出几个字来：“她让人把昭言侮辱了！”

郑昼景的话一出来，所有人都怔住了。王婶跟苏慧都惊恐地望着郑冬至，欲言又止。

郑冬至先是愣了一会儿，以为自己听错了，等看到众人指责的目光时，她才恍然意识到，原来自己没有听错，郑昼景的确说了这两个字。

她当时觉得可笑得不行，冷哼一声，回了她哥三个字：“你放屁！”

【6】

郑昼景气得又要伸手打郑冬至，别墅的大门突然被人推开，郑林黑着脸站在门口，目光森严地盯着一双儿女。

看到郑林，郑冬至像是见到了救星，赶忙从王婶身后走出来，走到她爸面前委屈地告状道："爸，哥刚才打我！他说是我让人把陈昭言的清白给毁了，这摆明了就是污蔑。我根本没有这么做，是陈昭言在骗他呢！"

"不是陈昭言说的，陈昭言连我的面都不愿见，你别老诋毁她。"一听到郑冬至又在说陈昭言的坏话，郑昼景就激动地跳出来护短。

"不是她说的，那是谁说的？"郑冬至回顶道。

"是徐阿姨说的，她一看到我就哭着打我，陈昭言躲在自己的房间里不愿出来见人。我喊她，她也不回。郑冬至，陈昭言是个好女孩，没有哪个好女孩会拿自己的清白撒谎来污蔑一个人，她没有理由这么做。"

"你怎么知道她没有理由？她说什么就是什么，我说的你们就不信。她说她被人侮辱了，那你们带她去医院检查过了吗？还是只是她嘴上说说而已？"郑冬至嘴上不饶人。

郑昼景被说得哑口无言，他不相信陈昭言会拿这种事开玩笑，也不相信自己从小看着长大的妹妹会做出这样的事。一时之间，他不知道该怎么办了。

如果伤害陈昭言的人是其他人，他完全可以把他千刀万剐，可那人偏偏是郑冬至啊，他的亲妹妹。他就算再恨她，也不忍心真的伤害她。

除了苏慧流产的那天晚上，这是郑冬至第二次见到哥哥这般丧气的样子。在她的眼里，郑昼景一直是骄傲的小白杨，他的头颅一直高高地昂起，意气风发，不该是现在这个样子，像被抽走了支撑身体的力量，只要人轻轻一推，就能倒下。

她看得心疼，最终妥协，走到郑昼景的面前，要求握手言和："哥，我知道我不是个善良的好女孩，但我也没有那么坏。我郑冬至做过的事，从不抵赖，没做过的，别人也赖不得我。所以，我说没有那就是没有。"

郑昼景迷茫地看着她，没有伸手。

"那你有没有让沈楷峰去找过陈昭言？"一直站在门口的郑林突然出声问道。

郑冬至一脸惊愕地回头看着父亲："你怎么知道？"

"我就问你有没有！"郑林的声音瞬间拔高了许多。

郑冬至脸色发白地点了点头。下一秒，郑林的大手朝她伸过来，一拳狠狠地打在郑冬至的脑门上。

旁边的苏慧跟王婶都来不及阻拦，郑林已经按着郑冬至的头狠狠地朝着门板砸去，他的眼睛里噙着泪，气愤地问郑冬至："你说没有，你凭什么相信沈楷峰就不会骗你！"

"凭他一直喜欢我！"头发丝被郑林的手指缠住，她痛得眼泪当场落了下来，但还是嘴硬地说道，不满地叫嚣着，"为什么你们都相信陈昭言，却不相信我！你们为什么不带她去医院做检查？"

"做什么检查！你想让他们去告你吗？还是告沈楷峰？还是告他带去的那帮小流氓？她才十八岁，大好的年华，一旦去医院做了那种鉴定，你让她以后还要不要生活？你知不知道，刚才你徐阿姨打电话给我，说陈昭言刚才想不开差点吞安眠药寻死！冬至啊，爸爸什么都没有要求过你，只求你做个好人！可你现在连人都不会做了。徐帆待你们兄妹俩如同亲生，你就这么对她的女儿，你让我以后拿什么脸面去见徐帆啊！我就算死了，都不够帮你偿还这个罪啊！”郑林红着眼，狠心地抽打着女儿。

眼看郑冬至快被打死了，王婶跟苏慧一人抱着郑冬至，一人抱着郑林，拼命将他们分开。

郑冬至靠在王婶温暖的胸口，头昏脑涨的，鼻子里开始流鼻血，耳边全是郑林的咒骂、苏慧的劝导声。她睁开被打肿的眼，入目是哥哥黯然的面容和他像看陌生人一样看自己的冰冷目光。

那些曾经将她捧在手心百般疼爱的人，如今都在责备她。她不知道事情为什么会变成这样，但她没有做过的事为什么要她认？

“既然陈昭言不能去做检查，你们可以问沈楷峰啊！反正我没有让他这么干，我没有！”她哭得喉咙都哑了，还在为自己辩解。

“谁会承认自己犯罪，是你郑冬至，还是他沈楷峰？！沈谦养出的儿子能是什么好东西！”

郑林朝她吼道。

“爸，你不是跟沈叔叔关系很好吗？”郑冬至不解地道。

刚才一激动，郑林的高血压又犯了，他捂着胸口不想继续说下去。

苏慧见状，赶紧扶着他上楼。

临走前，郑林吩咐儿子把郑冬至关在她的房间里，等明天天一亮，他就带着她去徐帆家向陈昭言认错。

他们要告她还是要赔偿，都听他们的。

郑冬至不愿被关，要走。

她刚迈开脚步，郑昼景就一把将她扛在了肩上，不管她怎么哭闹，硬是将她扛进了她的房间。

郑冬至浑身是伤地坐在她的公主床上，小手可怜兮兮地拉着郑昼景衣服的下摆，不停地抽泣着。

郑昼景狠心地将衣服从她的手中挣脱开来，背过身去，不忍看她。

眼泪在眼眶里打转，他噙着泪，声音嘶哑地开口："冬至，哥再信你最后一次，你在房间里好好反省，哥去找沈楷峰问个明白。"

"如果，沈楷峰说的跟我说的是一样的呢？而且就像爸说的，你怎么确定沈楷峰就没在撒谎呢？"

"那我就把他带去的人全部找出来，那么多人，不可能口供一致，任何一个谎言都会有马脚。"他咬牙切齿地说道。

郑冬至的心拔凉拔凉的，其实他根本不用去找那么多人，只需要找陈昭言一人问个清楚就行了。只是他不舍得去质问陈昭言一句，所以只能选择这样的方法。

郑昼景关门走了，郑冬至没有阻拦他。她紧紧地抱住自己，身体像掉进冰窖似的，冷得颤抖。

在床上坐了一会儿，郑冬至哭得眼泪都流干了，才想起找自己的手机。

在这种孤立无援的时候，她特别渴望得到陆尔白的安慰。

她的手机刚才下楼的时候还拿在手里，现在不在房间里，应该是郑林打她的时候掉在楼下了。

郑冬至下了床，光着脚走到门口，想要喊人过来给她送手机。可是这会儿家里估计除了王婶之外，没人会理她。

王婶毕竟是个外人，郑林铁了心要郑冬至反省，王婶也不好帮她。

想了一下，郑冬至最后还是放弃了拿手机，又退回床上，双手抱

陆尔白 & 郑冬至
恋爱 CP 表情包

着膝盖，望着窗外的夜色。

那晚的夜色很凄迷，没有月亮，就连星星也少得可怜。

郑冬至呆呆地看着窗外，眼泪又一次掉了下来。

也不知道这样呆坐了多久，她突然像下定很大的决心似的，再度从床上一跃而起，走到了窗边，从一旁的书桌抽屉里拿了把剪刀出来，然后站在凳子上开始剪窗帘。

别墅内一片死寂。

郑林跟苏慧睡在二楼的主卧里，背对着对方。

虽然看起来两人都闭着眼睛，其实谁也没有睡着。苏慧能听到郑林不断的叹气声，却又不敢多问。

郑昼景的房间黑着，把郑冬至送回卧室后，他在郑林他们都进屋后离开了别墅，去找沈楷峰对质去了。

这么晚了，也不知道他有没有联系上人。

一楼的客房里，王婶一直浅眠，一闭上眼睛就开始做梦。

她梦见年轻的时候，她刚来郑家，郑氏兄妹不过才半张椅子那么高，像两个糯米团子，一左一右地抱着她的胳膊，争着要抢她。

一个说“王婶是我的”，一个说“我是妹妹，哥哥你得让着我”，除了没从自己肚子里生出来以外，这两个孩子于她来说，跟亲生的没两样了。

睡梦中，王婶笑着流下了眼泪。

后院的灌木丛中响起一道闷响，所有人都沉浸在自己的心事与梦魇里，谁也没有注意。

郑冬至松开了抓着窗帘的手，摔坐在地上，手臂被锋利的灌木叶子划破了皮，裸露的脚踝上也都是细小的血口子。

她顾不得喊疼，怕被郑林他们发现，赶紧爬起来，一瘸一拐地离开了别墅。

昏黄的路灯映照在她的身上，在地上拉出了一条细长的剪影。

第八章
我想找朵刺玫瑰

• • •

“陆尔白，你想找谁？”
“我想找朵刺玫瑰。”

【1】

没有人知道那个晚上，郑冬至是怎么一步一步走到市一中的。就连她自己也忘记了，只记得当时全身上下都疼，好像被摔坏的破布娃娃，她觉得自己都快要散架了、崩坏了。

那时候唯一支撑她走下去的力量就是陆尔白了。

只要一想到见到陆尔白后他会抱抱她，她感觉就好受多了，身上也就没那么疼了。

到了学校门口，郑冬至才又想起，她根本不知道陆尔白住在哪栋宿舍楼，她甚至连男生宿舍楼的大门都进不去。

手机没带，她又打不了陆尔白的电话。绝望之余，她看到了路边的电话亭，下意识地将手摸进牛仔裤的口袋里，刚好摸出三个硬币。

她欣喜若狂，又哭又笑地跑进电话亭将硬币放了进去，拨了陆尔白的手机号，心里一再默念：别关机，求求你别关机。

陆尔白的手机白天一直处于关机状态，苏慧对他的警告这几天一直在他的耳边回响。他很清楚母亲的话没有丝毫不对，是他把事情想得太简单了，以为两个人之间只要彼此喜欢，就可以排除万难在一起，却不知道有些人从一出生就注定了和他们不会是一个世界的人。

他知道郑冬至会找他，他怕自己心软，所以直接将手机关机了。只有到了深夜，他从睡梦中突然醒来，才会打开手机看一下，有没有谁找过自己。

除了郑冬至跟苏慧外，其实根本没有其他人会找他。苏慧找不到他的话会直接打给宿管，但郑冬至不会，因为她不知道宿管处的电话。

郑冬至来找他的那个晚上，陆尔白做题做到了晚上十一点多，然后简单地洗漱了一下，就上床睡觉了。

临睡前，他将手机开了机，看到屏幕上来自郑冬至的好几通未接电话时，他毫无意外地失眠了。

郑冬至打电话的时候，陆尔白刚睡着不久，他的睡眠很浅，放在枕头边的手机振动没几下，他就被吵醒了。

陆尔白随手拿起手机看了一下屏幕上的来电，整个人瞬间清醒了。他犹豫了一下，没有接。

手机振动了一会儿，然后便安静了下来。

没多久，对方不死心地又打了过来。

陆尔白看了一眼时间，已经是深夜一点多了，按理说郑冬至早就该睡觉了。就算她没睡着，她也从不会半夜打电话给他，因为怕吵醒他。

如果不是有什么重要的事，她不会不间断地打过来。

已经是最后一个硬币了。

郑冬至将硬币投进电话机的时候，眼泪早就模糊了她的视线。她都没怎么看拨号盘上的数字，凭着记忆将电话拨了出去，蹲在电话亭里，握着话筒，没有了继续祈祷的勇气。

如果陆尔白再不接她的电话，她都不知道今天晚上该怎么办了。

能支撑她一直打到第三个电话的理由是陆尔白的手机终于不再是关机状态了。

电话里传来的只有那清脆的“嘟嘟”声。

当郑冬至快放弃的时候，电话终于被接通了。

没等陆尔白开口，郑冬至忍不住大哭起来，哽咽道：“陆尔白，我在学校外头的电话亭。”

陆尔白不知道自己是以何种心情跑出宿舍楼，又是以何种心情翻墙出了学校。直到他见到了蹲在电话亭外一身狼狈的郑冬至时，他才知道，原来那种心情叫心急如焚。

“你半夜三更瞎跑什么？”他朝郑冬至跑过去，等走近了，才看清楚郑冬至身上的伤痕。顿时，像是有人用力地揪着他的心脏，疼得他说不出话来。

听到脚步声，郑冬至警觉地抬起头，从地上站了起来。看到陆尔白时，那双哭得红肿的眼睛又一次盈满了眼泪。

“陆尔白。”她嗫嚅着叫了他一声，眼泪像断了线的珠子直往下掉。

陆尔白一脸心疼地愣在原地，过了许久，才忍不住伸手轻轻触摸了一下她被郑林打得发肿的额头，沉声问道：“家里人知道你跑出来吗？”

郑冬至摇头，低声道：“我爸把我锁在房间里了，我自己用窗帘系成绳子，从窗户那儿爬下来的。”说完，她偷偷地把双手藏在了身后。

陆尔白见状，伸手拽过她的手臂，看到她的手腕间被灌木刺伤的斑驳血痕时，眼里闪过几丝怜惜。

虽然很心疼，但陆尔白还是黑着脸骂了她：“活该，谁让你请人去找陈昭言麻烦的！”

先不管陈昭言是不是真的被人侮辱了，这件事都是郑冬至有错在先，郑氏父子教训她也是应该的。

郑冬至本就委屈，听到陆尔白这么说她，她顿时撇了撇嘴，眼看就要哭出来时，陆尔白突然拽着她往学校围墙那边走。

郑冬至一脸疑惑地望着他，问：“陆尔白，你要带我去哪里？”

“先去我的寝室吧，把伤口处理一下。”陆尔白淡淡地回道。

“我可以去男生寝室吗？”郑冬至难以置信地惊叫道。

她的声音很尖，在这样静谧的夜晚显得尤为刺耳。

陆尔白怕她惊到人，连忙喝止住她：“你小声一点，宿管阿姨还在。”

郑冬至可怜兮兮地“哦”了一声，跟着陆尔白走到了围墙边。

陆尔白蹲下身来，让郑冬至踩着自己的背先爬过墙，然后他才翻墙跟了过去。他先跳下地，伸手接住了她。

进了学校，陆尔白拉着郑冬至的手来到了男生寝室，宿管处的灯还亮着，但宿管阿姨已经回里屋睡觉去了。

陆尔白把脚步放轻，带着郑冬至上了楼，去了他们寝室，开了灯，从床底下的行李箱里拿了个简易药箱出来。

郑冬至坐在陆尔白的床沿上，低着头，沉默地看着他。

陆尔白抱着药箱坐在她的身旁，捋起她的袖子，用药棉蘸着碘酒小心翼翼地擦拭着她手臂上的血口子。郑冬至吃疼地蹙紧眉头，死咬着唇，难得没有叫出声来。

她身上的伤口不少，牛仔裤上也有几道血印子。陆尔白给她清理完脚踝处的伤口后，又示意她把裤子脱下来。

跟上次一样，郑冬至虽有点害羞，但因为跟陆尔白的关系亲近了许多，这一次她没有躲闪，而是直接当着他的面开始脱自己的牛仔裤。

反倒是陆尔白，看到她渐渐露出的白皙大腿后，慌乱地转过身去，将手中的碘酒跟药棉一同递给了她，低声道：“你自己来吧。”

等伤口全部清理完，郑冬至重新穿上裤子要喊陆尔白，却发现他出门给她打热水去了。

郑冬至心头暖暖地蜷在他的床上，用他的被子包裹着自己，鼻间全是他身上那淡淡的花香，很是清新好闻。

她的心得到了片刻的安宁，先前的那些恐惧与不安渐渐离她远去。

郑冬至舒服地躺下来，突然感觉枕头下有什么东西硌得慌。她好奇地将手伸进枕头底下，翻到了好几本获奖证书，其中还有一张香港大学的提前录取通知书，上面清晰地写着陆尔白的名字。

寝室的门被推开，陆尔白打了热水走进屋里。郑冬至回头看他，眼眶发红，手里还攥着他的录取通知书。

“你不考清华、北大了？”她望着他，微笑着问道。

那笑容在陆尔白的眼里简直比哭还难看。

他低着头，快步走上前去，一把抢过她手中的通知书，藏进了上衣口袋里。

“要喝热水吗？”他问。

郑冬至没有回答，而是反问道：“如果我今晚不来找你，你是不是打算到走了也不告诉我？为什么要去香港那么远？是怕你走了，我会去找你吗？”

“郑冬至！”他突然厉声喝住了她，眼里已经有了恳求。

“你想过带我一起走吗？”她哭着质问他，像个被抛弃的孩子。

陆尔白闭着眼，双手用力地攥紧成拳，沉默了。

她突然扑下床，在他的胸口用力地捶了几拳。

陆尔白任由她打，没有还手。

直到打累了，她才停下手，头靠在他的怀里，哭着求道：“尔白哥哥，带我一起走吧。”

他没有允诺她，郑冬至的心渐渐凉了下来。

就这样僵持了一会儿，陆尔白才伸出手将她推开，目光幽深地道：“很晚了，你先睡吧。”

【2】

灯被关了，寝室里暗了下来。郑冬至安静地躺在陆尔白的床上，陆尔白睡在对面他同学的床上。黑暗中，两个人各自睁着黑白分明的眸子，谁也没有睡意，谁也没有开口说话。

时间一点一滴地过去，陆尔白能清楚地听到郑冬至在被子里轻轻的呜咽声，而郑冬至也能听到他因为睡不着而不停翻身的声音。

不知道过了多久，郑冬至停止了哭泣。陆尔白听到一阵窸窣的声音，然后看到郑冬至光着脚走到了他的床前。

窗外的月光正好透过窗户打在她的身上，她的身影笼罩在薄薄的月色之下，一张脸被映衬得格外苍白。她身上就穿着一件单薄的衬衫，眼里还含着泪，就那么静静地看着陆尔白。

陆尔白被她吓了一跳，准备坐起身来。郑冬至突然伸手抱住了他，整个人紧紧偎依着他，像一个受尽委屈的小孩，仿佛陆尔白是她生命里唯一的一束光。

陆尔白浑身战栗，慌忙地伸手抓住郑冬至的手，声音沙哑地制止道：“别闹了。”

她的手很软，也很冷，她的拥抱却很热烈，像一团炙热的火苗，将陆尔白灼烧着。陆尔白忍不住倒吸一口凉气，红着脸挣扎道：“郑冬至！够了！别闹了。”

她依旧不听，抬头看向他，黑白分明的瞳孔里有欲望在燃烧。陆尔白全身的神经都紧绷起来，他忍无可忍地一把推开她，满是痛苦地望着她，流着泪摇头：“我不可以这样做。”

他的眼泪掉在她的脸上，浇灭了郑冬至内心最后的一簇火焰。

都这样了，他都不要她了，她还能用什么挽留住他？

她哭了，见她要继续纠缠上来，陆尔白猛地一把推开她，狼狈地从床上下来，穿好衣服离开了寝室。

门关上的那一刻，陆尔白似乎听到了郑冬至崩溃的哭声，他皱着眉头咬了咬唇，狠下心，跑了。

陆尔白围着学校操场跑了无数圈，直到体力被耗尽，他才筋疲力尽地倒在塑胶跑道上，脑袋放空地望着头顶的夜空，伸手想要抓点什么，却什么也抓不到。

十八岁的陆尔白突然发现，对于这个世界来说，他是多么渺小，又是多么自不量力。他左右不了这个世界，甚至左右不了自己的命运。深深的无力感席卷了他，他第一次有了想逃避的念头。

草丛里传来蟋蟀的声音，伴随着几声夜莺的鸣叫，陆尔白静静地在地上躺了一会儿，直到心渐渐地平静下来，他才慢慢地松了一口气，从地上爬起来，离开了操场。

天际的东方，鱼肚白隐现，春日凉薄的日光带着丝丝冷意照射在他的身上，地上清晨的朝露润湿了他清瘦的脊背。

等到他再度回到男生寝室的时候，郑冬至已经离开了。

寝室的灯依旧暗着，他床上的被子被叠得好好的，虽然不够方整，却也能看出来那人的努力。床单上整齐地放着他之前申请香港大学提前招生的那些获奖证书，那张录取通知书被捏得皱皱的放在一旁，没有被撕掉，这让陆尔白很是震惊。以郑冬至的性子，他本以为她会把他的寝室砸个稀巴烂，但没想到会是这幅景象。

郑冬至表现得越是懂事，陆尔白心里就越是难受。他宁愿她又哭又闹，也好过现在不吵不闹地离开。

天刚蒙蒙亮，郑冬至穿过奶白色的晨雾，回到了紫园。

王婶已经起床了，正要出门去早市买菜，看到从铁门那儿走进来的郑冬至时，她震惊地睁大了眼睛。愣了片刻后，她立刻朝郑冬至走了过去。她瞥了一眼她身上单薄的衬衫，看着她被晨雾浇湿的头发跟衣服，连忙拉着她进门，帮她搓着冰冷的小手心疼地问道："冬至，你怎么会在外面，你什么时候出去的？你怎么出去的啊？我就睡在楼下，怎么没听到你开门的声音？"

王婶一连问了她好几个问题，郑冬至都没有回答，她只是微微地抬头看了王婶一眼，眼眶通红，眼神很是空洞。

王婶担忧地喊了她一声："冬至？"

她依旧没有任何反应，推开王婶的手，朝前走去，没走几步，便一头栽倒在地上。

"冬至！"王婶惊叫一声，朝着郑冬至扑了过去，一把抱起昏倒在地上的她，急着喊人来帮忙。

郑林跟苏慧一晚上本就没怎么安稳地睡着过，一听到楼下王婶的喊叫，便赶紧起床出了卧室。看到倒在地上的女儿时，郑林当即变了脸色，冲下楼，从王婶手里接过郑冬至，又催促王婶打电话喊医生，自己则抱着郑冬至上了三楼她的房间。

苏慧紧跟着过去，看到郑冬至卧室窗户旁遗留的窗帘布时，她震惊得说不出话来，一种不好的预感在她的心底蔓延开来。

郑林伸手触摸了一下郑冬至的额头，烫得他缩回了手。苏慧顾不得多想，赶紧去浴室弄了点热水出来给她擦身子。

郑冬至又一次发起了高烧，体温一直在四十度左右。她一直昏睡着，偶尔醒来，王婶喂了她一点营养粥，她没吃几口就不吃了，又继续睡。

等她退烧已经是三天后了。郑冬至醒来的时候，就她哥一个人坐在她的床边。

见她睁开眼，郑昼景赶紧去倒了杯热水给她喝。

郑冬至喝了一点，然后把水杯放下，起皮的嘴唇微张，朝郑昼景喊了一声："哥。"

她的声音都哑了，但郑昼景还是听清了，对着她点点头。

"什么时候了？"郑冬至问。

郑昼景扶着她坐起来，淡淡地说："你都睡了三天了。"

"三天了？这么长。"她长长地叹了口气，身子虚弱地要起床。

郑昼景拦住了她，问她要什么。她摇摇头，苦笑道："我还要去跟陈昭言道歉啊！爸不是要我去道歉吗？"

"不用了，陈昭言已经走了。"

"走了？去哪里了？"

"徐阿姨带着她搬走了，不知道去了哪里。听学校的人说，她好像被大学提前录取了。学校里的人还不知道她出事，我也就没怎么多问。"郑昼景耐心地解释道，眼神黯淡。

"对不起，哥，我知道错了，但是我真的没有那么做。"郑冬至拉着郑昼景的手，声音嘶哑，却还在竭力为自己辩解。

郑昼景笑了笑，无所谓地道："陈昭言都走了，现在说这些都不重要了，这个话题就此结束吧。"

郑冬至还想说点什么，但看郑昼景难看的脸色，她还是止了声。

卧室内一片安静，兄妹俩各怀心事地坐着。

过了一会儿，望着窗外明亮的天色，郑冬至还是忍不住问郑昼景："哥，你说我睡了三天，那今天不是得上课吗？你怎么没去学校？"

郑昼景抬头看了她一眼，疲惫地道："你这几天烧得很厉害，爸的厂里出了很大的问题，他现在焦头烂额，实在没时间照顾你。苏慧又因为陆尔白的事跟爸大吵了一架，现在都没回过家。王婶年纪大了，独自照顾你太吃力，所以我跟学校请了一天假。"

郑冬至静静地听了一会儿，本来想问郑林的厂出什么问题了，但话到嘴边还是先问起了陆尔白："苏阿姨为什么会因为陆尔白跟爸爸吵架？"

郑昼景漠然地看着她，沉默良久，自嘲地苦笑一下，反问道："为什么？冬至你心里不清楚吗？"

郑冬至被他说得心"咯噔"了一下，面对哥哥犀利的目光，说不出话来。

"你发烧回来的当晚，陆尔白回过家。他来看过你，王婶说他在你的床边站了很久，但什么话也没说。苏慧说他是回来拿行李的，说他被什么香港大学提前录取了，这还没开学，他就准备先去香港了。爸的厂破产了，欠了一屁股债，但他没有跟家里人说起过，还是把陆尔白叫进了书房，给了他一点钱，好方便他去香港生活。陆尔白没拿钱，跪在了咱爸面前，坦白了你跟他的事，他说要带你一起走。爸很生气，指责他不该瞒着大家跟你交往，不该喜欢你，也不该让你喜欢他。一气之下，爸失手打了陆尔白。苏慧因此跟爸大吵，说是你故意接近陆尔白在先，以此来维护她的儿子。爸一时大怒，把他们赶出了家。苏慧哭着连夜收拾行李，带着陆尔白走了。他们一走，爸就被派出所的人给带走了。王婶说爸是故意赶苏慧他们走的，是不想拖累他们。不仅是苏慧母子，爸把王婶也给辞退了。王婶舍不得你，硬是要等你烧退了才走。很快，我们也要搬走了，这栋别墅将被拿去还债。冬至，以后你就再也不是千金大小姐了，你该长大了。”

郑昼景十分平静地说完这一切，郑冬至早已泪流满面。

郑昼景没有像以前一样安慰她，只是面无表情地站在一旁，冷冷地看了她一会儿，然后拿着热水壶离开了她的房间。

“冬至，你还是背叛哥哥了。”临走的时候，郑冬至听到郑昼景对她说道。

她的眼泪再次掉落下来，狠狠地砸在了她的手背上。

一觉醒来，郑冬至失去了所有，原本美好的家庭、富裕的生活、喜欢的人，还有最爱的哥哥。

郑冬至不知道该做点什么来挽回这一切，没有人告诉她，也没有人来教她。她很无助，也很迷惘。

【3】

郑冬至醒来的那天下午，郑林被派出所的人放了出来。当天晚上，王婶给他们做了最后一顿饭，然后拎着行李离开了紫园。

郑冬至哭着要去追王婶，却被郑林拽住了。

“郑冬至，把眼泪逼回去，以后不准你再哭了！”郑林冲着女儿威吓道。

迫于父亲的威严，郑冬至听话地伸手擦了眼泪，嘴唇紧抿着，强忍着不哭了。

郑昼景沉默地看了他们一眼，然后收拾起桌上的碗筷，去厨房清洗。

纨绔少爷何曾做过这等粗活？洗碗的时候，他摔碎了一个碗，锋利的裂口割伤了他的手，血汩汩地流出来。

郑昼景像是没感觉似的继续洗碗，任由血混杂着清水一同流逝。

对某些人来说，有时候疼痛是让人快速成长的最好办法。

第二天一大早，郑冬至一早就起来了，学着王婶的样子在厨房里捣鼓。

郑昼景背着书包从楼上下来，郑冬至听到脚步声，拿着汤勺走出来，战战兢兢地站在一旁问："哥，要吃早餐吗？"

郑昼景扫了一眼她身上不合身的围裙，目光最后停留在她脏兮兮的小脸上，摇了摇头："不用了，我快迟到了。网上有新手菜谱，你可以搜索一下。"

说完，他再也没有看妹妹一眼，头也不回地离开了家。

别墅暂时还没有被收掉，郑冬至还可以利用这剩余的时间上网。郑昼景走后，她回厨房把火给关了，然后上楼开电脑查菜谱，顺便查了一下她的艺考成绩有没有出来。出来了几所公立学校的录取名单，但都没有她。

郑冬至失望地关了网页，拿着抄着菜谱的本子从房间走出来。来到楼下，她看到郑林已经起来了，正坐在餐桌旁吃饭。

郑冬至手捧着本子，朝着父亲走了过去。当她看到郑林在吃她煮烂的面条时，赶紧出声阻止道："爸，那面坨了，不能吃了。"

郑林不以为意地又吃了一口，看似心情很好地调侃道："真没想到我有生之年还能吃到女儿做的饭。"

只一句话就把郑冬至给说哭了。

她鼻子酸得不得了，走过去抱着郑林流泪道：“爸爸，你别说这样的话，是冬至不好，是我以前太任性，太不懂事，我会改的。我以后会好好学做饭，会好好照顾好爸爸跟哥哥。我们一家人会好起来的，对不对？”

郑林抬头看天，眼眶通红，忍着不让眼泪掉下来。他轻轻地拍着郑冬至的小手，长叹一口气，怅然道：“冬至，你走吧。”

郑冬至震惊地抬起头，一脸困惑地望着郑林，不明白父亲的意思。

郑林将手边的港澳通行证跟飞机票递给了郑冬至，里面还夹了两千块钱，那钱是郑林身上最后一点现金。

“冬至，以后爸爸跟哥哥都不能再保护你了。你一个人要学会坚强勇敢，无论生活有多难，都不要忘记善良。爸不求你做个多好的人，但一定不要做个恶人。这是去香港的机票，如果我没有记错的话，陆尔白也是今天走，苏慧给陆尔白订的也是这趟航班，你赶紧收拾东西去机场找他吧。这孩子我看了两年，话不多，但有责任心，你去找他，他总是会照顾你的。不过冬至，爸要你明白一点，陆尔白是被香港大学提前录取的，以他的成绩，参加六月份的高考，清华、北大不成问题。爸知道他一直想走，家里现在这个样子，我也不想留他，但是你不同，你一旦跟他去了香港，你在那儿是无法继续学业的。因为你没有钱，爸也给不了你更多的钱了。以后你会吃很多很多的苦，但一定不能放弃。”郑林语重心长地叮嘱女儿。

郑冬至紧紧地抱住郑林，哭着摇头：“我不走，我不要陆尔白了，爸，你别赶我走。我要跟你还有哥哥在一起。我不要去香港，我不要。”

郑林一巴掌用力打在郑冬至的脸上，瞪着眼睛骂道：“胡闹，你留在这儿能干什么？你什么都不会，十指不沾阳春水，没有能力赚半毛钱！你留下来，除了拖累我们外，什么忙也帮不上。所以，你还是走吧。还有，郑冬至，我不是已经说过，不准你再哭了吗？”

郑冬至明白郑林说的不是真心话，他让她走，那是他所能做的最好的安排。

“我走了，我哥怎么办？”郑冬至抽噎着问郑林。

“你哥能照顾他自己。”郑林闭着眼睛说道。

郑冬至的眼泪最终还是抑制不住地掉了下来，落在郑林的手背上。

郑林伸手给女儿擦了把脸，脸上的表情渐渐消失，冷声道：“冬至，走了就不要再回紫园了，这里已经不是你的家了。若在外面混不出个名堂，就不要再回内地了，爸爸不喜欢看到没用的女儿。”

郑冬至拼命点头，再三允诺道：“爸，我会争气的，我会的。我一定会的。”

在郑林的陪送之下，郑冬至拎着行李箱坐上了去机场的出租车。她走得匆忙，都来不及跟哥哥郑昼景告个别。

在车上，她回头望向郑宅，那栋她生活了十几年的别墅，被包裹在清晨的水雾之中，若隐若现，最后完全被吞没。

那是郑冬至最后一次见到完整的郑宅，此后，她的生命中再无一个真正意义上的家。

她成了无脚的鸟儿，余生都在拼尽全力地飞翔，不再为任何人停留，直至死亡。

【4】

从出租车上下来，郑冬至付了钱，焦急地推着行李进了机场。

郑林给她订的航班是九点的，她看了一下手表上的时间，已经是八点半了。

还好以前郑林没少带他们兄妹俩坐飞机旅游，所以她轻车熟路地就找到了等候室，一路寻找着陆尔白的身影，完全不敢去想万一陆尔白不是这次航班，万一他已经走了怎么办。

现在，任何一个万一都可以把她打垮。

所幸，老天爷怜悯她。

在最后一排靠后的两个位子，郑冬至终于看到了在低着头看书的陆尔白。她一阵惊喜，拎着行李，刚打算跑过去喊他，然而没等她开口，一道熟悉的身影就跃入她的眼帘。

是陈昭言。

她微笑着拍了一下陆尔白的肩膀，然后自然地从他身旁接过自己的行李，道了声 “谢谢”。

郑冬至一脸惊愕地望着他们，突然想起之前郑昼景说的，陈昭言也被大学提前录取了，她怎么就没有想到他们会去同一所学校呢？

是啊，那些名牌大学都是一批批地录取学生，既然陆尔白能去香港大学，陈昭言拿的奖不比他少，怎么可能去不了呢？

郑冬至突然觉得自己有点可笑，就像郑林说的，陆尔白他们是被学校录取才去香港的。可她呢？她去香港能干什么呢？是去当陆尔白的累赘吗？

她的录取通知书还没下来，她还不知道自己的未来会在哪里。并且她连香港的居住证都没有，就算跟去了香港，又能在那里逗留多久呢？

广播里播报着去香港的航班的检票信息，陆尔白放下手中的书，从椅子上站了起来，推着自己的行李箱，跟陈昭言一道走向检票口。

郑冬至站在原地，看着他们俩离检票口越来越近，她却没有勇气上前叫住陆尔白。因为她知道，自己不配。

她没有香港大学的录取通知书，没有与他比肩站在一起的能力，她除了拖累他，什么也做不了。就连她一直看不上的陈昭言，都比她更适合站在陆尔白的身旁。

广播里又一次通知让人去检票，陆尔白站在队伍里，低头望着前方，不知道在想什么。陈昭言在旁边安静地看着他，眼里满满的都是光。

口袋里的手机响了起来，陈昭言急忙接了起来，是母亲徐帆打来的，问他们登机了没有，并提醒她登机前先买点吃的备着，飞机餐有点少会吃不饱。

陈昭言一一应着，转头看向旁边的便利店。她眼角的余光突然瞥到了一旁呆立的人影，顿时没了声音，一脸惊诧地望着郑冬至。

郑冬至也在看她，两人目光相对的那一刻，陈昭言的目光突然躲闪了一下。这躲闪里夹杂着太多复杂的东西，郑冬至的内心一片澄澈，却已经没有心情再去拆穿她。

前面的人陆续开始检票，陈昭言却还愣在原地，后面开始有人不满地抱怨起来。

陆尔白淡淡地看了陈昭言一眼，问："怎么了？"

见陈昭言不答，陆尔白下意识地要转过头去，陈昭言的手臂突然撞了他一下，他手中的机票跟手机都掉在了地上。

他弯腰去捡的瞬间，郑冬至已经转身离去，带着她最后的骄傲。

她体会到了郑林赶苏慧他们走时的心情，明白了爱一个人不是一味地纠缠，还需要适当地学会放手。

她喜欢陆尔白，她也爱陆尔白，正因为她的爱是真的，所以她不想成为他的负担、他成功路上的绊脚石。

然而陆尔白还是发现了她。

他急忙从队伍中追了出来，喊住了她："郑冬至！"

他的声音很好听，"郑冬至"这个名字被他叫出来总是让她觉得莫名心动。

郑冬至停下脚步，僵立在原地，拉着行李箱的手用力地攥紧。她努力地平复好内心的情绪，干脆地转身，对着他微笑道："真巧，陆尔白。"

在她转过身来的那一刻，陆尔白的呼吸都变急促了，他长吸一口气，脚步沉重地向她靠近，目光瞥了一眼她手里握着的机票，沉声问："你是来找我的吗？你爸他同意你跟我走了吗？"

郑冬至突然笑了一声，陆尔白不懂她什么意思，皱着眉头看着她。

"尔白哥哥，你想多了，我只是来机场便利店买点东西，并不是来找你的。你走的时候都没有跟我说，我又怎么知道你今天要走？还是跟陈昭言一块。"她讥诮道，故意瞥了站在远处的陈昭言一眼，表情很是嘲讽。

陆尔白被她说得很难受，黑着脸盯着她手中的机票道："你不是跟我走的，那你手里的机票又是怎么回事？"

"真搞笑，怎么，只准你们可以被提前录取去大学，我就不行了？你忘了，我的艺考上个月就结束了，成绩也都出来了。抱歉，我的机票是飞向哈尔滨的，大家都知道，哈尔滨是油画之都，我要去那边学画画了。”郑冬至一边强装冷漠地撒谎，一边将手里的机票往身后藏了藏。

“你说的都是真的？”陆尔白紧紧地盯着她，确认道。

郑冬至笑：“不然呢？你觉得我可能会跟陈昭言坐一班飞机去同一个地方吗？你妈没告诉你，我都对陈昭言做了些什么吗？还是陈昭言忘记跟你诉苦了？”

“我从不信别人说的，我只相信自己的眼睛。我知道你不是这样的人。”

“不，我就是这样的人！陆尔白你又不是第一天认识我，我郑冬至从来都不是个好姑娘。”她冷冷地看着他，语气很是咄咄逼人。

陆尔白很是疲惫，有些无力地道：“你能不能不要把自己说得那么不堪！”

“不堪？”她笑，“原来我的真实在你眼里是一种不堪。”

“我不是这个意思。郑冬至，我们能不能好好说话？”陆尔白拉住郑冬至的手臂，恳求她。

去往香港的班机的检票都快结束了，陈昭言站在检票口焦急地望着与郑冬至纠缠的陆尔白，最终还是忍不住打了个电话给他。

陆尔白的手机响了，他置若罔闻，依旧死死地拽着郑冬至，怕她走了。

郑冬至冷冷地瞥了一眼振动的手机，然后抬眼看他，平淡地问：“说什么？我们之间还有什么好说的吗？从你决定去香港的时候，你就应该对我说，可你没有。陆尔白，你还是不了解我。我这人从不求人，可我求你了，你又是怎么对我的？

陆尔白无言以对。

她挣开了他的手，冷酷地说道："从小，我喜欢一样东西，就算是不择手段，我也要得到。可是当我用尽全力，想尽办法都得不到时，我就说服自己不要再喜欢它，这样我就不会难过。所以陆尔白，你不需要用这种可悲的眼神来看我，我已经不喜欢你了。"

陆尔白安静地听着她讲的每一句话，努力去消化那其中的意思。一时之间，他不知道该如何反应，只是愣在当场，呆呆地望着她，竟有种被抛弃了的感觉。

"不喜欢了吗？"他笑出声，觉得自己有些可笑，却还是放下自尊地开口乞求，"如果我不走呢？"

下面的话，他没说出口，郑冬至已经明白了他的意思。她的手不由得发抖，有那么一瞬间，她就要憋不住，要崩溃了，但她还是死咬着唇，倔强地说道："我已经不喜欢的东西，谁也强迫不了我再次喜欢。所以陆尔白，再见了，祝你好运。"

话落，郑冬至慌乱地转过身去，怕他看到她的眼泪。她拖着行李箱匆匆离去，徒留陆尔白在原地。

陆尔白望着她冷酷离去的背影，眼眶有些泛红。他张了张嘴，却发不出声音再去挽留。

对于陆尔白来说，郑冬至的爱就像狂风暴雨，来时激烈，退时迅疾。他被浇得酣畅淋漓，也被伤得痛彻心扉。这场短暂的爱情，就像是郑冬至跟他玩了一场游戏，可他偏偏就当了真。

他独自站在原地很久，直到陈昭言来喊他。

"飞机已经起飞了，我们要改签吗？"陈昭言问他。

陆尔白看了一眼手中的机票，没有回答。

【5】

从机场离开后，郑冬至拖着行李去了最近的公交车站。

辗转坐了几趟公交车后，她下了车，拖着行李朝紫园的方向走着，心里思索着回家后该怎么跟郑林解释自己没走的事。想来郑林也是会理解她的，毕竟陆尔白之于她，就像苏慧之于郑林。

这么一想，她的脚步变得轻松了许多。

往前走了没多久，还没到别墅区的大门，郑冬至的身后突然传来急促的警笛声。她惊愕地回头，看到三辆消防车正飞快地朝着紫园驶来。

郑冬至拎着行李箱往路边退了点，让出道来，然后目光紧紧地盯着那几辆车全都拐向了紫园的方向。别墅区内部某处浓烟四起，郑冬至大致盘算着那烟的位置，突然变了脸色，焦急地拖着行李箱跑了起来。

因为跑得太快，行李箱都散开了，里面的衣服掉了一地。郑冬至却顾不得捡，直接扔下箱子，紧张地朝自己家的方向奔了过去。

离家越近，那烟就越浓重，郑冬至的心弦绷得越来越紧。还未走到家，她就已经看到了被大火包裹住的郑宅，顿时双腿一软，扑倒在地。

别墅外挤满了人，有消防人员和医护人员，也有围观的居民。

“好好的，怎么会煤气爆炸？”

“就是说啊，还好发现得及时，没烧到我们家。”

“听说郑林还在里面没出来，他的两个孩子跟保姆都不见了。你们说他会不会是自杀？他那厂子都快破产了，身上还背了巨债，估计是还不上了，又不想拖累孩子，就想了这么一个法子。”

“你怎么知道他的厂子要破产了，他的润滑厂不是办得挺好的吗？”

“我一个朋友是他厂里的原料供给商，说他连原料钱都给不了呢。”

“我也听说了，我老婆在农行上班的，郑林还欠了银行的钱呢。”

“唉，咱们都快别说了，这些都只是猜测。他人都这样了，这火又这么大，不知道烧成什么样了，我估摸着都成灰了，你看消防人员都没法进去。”

“……”

周围的人议论纷纷，谁也没有注意到人群后趴在地上的郑冬至。

她浑身冰冷，双手止不住地颤抖，从地上爬起来的时候，眼里全是泪。

“让开！求你们让开！”她哭喊着，挤进围观的人群。

众人见到她，脸上都露出惊讶的表情来。

“这不是郑林家的小女儿吗？”

“是冬至吧。”

“冬至，你别进去，前面火太大了。”有人好心地拉住了她。

她像没听到似的，还是冲到了人群最前面。望着被大火吞噬的家，她脑子里一片空白，想也没想，流着泪就要往火里冲。

现场的消防人员见状，赶紧将她拉了回来，让人看住她。

她被一群人挡着，不得上前，心脏像被人撕裂了一样，疼得说不出话来。

待火被水车浇得变小了之后，一群消防人员纷纷冲进了火里。一段时间过后，一具烧得发焦的尸体被人抬了出来，医护人员迎上前，拿白布盖住了。

一枚婚戒从尸体烧烂的手指上掉落下来，滚到了郑冬至的脚边。

她终于不顾众人的阻拦，控制不住地冲了上去，对着那尸体凄厉地哭喊着：“爸——爸爸——”

医护人员将她推开，匆匆地要将尸体抬上车，郑冬至要追过去，手臂又被人给拽住了。她有些恼火地伸手想要打拦她的人，一回头，就看到了同样泪流满面的王婶。顿时，她整个人都疲软下来，抱着王婶号啕大哭起来。

“婶，我爸他……我爸……”她泣不成声，话不成句。

王婶流着泪，没说话，只是硬拉着郑冬至出了人群，到了一辆面包车旁，推着她上车。

郑冬至不走，哭着喊着要回去看她爸。

王婶哭着拽她上车：“冬至，听话，你不能留在这里，那群要债的人是不会放过你跟昼景的，你们必须跟着婶走，不然你爸死了也不会安心。”

“为什么！为什么……”她大哭着，抓着王婶的衣领寻求着一个答案。

王婶悲凉地看着她，摇头道：“冬至，没有为什么。”

郑冬至最后还是上了车，她全身冷得颤抖，王婶一直紧紧地抱着她，哄着：“别怕冬至，有婶在，不怕啊！”

她的头靠在王婶母亲般温暖的胸膛上，渐渐安静下来，她想起了郑林离世前与她的最后一场对话，想起了父亲叮嘱她的，不要再哭。

于是，她伸手擦了一把脸上的泪，把身体坐直，咬着牙迫使自己镇定下来，问王婶：“我哥呢？”

“我已经让人去接小景了，一会儿我们去车站碰头，你们跟婶回老家先避避风头。”

“就这么走了，那我爸的尸体呢？他的葬礼呢？我们都不要去送终吗？”

“冬至，你爸已经死了，可你们兄妹俩还活着。要是还有一点活路可走，你爸会舍得送你走吗？你为啥不听你爸的，不跟尔白走呢？”

王婶心痛地说道，还好她一收到郑林发的诀别短信就预感到郑林会出事，连忙跑来紫园看，不然她都碰不到郑冬至。若是郑冬至回来得晚一点，她带着郑昼景走了，也不知道这孩子一个人待在这里会出什么事。

王婶带着郑冬至到车站的时候，老李跟郑昼景早已站在那里了。郑昼景背着书包，头上戴着他最喜欢的鸭舌帽，帽子下是一双红肿的眼眸，显然已经知道郑林出事了。

郑冬至朝着她哥扑了过去，紧紧地抱住他，无声地呜咽着。

郑昼景拍了拍妹妹颤抖的脊背，压抑着情绪道：“冬至，以后你只有哥了，别怕，哥会保护你的。”

王婶买完票回来，催促他们该走了。

郑昼景拉着妹妹跟老李道了别，然后跟着王婶匆匆踏上了逃亡之旅。

离开的那一天，郑氏兄妹坐在长途巴士里，望着渐渐远去的家乡，谁也不知道他们何时会再回到 D 城。也许不需要很多年，又也许永远不会再回来。

【6】

当郑冬至跟着她哥坐着车前往他乡时，陆尔白也坐上了飞往哈尔滨的飞机，他没有跟陈昭言一起去香港。

他的爱情来之不易，就像是千年铁树，难得开一次花。这么多年，他第一次喜欢一个女孩，他不甘心就这么算了。

她说她不喜欢了，没关系，只要他心里还有她就行了。

那时候的陆尔白根本不知道爱情是经不起错过的，有些人一旦错过，就再也不在了。

他找遍了哈尔滨所有的美术学院，都没有找到郑冬至这个人的信息。直到苏慧打电话给他，告诉他郑家出事了，他才恍然大悟自己被郑冬至给骗了。她根本没有去哈尔滨，她那天来机场，的确是想跟他一起走的。

他风尘仆仆地回到D城，迎接他的是被烧得什么都不剩的郑家，还有泪流满面的苏慧。

郑林在自焚前，找律师签好了离婚协议发给了苏慧。苏慧还没有签字，他就走了。怕被那些要债的人缠上，拖累了儿子，苏慧忍痛在协议书上签了字，从此，她与郑林再无任何关系。

即使是这样，苏慧还是去医院帮忙收了郑林的骨灰，将其安置在自己的家中，与陆琪的遗像放在一起，遗照上写着“亡夫郑林”。她对着郑林的遗像哭，悔恨自己那时不该离开，让郑林独自陷于困境。

对于母亲的痛苦与愧疚，陆尔白无从安慰，他只能无力地看着苏慧哭，然后问：“妈，你知道她去哪里了吗？”

苏慧知道他问的是谁，含着泪摇头。

她不知道，整个D城的人都不知道郑冬至去了哪里，她跟她哥哥一起消失了。

陆尔白没有跟苏慧吵闹，他只是静静地离开了，又一次住回了学校宿舍。放弃了去香港大学的机会的他，重新回到学校继续上课，备战六月份的高考。

学校里的人都对郑家的事议论纷纷，背后说他跟苏慧是白眼狼，郑林一出事，他们就撇清关系，他都当没听到，只一心学习。

高考成绩出来，他毫无意外地考得很好，分数完全够上清华、北大的，可填志愿的时候，他独独填了人民大学。

学校里的领导们都想不通，找他做了好几回思想工作，他都没有改填志愿。就连苏慧问他为什么要这么做，他也不答。

或许只有他们班的刘成知道陆尔白在想什么，因为填志愿前的一天，他们在一起打篮球，他听到陆尔白突然问自己："当个政府官员应该很容易找人吧？"

刘成问："陆尔白，你想找谁？"

陆尔白低着头，怅然地笑了一下，眼里似有泪光在闪烁。

"我想找朵刺玫瑰。"他说。

九月七号，中国人民大学新一届新生入学，陆尔白只身前往北京。

此后的十三年，他去过无数的城市，甚至是国家，却再也没有回过D城。

因为那个人，从未回去过。

（本册完）

番外

她从深处来

• • •

阴暗的小巷里，陈昭言衣衫褴褛地躺在潮湿的地上，目光空洞地望着身旁的老旧墙壁。

墙角的地方，有只硕大的黑蜘蛛正在织网。没一会儿功夫，白色的蛛网就把整个角落都包裹住了。那蜘蛛却还不知疲倦地继续往前织着。

陈昭言一脸呆滞地看着那蜘蛛，眼前出现了幻觉，好像整个小巷都被蜘蛛网给覆盖住了，她被困在网里无法动弹。

那些人都离开了，四周静悄悄的。

眼泪从她的眼角滑落，她绝望地缩紧身子，像一条躺在沙滩上的鱼，万念俱灰。内心无力地呢喃着以后该怎么办，她还有以后吗？

没有了。

一切都被毁了。

某文化馆展厅里，一个身材高挑的女人，戴着墨镜站在一幅最新展出的油画面前，静静地欣赏着画上的线条。

一个男人急匆匆地朝她走了过去，在她的身后站定，低声道："老板，事情办完了，跟你想的一样。"

闻言，女人精致的脸上表情未动，只是嘴角扬起抹冷笑。

"果然，我就说她是个骗子！"

后记

后会有期

• • •

刚想到“冬至”这个故事的时候，大概是在五年前，那时候我还不是A公司的签约作者。正在四处投稿，半年过了六本稿子，还没来得及“填坑”，就跟A公司签了独家作者的长约。

我的手里一下子攥着两个公司的长约，每年好几本书的工作量，折算成钱的话，数目很是可观。我天真地以为，自己的好日子要来了。却没有想到，迎接我的是《微笑》这本书的不断重写。

我陷入写作瓶颈，发现无论你写什么，你的编辑都不会满意。我开始越来越不自信，觉得自己写什么都是狗屎，写什么都写不好，我困在了《微笑》的怪圈里，怎么也走不出来。

身边的作者都在不断地出书，写稿子，再出书，他们在不断地往前走，只有我一个人，一直在写那本永远也写不完的《微笑》。

我是全职作者，不出书是没有一分钱的。我得生活，而生活就必须要钱。所以长达两年的不出书让我整个人变得很是绝望，这绝望大部分也是源于没有钱。

在我快崩溃的时候，求生的本能来了，我想要换本书写。于是我跟当初的责编讲了《冬至》这个故事的大纲。

那个大纲很早在我脑子里就有了，自己超级喜欢。

于是我兴冲冲地去找编辑聊，结果编辑听完，貌似不大喜欢，聊到最后，就只剩一句“你先把《微笑》写完吧”。

你们懂那种感觉吗？

就是你很喜欢一样东西，你高兴地跑去跟人说，结果人家只不咸不淡地回你一句。那一瞬间，我的整颗心都冷了下来。

哈哈，我那会儿躲在电脑背后直接就哭了。

后来我跟自己说，没关系，会好起来的，都会好起来的。

我的性格就跟我取的笔名一样，很“阿Q”，在这个文字出版圈，我能坚持写到今天，也是因为我的性格。

去年跟朋友聊起《冬至》这个稿子，朋友说，“你还写吗？”

我说，“写啊！你觉得怎样？”

他说，“很好啊，我挺喜欢的。”然后我朋友就说，“你愿不愿意给绒绒？”

绒绒就是我现在的编辑。

我说“好啊！”

于是经他引荐，我认识了绒绒。

我做出版十年了，我手上出过的书加起来有将近四十本。我要说的是，这么多年，我认识的编辑很多。在认识绒绒之前，我一直觉得我的小蜜姐是我的所有编辑中最懂我的。我跟她共事三年，在她身上，我学到了很多，也成长了很多。

认识了绒绒，我觉得绒绒可以说是“小蜜姐第二”了。

一开始，我对绒绒挺害怕的，也不能说是害怕，应该是畏惧。因为听说她是个资深编辑，而我已经很多年没投过稿子了，我怕过不了。

结果接触下来，我觉得这个编辑挺好。好在哪里呢？她很尊重我，很信任我。

我们很顺利地就重新签了《冬至》的合约。

所有人都知道，《花火》杂志的连载很难拿，绒绒还给我争取到了连载位，对此，我很感激，特别想早点给她写完稿子，早点把书给出了。

可是那会儿，其实我的状态还没有恢复到最好，外加我的时间有限，这本稿子我还是拖了半年才写完。

这半年，绒绒几乎成了我的闹钟。

我只要一醒来，微信上肯定能看到她在催我稿子；我一上个微博，她准会在底下评论；我在QQ上发个状态，她也准会发我消息来催稿。

可能我天生是个“受虐狂”吧，我竟然很喜欢她这般催我的稿子，让我觉得自己是被需要的。如果哪一天，她突然不催了，我反而还有种患得患失的感觉。

《冬至》这个故事，一开始交大纲的时候是个“虐文”，还是超级虐的那种。我当时光想大纲都能把自己虐哭。但因为写初始大纲跟后来正式“填坑”的时间差了太多年，整个青春文学的市场风向都变了，包括出版社的选题尺度也都改了，所以先前的大纲很多地方都需要改，没法用了。

本来我是一个很排斥非要把虐文改成甜文的作者，但这个文写到最后，是我自己主动要求把很多太惨的地方给调整了，又增加了很多甜蜜的小互动。我一开始是打算写个破镜重圆、久别重逢的故事的，结果回忆倒叙一写，整个高中部分就快写成一本书。我还没开虐呢，我十三年后的重逢大虐点，相爱相杀还没来得及写呢。

我就跟编辑说，我能不能直接写《冬至2》呀。

编辑很爽气地答应了，说可以啊！

这里我得再次说一声，这种编辑请给我来一打。

《冬至2》是个什么故事呢？当然跟《冬至1》是一个故事啊。对，没写完而已。所以大家别误会《冬至2》是新故事，只是1是青春篇，2是都市篇而已。

《冬至2》写的是，十三年后，陆尔白发现消失已久的郑冬至重新回到了D市，便跟上级主动申请接替了殉职的同事的工作，也回到了D市。他再次见到了郑冬至，结果发现郑冬至就是神秘画家“Douglas（道格拉斯）”，而她已经有未婚夫。阔别十三年，再度出现在陆尔白面前的郑冬至，变得让陆尔白感到十分陌生。

跟郑冬至一起回来的还有她的哥哥郑昼景，他已经成为D市的新商业权贵，而他也是陆尔白经手的案件的重点调查对象。种种证据指明，同事的死与郑氏兄妹脱不了干系。随着案件的深入，陆尔白的生命也受到了威胁。

具体详情……哈哈，还是继续看书吧。至于大结局是什么，这个我就不剧透了。

反正很谢谢大家对这本书的支持，也请大家多多期待我的《冬至2》。爱你们!